U0083652

中國語言文字研究輯刊

七　編

許錟輝 主編

第12冊

傳鈔古文《尚書》文字之研究（第十冊）

許舒絜 著

花木蘭文化出版社

國家圖書館出版品預行編目資料

傳鈔古文《尚書》文字之研究（第十冊）／許舒絜 著 — 初版 — 新北市：花木蘭文化出版社，2014〔民 103〕

目 6+450 面；21×29.7 公分

（中國語言文字研究輯刊　七編；第 12 冊）

ISBN 978-986-322-852-3（精裝）

1.尚書　2.研究考訂

802.08　　103013629

ISBN-978-986-322-852-3

9789863228523

中國語言文字研究輯刊

七 編　第十二冊　ISBN：978-986-322-852-3

傳鈔古文《尚書》文字之研究（第十冊）

作　　者　許舒絜

主　　編　許錟輝

總 編 輯　杜潔祥

副總編輯　楊嘉樂

編　　輯　許郁翎

出　　版　花木蘭文化出版社

社　　長　高小娟

聯絡地址　235 新北市中和區中安街七二號十三樓

電話：02-2923-1455／傳真：02-2923-1452

網　　址　http://www.huamulan.tw　信箱　hml 810518@gmail.com

印　　刷　普羅文化出版廣告事業

初　　版　2014 年 9 月

定　　價　七編 19 冊（精裝）新台幣 46,000 元

傳鈔古文《尚書》文字之研究（第十冊）

許舒絜 著

目次

第三冊

第四冊

第五冊

第六冊

第七冊

第八冊

第九冊

附錄三：傳鈔古文《尚書》文字構形異同表

凡　例

1. 本表傳鈔古文《尚書》各本文字以「出土文獻尚書」、「傳抄古尚書」、「隸古定尚書」分類，所比對各類傳鈔古文《尚書》文字爲：「出土文獻尚書」含戰國楚簡所引之《尚書》文字、石經《尚書》，「傳抄著錄古尚書」含《說文》所引、《汗簡》、《古文四聲韻》、《訂正六書通》等傳鈔著錄古《尚書》文字，「隸古定尚書」含《尚書》隸古定寫本——敦煌等古寫本、日本古寫本——、隸古定刻本《書古文訓》、晁公武石刻《古文尚書》（簡稱晁刻古文尚書）。
2. 本表字首爲今本《尚書》文字，依《說文》各卷字首序列，《尚書》文字未見於《說文》字首者，於字首前加註「*」。
3. 《尚書》文字爲《說文》重文者，字首列出該字並加註「・」，如〈禹貢〉「厥貢璆鐵」「璆」字爲《說文》「球」字或體，本表字首列作「・璆」。
4. 傳抄著錄古尚書文字未見於《尚書》各古本文字、今本《尚書》文字者，字首列出該字並加註「#」，如傳抄著錄古尚書「妻」字作汗 **5.66** 四 **1.27** 四 **4.13** 六 **27**，各古本《尚書》、今本《尚書》文字皆未見「妻」字，本表字首列作「#妻」。
5. 本表字形右下數字，承自論文【第二部分　傳鈔古文《尚書》文字辨析】之標示，以便於分類說明。
6. 〔備註〕欄標註該形構所見之各本傳鈔古文《尚書》，或《尚書》文句。
7. 各欄位列表如下：

<table>
<tr><td rowspan="2">今本尚書文字</td><td colspan="2">出土文獻尚書</td><td colspan="4">傳抄著錄古尚書文字</td><td colspan="3">隸古定尚書</td><td rowspan="2">構形異同說明</td><td rowspan="2">備　註</td><td colspan="3">參　　證</td></tr>
<tr><td>戰國楚簡</td><td>石經</td><td>汗簡</td><td>古文四聲韻</td><td>訂正六書通</td><td>說文所引</td><td>敦煌等古寫本</td><td>日本唐寫本</td><td>書古文訓晁刻古文尚書</td><td>出土資料文字</td><td>傳抄著錄文字</td><td>說文字形</td></tr>
</table>

今本尚書文字	出土文獻尚書		傳抄著錄古尚書文字				隸古定尚書			構形異同說明	備註	參證		
	戰國楚簡	石經	汗簡	古文四聲韻	訂正六書通	說文所引	敦煌等古寫本	日本唐寫本	書古文訓晁刻古文尚書			出土資料文字	傳抄著錄文字	說文字形
一			 汗 1.3	 四 5.7				 1 2	 1			 郭店.緇衣 17  郭店.窮達 14		古 
										省作聲符弋	秦誓"殆哉邦之杌隉曰由一人"			
天	 郭店.唐虞 28	 魏三體	 汗 1.3	 四 2.2			 2 6	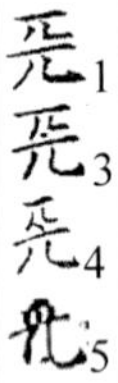 1 3 4 5	 1			 郭店.成之 4  曾侯乙墓匵器  無極山碑  千甓亭  吳天紀塼		
										1 形訛誤				
										俗訛字				
										俗訛字				
帝		 魏品式					 1	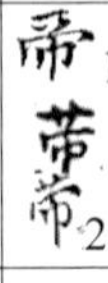 1 2	 1			 後上 26.15		古 
			 汗 1.3	 四 4.13	 六 255							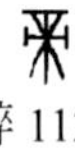 粹 1128		
		 魏三體										 信陽 1040		
	 郭店.緇衣 37											 中山王壺  信陽 1040		

今本尚書文字	出土文獻尚書		傳抄著錄古尚書文字				隸古定尚書			構形異同說明	備　註	參　證		
	戰國楚簡	石經	汗簡	古文四聲韻	訂正六書通	說文所引	敦煌等古寫本	日本唐寫本	書古文訓晁刻古文尚書			出土資料文字	傳抄著錄文字	說文字形
旁											內野本			古
														古
														篆
上												子犯編鐘 貨幣 67		古
		魏三體									足利本.上圖本（影）益稷.丕應徯志以昭受上帝	古陶 5.380 秦陶 1490 睡虎地效 49		篆
	郭店緇衣 37											古幣 301 包山 10		
下												貨幣 67〔燕〕		古
		魏三體	汗 1.3									古陶.秦詔版		篆
	郭店.唐虞 28											哀成弔鼎		
示											S799			古
										聲符更替				

今本尚書文字	出土文獻尚書		傳抄著錄古尚書文字				隸古定尚書			構形異同說明	備註	參證		
	戰國楚簡	石經	汗簡	古文四聲韻	訂正六書通	說文所引	敦煌等古寫本	日本唐寫本	書古文訓晁刻古文尚書			出土資料文字	傳抄著錄文字	說文字形
示								禮		从古文示				
		豊 魏石經								豊禮古今字				
								禮		偏旁訛混礻衤				
								仦		訛誤字				
祿									菉菉菉菉	假借字				麓古𣚌
								祿祿		从古文示𥘤				
								祿 祿2 祿3	祿1					
								祿		偏旁訛混礻衤	內野本			
祥		祥 魏三體						祥 祥2	祥1	从古文示𥘤	魏三體君奭其終出于不祥于			
		永 隸釋									盤庚中"迪高后丕乃崇降弗祥"			
福								福 福1	福2	从古文示𥘤				
								福 福3				福 春秋事語56 福 居延簡甲1220 福 漢印徵 福 禮器碑		

今本尚書文字	出土文獻尚書		傳抄著錄古尚書文字				隸古定尚書			構形異同說明	備註	參證		
	戰國楚簡	石經	汗簡	古文四聲韻	訂正六書通	說文所引	敦煌等古寫本	日本唐寫本	書古文訓晁刻古文尚書			出土資料文字	傳抄著錄文字	說文字形
祗		魏三體									君奭祗若茲	鄘侯簋 蔡侯鐘 中山王壺		
								1 2 3 4 5	1	从古文示𠀚 4.5 氏旁俗寫				
		隸釋						1 2 3		2.3 氏旁俗寫		史晨後碑 桐柏廟碑		
										偏旁訛混礻衤				
								1 2		俗混作祇		陳球碑 孝友△穆		祇
										示更替作亻	S799 武成敢祗承上帝			
神		魏三體	汗 1.3	四 1.31			1	1	2	从古文示𠀚		伯𢦏簋 行氣銘		
			汗 1.3	四 1.31			3		1 2 3	从古文旬聲符更替旬申				
祇								1 2		从古文示𠀚				
										多飾點				

今本尚書文字	出土文獻尚書		傳抄著錄古尚書文字				隸古定尚書			構形異同說明	備　註	參　　證		
	戰國楚簡	石經	汗簡	古文四聲韻	訂正六書通	說文所引	敦煌等古寫本	日本唐寫本	書古文訓晁刻古文尚書			出土資料文字	傳抄著錄文字	說文字形
祇									示	假借字			示 四 1.15 汗簡集韻祇古作示	示
								祗		俗混作祗从古文示		祗 唐扶頌		祗
齋			亝 齊 汗 6.73	亝 齊四 1.27			亝		亝	齊之古文.齋之本字	S801	齊陳曼簠 十年陳侯午錞 亝 大屓鎬	玉篇亝古文齊	齊
禋								禋2	禋 禋1	从古文示				
							禋			偏旁土作圡.漢碑與士區別	P2748			
祀			禩 汗 1.3	禩 四 3.7					禩 禩1 禩2	1 从古文示 聲符替換巳異				或禩
								祀1 祀2		从古文示				
								祀		偏旁訛混礻衤	上圖本（八）洛誥予沖子夙夜毖祀			
祖		祖 魏三體					祖 3	祖 祖 祖 祖2 祖 祖3 祖4 祖 祖5 祖 祖6	祖 祖 祖1	从古文示 5.6 偏旁俗混：且旦		祖 𬭚鎛		

今本尚書文字	出土文獻尚書		傳抄著錄古尚書文字				隸古定尚書			構形異同說明	備註	參證		
	戰國楚簡	石經	汗簡	古文四聲韻	訂正六書通	說文所引	敦煌等古寫本	日本唐寫本	書古文訓晁刻古文尚書			出土資料文字	傳抄著錄文字	說文字形
祖								祖2 祖3	祖 祖 祖1					
			⿰示虘詛 汗 1.3							⿰示虘祖聲符更替		[glyph] 包山 241 [glyph] 望山.卜 ⿰示虘 司空宗俱碑 ⿰示虘 孔遷碣		⿰示虘
祠								祠 祠		从古文示⿱一川				
祝							祝1	祝2	祝3	从古文示⿱一川				
									⿰亻兄4	古文示⿱一川更替作亻	洛誥王命作冊逸祝冊			
祈									蘄	假借字				蘄
									⿰禾斤	偏旁訛混礻禾	九條本			
禪			⿰示亶 汗 1.3	⿰示亶 四 4.23										
				[glyph] 四 4.23										
社			[glyph] 汗 6.73						[glyph]1 [glyph]2 [glyph]3	从古文示		[glyph] 中山王鼎	[glyph] [glyph] 四 3.22 說文	古 [glyph]
								社 社		从古文示				
							社	社 ⿰示圡		偏旁土作圡				
禍								禍 禍		从古文示				

今本尚書文字	出土文獻尚書		傳抄著錄古尚書文字				隸古定尚書			構形異同說明	備　註	參　　證		
	戰國楚簡	石經	汗簡	古文四聲韻	訂正六書通	說文所引	敦煌等古寫本	日本唐寫本	書古文訓晁刻古文尚書			出土資料文字	傳抄著錄文字	說文字形
禍									旤	假借字		禍 漢帛老子甲 72	漢書顏注旤古文禍字	禍
三			弎 汗 1.3	弎 四 2.13			弎	弎	弎					古 弎
閏								閏 閏						
皇		皇 魏三體	皇 汗 2.16	皇 四 2.17					皇1 皇2	从說文古文王𤣩		皇 作冊大鼎 皇 士父鐘 皇 仲師父鼎		
								皇 皇		偏旁古文王𤣩訛變	上圖本（八）		玉篇皇古文皇	
								凰		皇凰古今字	上圖本（八）益稷鳳皇來儀		廣韻凰本作皇	
		兄 隸釋								皇爲兄（況）之假借字	漢石經無逸無皇曰今日耽樂.則皇自敬德			
瓚								瓚1 瓚2	瓚1			贊：贊 張壽殘碑		
								隮		偏旁訛誤阝玉	上圖本（影）			
球								球						
									璆		禹貢惟球琳琅玕			或璆
·璆							璆1	璆2 璆3		璆爲鏐之假借字	P3169 禹貢厥貢璆鐵銀鏤砮磬	璆 華山廟碑		

今本尚書文字	出土文獻尚書		傳抄著錄古尚書文字				隸古定尚書			構形異同說明	備　註	參　證		
	戰國楚簡	石經	汗簡	古文四聲韻	訂正六書通	說文所引	敦煌等古寫本	日本唐寫本	書古文訓晁刻古文尚書			出土資料文字	傳抄著錄文字	說文字形
琳							玲 1 P3169	琌 2 九條本	玲1	琳爲玲之假借字. 2 偏旁俗混：今令	鄭注尚書作玲. 古文尚書當作玲			
璧								壁2	辟1	2 誤作壁	2 上圖本（影）金滕三例	辟 堯廟碑 辟 史晨奏銘		
璿			璿 汗 1.4	璿 四 2.5			璿1		璿2					古 璿
								璿1 璿 璿 璿2		俗訛				
琬								琬		部件俗訛夗死	觀智院本.足利本.上圖本			
玠						周書曰稱奉介圭					段注：顧命曰大保承介圭又曰賓稱奉圭兼幣蓋許君誤偶合二爲一		韻會引介圭作玠玉	
瑁										从目爲是.		珇 陶 1.4	玥 汗 1.4 說文 玥 四 4.16 說文 玉篇瑁古文作玥. 集韻瑁或省作珇	古 珇 段改 玥

今本尚書文字	出土文獻尚書		傳抄著錄古尚書文字				隸古定尚書			構形異同說明	備註	參證		
	戰國楚簡	石經	汗簡	古文四聲韻	訂正六書通	說文所引	敦煌等古寫本	日本唐寫本	書古文訓晁刻古文尚書			出土資料文字	傳抄著錄文字	說文字形
瑁							瑁1	瑁1 瑁2		偏旁訛混目 - 日月				
								瑁		偏旁訛混冃田	觀智院本			
珍								珎1 珎2		㐱形俗訛		璆：璆 華山廟碑 殄：殄 度尚碑 殄 孔龢碑		
琨						虞書曰楊州貢瑤琨簜下夏書曰瑤琨筱簜					說文虞書爲夏書之訛			
									⿰王貫	聲符替換昆貫				或⿰王貫
玭・蠙						夏書玭从虫賓			玭	聲符更替比賓				夏書蠙
							蠙	蠙			P3469			
璣								璣2	璣1	偏旁幾省戈		鐖：鐖 鳳翔秦公大墓石磬 幾：幾 芇伯簋		
								璣						
玕			玕 汗 1.4	玕 四 1.37		禹貢雝州璆琳琅玕			⿰王旱1	聲符繁化干旱				古 ⿰王旱
								玗		偏旁訛混干于	九條本.上圖本（影）			

今本尚書文字	出土文獻尚書		傳抄著錄古尚書文字				隸古定尚書			構形異同說明	備　註	參　證		
	戰國楚簡	石經	汗簡	古文四聲韻	訂正六書通	說文所引	敦煌等古寫本	日本唐寫本	書古文訓晁刻古文尚書			出土資料文字	傳抄著錄文字	說文字形
[illegible]·靈	[illegible] 上博1緇衣14			[illegible] 四 2.22						假霝爲靈		[illegible] 沈子它簋 [illegible] 季嬴霝德盉 [illegible] 邾公釛鐘	[illegible] 汗 5.63	霝
				[illegible] 四 2.22						孁之省形假孁（靇）爲靈		[illegible] 天星觀.卜 [illegible] 望山1.卜 [illegible] 秦13.8	[illegible] 汗 5.63 玉篇孁:靇同上	孁
				[illegible] 四 2.22			[illegible]1 [illegible]3	[illegible]2 [illegible]3 [illegible]4 [illegible]5 [illegible]6	[illegible]3	[illegible]形寫誤		[illegible] 齊宋顯伯造塔銘	[illegible] 汗 5.63 [illegible] 四 2.22 崔希裕纂古	
		[illegible] 漢石經.書.序記								[illegible]之省形				
								灵1 [illegible]2		偏旁俗混火大俗字	上圖本（八）.足利本.上圖本（影）			
							霊	霊		偏旁俗混巫並	P2748 岩崎本			或靈
班									攽	音義俱同而通用				

今本尚書文字	出土文獻尚書		傳抄著錄古尚書文字				隸古定尚書			構形異同說明	備註	參證		
	戰國楚簡	石經	汗簡	古文四聲韻	訂正六書通	說文所引	敦煌等古寫本	日本唐寫本	書古文訓晁刻古文尚書			出土資料文字	傳抄著錄文字	說文字形
班								1 2	訛誤字		1 上圖（八）堯典班瑞于群后 2 島田本.上圖（八）洪範班宗彝作分器			
中		魏三體	汗 1.4								上圖本（八）	甲 398 中盉 子禾子釜 中山王鼎		籀
			汗 1.4	四 1.11								前 1.6.1 天星觀.卜 包山 140 璽彙 4638		
														古
		魏三體									魏三體無逸自殷王中宗.篆隸中作仲			
每							1			偏旁俗混母毌		孔彪碑		

今本尚書文字	出土文獻尚書		傳抄著錄古尚書文字				隸古定尚書			構形異同說明	備　註	參　證		
	戰國楚簡	石經	汗簡	古文四聲韻	訂正六書通	說文所引	敦煌等古寫本	日本唐寫本	書古文訓晁刻古文尚書			出土資料文字	傳抄著錄文字	說文字形
毒									副	假借字		楚帛書丙 2.2 “可㠯出師△邑”	汗 2.21 演說文 四 5.5 說文	古
荅							荅1 荅2	荅1				武威簡.士相見 9		篆
								答		偏旁俗混⺾竹俗字			集韻答通作荅	
							畣1		亯2	畣爲合字異體合荅古今字 與享（亯）或作畣亯混同		合：包山 83 包山 214 包山 266 郭店.老子甲 19		
							畣2	畣1 畣2	畣1 畣3	畣之訛變			汗 2.28 石經 四 5.20 石經 集韻答古作畣亯	
								[illegible]		訛誤字	內野本洛誥奉荅天命			
							[illegible]			畣1亯2形之訛誤	S799 牧誓昏棄厥肆祀弗荅			

今本尚書文字	出土文獻尚書		傳抄著錄古尚書文字				隸古定尚書			構形異同說明	備註	參證		
	戰國楚簡	石經	汗簡	古文四聲韻	訂正六書通	說文所引	敦煌等古寫本	日本唐寫本	書古文訓晁刻古文尚書			出土資料文字	傳抄著錄文字	說文字形
蘇							2	1 2 3		2 部件位置互換：魚禾 3 偏旁訛混：禾礻		孫子128 漢印徵 徐氏紀產碑		
茲		魏三體 魏三體							丝1	丝茲古今字		何尊 毛公鼎 陳猷釜 曾姬無卹壺	集韻茲古作丝	丝篆
	郭店.緇衣	篆 魏三體大誥隸 篆 多士魏三體隸						1 2 3						
									玆	形近混同玆茲				
										變作从艸訛加灬	九條本費誓徂茲淮夷徐戎並興			
										丝之寫訛	上圖本（八）大禹謨帝曰俞允若茲			

今本尚書文字	出土文獻尚書		傳抄著錄古尚書文字				隸古定尚書			構形異同說明	備　註	參　證		
	戰國楚簡	石經	汗簡	古文四聲韻	訂正六書通	說文所引	敦煌等古寫本	日本唐寫本	書古文訓晁刻古文尚書			出土資料文字	傳抄著錄文字	說文字形
*董			汗 3.43	四 3.3 配鈔本四 3.3						从竹从重省形.竹(⺮)爲⺿之訛				
								蕫		聲符更替重童				蕫篆
								董				董氏洗 居延簡甲 1919B 景北海碑陰		說文無董
荊			汗 1.5	四 2.19					荕			貞簋 過伯簋 師虎簋 牆盤		古
薄								1 2		2 偏旁俗混：尃專		孫臏 167 西陲簡 57.14		篆
蒼		魏品式						2	1	从奇字倉仺義符更替⺿屮 2：仺1之訛誤	2 內野本.上圖本（八）魏品式益稷至於海隅蒼生			
										仺1之訛誤作	足利本.上圖本（影）			

今本尚書文字	出土文獻尚書		傳抄著錄古尚書文字				隸古定尚書			構形異同說明	備註	參證		
	戰國楚簡	石經	汗簡	古文四聲韻	訂正六書通	說文所引	敦煌等古寫本	日本唐寫本	書古文訓晁刻古文尚書			出土資料文字	傳抄著錄文字	說文字形
苗	覒 上博1緇衣14									覒．苗之假借字	呂刑苗民弗用靈 上博1緇衣14作覒民非甬霝			
荒			巟 汗5.62	巟 四2.17			巟1	巟1 巟2	巟1 巟3	以巟爲荒		巟 巟伯簋		
		荒荒 魏三體						荒1 荒2 荒3 荒4 荒5						
蔽							蔽1	蔽2		假借字	S801惟先蔽志．日寫本湯誥爾有善朕弗敢蔽．上圖本（八）康誥蔽時忱	蔽 老子甲後393 蔽 老子甲後353 蔽 張遷碑 蔽 魏元丕碑		
								蔽		偏旁訛混敝敞	上圖本（影）．上圖本（八）	蔽 漢石經論語殘碑		
									蔽	部件訛誤：㡀豆	康誥蔽時忱			
!蔡				蔡 四4.13										
菑								菑 菑1 菑2						
								甾3			九條本梓材若稽田既勤敷菑			或甾

今本尚書文字	出土文獻尚書		傳抄著錄古尚書文字				隸古定尚書			構形異同說明	備　註	參　證		
	戰國楚簡	石經	汗簡	古文四聲韻	訂正六書通	說文所引	敦煌等古寫本	日本唐寫本	書古文訓晁刻古文尚書			出土資料文字	傳抄著錄文字	說文字形
茅										假茆爲茅．聲符替換矛卯	足利本．上圖本（影）禹貢包匭菁茅			
藥											足利本．上圖本（影）	樂：三羊鏡3		
蓋											岩崎本	陽泉熏盧 武威簡.服傳31		
若		魏三體	汗5.66	四5.23					1			璽彙1294 曾箱漆書 信陽1.5 郭店.尊德義23 上博二.子羔8		
									叒	若之初文	湯誥若將隕于深淵	甲.頁205 亞若癸匜		

今本尚書文字	出土文獻尚書		傳抄著錄古尚書文字				隸古定尚書			構形異同說明	備　註	參　　證		
	戰國楚簡	石經	汗簡	古文四聲韻	訂正六書通	說文所引	敦煌等古寫本	日本唐寫本	書古文訓晁刻古文尚書			出土資料文字	傳抄著錄文字	說文字形
若								若若1 若2 若3 若若若若4 若5 若若6	若1					
							而	而			P3871.內野本.上圖本(八)秦誓不啻若自其口出			
								如	如		同上句 古梓堂本.足利本.上圖本（影）.書古文訓			
								若		若字訛誤	九條本梓材惟曰若稽田既勤敷菑			
芻								芻		下半作=爲省略符號	上圖本（影）			
							蒭	蒭		蒭之俗字	P3871.九條本		集韻芻或作蒭.俗作丑韮非是	
卉									𠦃					篆 卉

今本尚書文字	出土文獻尚書		傳抄著錄古尚書文字				隸古定尚書			構形異同說明	備　註	參　證		
	戰國楚簡	石經	汗簡	古文四聲韻	訂正六書通	說文所引	敦煌等古寫本	日本唐寫本	書古文訓晁刻古文尚書			出土資料文字	傳抄著錄文字	說文字形
蒙			汗6.72	四1.10				蝱$_1$ 蝱$_2$ 蝱$_3$		假蝱爲蒙 3 蝱之訛		亡：中山王鼎 中山王兆域圖 璽彙2506 璽彙4528		
								蒙 蒙$_1$ 蒙$_2$ 蒙$_3$						
藻						璪下虞書曰璪火黺米			璪	假借字	益稷藻火粉米			
								藻		品字二口共筆	足利本.上圖本（影）.上圖本（八）			藻或藻
蕃								畨$_2$	番$_1$	假借字				番篆𤰈
草							艸	艸	艸	草之初文				
								屮	屮	草之初文				
								草				草 相馬經1下 草 武威醫簡.88乙		
								屮 屮 屮		屮之俗訛				

今本尚書文字	出土文獻尚書		傳抄著錄古尚書文字				隸古定尚書			構形異同說明	備　註	參　　證		
	戰國楚簡	石經	汗簡	古文四聲韻	訂正六書通	說文所引	敦煌等古寫本	日本唐寫本	書古文訓晁刻古文尚書			出土資料文字	傳抄著錄文字	說文字形
*藏								蔵		藏之俗寫	九條本.內野本.足利本.上圖本（八）	孔耽神祠碑		說文無藏
春							旾1	旾2	旾			蔡侯殘鐘 楚帛書甲 1.3 郭店.語叢 1.4 璽彙 2415 睡虎地.日乙 202	魏三體文公	
								萅				欒書缶 蔡侯殘鐘 包山 200 睡虎地.日甲 87 漢印徵		
葬								葬1 葬2		艹死共筆				
								塟1 塟2		茻之下艹變作土．部份義符更替	內野本.足利本	武威簡.服傳 48	正字通塟字	

今本尚書文字	出土文獻尚書		傳抄著錄古尚書文字				隸古定尚書			構形異同說明	備　註	參　證		
	戰國楚簡	石經	汗簡	古文四聲韻	訂正六書通	說文所引	敦煌等古寫本	日本唐寫本	書古文訓晁刻古文尚書			出土資料文字	傳抄著錄文字	說文字形
卷 2														
小		魏三體									無逸小人怨汝詈汝			
小	上博1緇衣6 郭店緇衣9.10										君牙夏暑雨小民惟曰怨咨冬祁寒小民亦惟曰怨咨			
分							1	1 2				漢帛老子乙前26下 汝陰侯墓竹簡		
分											內野本.觀智院本.足利本書序君陳.畢命	甲346 前2.45.1	四5.14古孝經別 玉篇仌古文別	兆篆
分		比 隸釋								分字訛誤	漢石經盤庚中汝分猷念以相從			
公		魏三體								口增飾點	君奭周公若曰			
曾								2		2下作=省略符號	1：S799 2上圖本（影）	武威簡.服傳33 定縣竹簡50 漢石經.詩.河廣		篆

今本尚書文字	出土文獻尚書		傳抄著錄古尚書文字				隸古定尚書			構形異同說明	備註	參證		
	戰國楚簡	石經	汗簡	古文四聲韻	訂正六書通	說文所引	敦煌等古寫本	日本唐寫本	書古文訓晁刻古文尚書			出土資料文字	傳抄著錄文字	說文字形
番							畨	畨	畨					
·審							宷1	宷1	宷2 宷3	偏旁俗訛宀山				古 宷
							審	審				審 西狹頌		宷篆 審
悉			㥲 汗4.59	㥲 四5.7					恖1 恖2	古文悉隸古定訛變				古 㥲
							悉	悉			P2748	悉 帝堯碑 悉 曹全碑		篆 悉
釋		魏石經								借澤爲釋水移於下	君奭天弗（今本作不）庸釋于文王受命			
		魏石經篆					釋1 釋2	釋1 釋2 釋3		以釋爲釋	同上句	釋 費鳳別碑 釋 張遷碑		
									醳	書古文訓皆以醳爲釋		醳 北海相景君碑 醳 郙閣頌		
								釋1 釋2 釈3						
叛									吽1	假借字				
								叛2		半訛多一筆				
牲								牲		偏旁俗訛牛忄	上圖本（八）泰誓上犧牲粢盛			
牷							全1	全2		假全爲牷	P2643.P2516.岩崎本犧牷牲用			

今本尚書文字	出土文獻尚書		傳抄著錄古尚書文字				隸古定尚書			構形異同說明	備　註	參　證		
	戰國楚簡	石經	汗簡	古文四聲韻	訂正六書通	說文所引	敦煌等古寫本	日本唐寫本	書古文訓晁刻古文尚書			出土資料文字	傳抄著錄文字	說文字形
牽			[illegible] 汗 5.66					[illegible]1 [illegible]2 [illegible]3		偏旁訛混 手 - 牛 干 掔．牽之假借字				掔篆 [illegible]
			[illegible]掔．汗 5.66							摼．牽之假借字				
牿						周書曰今惟牿牛馬					費誓今惟淫舍牿牛馬．大小徐本皆無淫舍			
犁								[illegible]1 [illegible]2		黧之假借字 2 偏旁訛混：禾 礻				
								黎		黧之假借字	阮元校勘記：播棄犁老古本犁作黎			
物									勿	假借字	終南惇物			
犧								[illegible]1 [illegible]2 [illegible]3		偏旁訛混：羲義 2 牛才 3 牛忄				
牸・騂							騂1		牸2	牸爲本字與騂義符更替	P2748		玉篇牸亦作騂 集韻騂或从牛	
告		[illegible] 魏三體							[illegible]1 [illegible]2 [illegible]3			[illegible] 告田罍 [illegible] 師旂鼎 [illegible] 㚔壺		

今本尚書文字	出土文獻尚書		傳抄著錄古尚書文字				隸古定尚書			構形異同說明	備註	參證		
	戰國楚簡	石經	汗簡	古文四聲韻	訂正六書通	說文所引	敦煌等古寫本	日本唐寫本	書古文訓晁刻古文尚書			出土資料文字	傳抄著錄文字	說文字形
告								[illegible]1	[illegible]2	假誥爲告告誥音義通同.	內野本.足利本.上圖本（影）康誥聽朕告汝乃以殷民世享		[illegible] 汗 1.6 [illegible] 四 4.29 古尚書誥	
呱								[illegible]		偏旁俗訛瓜爪	上圖本（影）	偏旁瓜：[illegible] 李翊夫人碑 [illegible] 校官碑		
嚌						周書曰大保受同祭嚌								
			[illegible] 汗 1.6	[illegible] 四 1.27 [illegible] 四 4.13				[illegible]1	[illegible]1					
			[illegible]齊 汗 6.73	[illegible] 齊四 1.27				[illegible]		作齊字古文亝假借字	上圖本（八）	齊：[illegible] 齊陳曼簠 [illegible] 十年陳侯午錞 [illegible] 大賡鎬	玉篇亝古文齊	

今本尚書文字	出土文獻尚書		傳抄著錄古尚書文字				隸古定尚書			構形異同說明	備　註	參　證		
	戰國楚簡	石經	汗簡	古文四聲韻	訂正六書通	說文所引	敦煌等古寫本	日本唐寫本	書古文訓晁刻古文尚書			出土資料文字	傳抄著錄文字	說文字形
含		魏石經										燕下都215.11 中山王鼎 郭店.語叢1.38 信陽1.65		
									函	音同義可通假借字	無逸不啻不敢含怒			
								含	含	偏旁訛混今令				
										偏旁訛混口日	P3767			
噫			汗4.59	四1.20						从虍从意.				
				四1.20						假意爲噫				意籀
									1	假意爲噫				意篆
呼		呼 魏三體					虖1	虖1 虖2 虖3 虖4 虖5 虖6 虖7	虖1	假虖爲呼		何尊 沈子它簋 寡子卣 毛公鼎		

今本尚書文字	出土文獻尚書		傳抄著錄古尚書文字				隸古定尚書			構形異同說明	備註	參證		
	戰國楚簡	石經	汗簡	古文四聲韻	訂正六書通	說文所引	敦煌等古寫本	日本唐寫本	書古文訓晁刻古文尚書			出土資料文字	傳抄著錄文字	說文字形
呼		戱 漢石經 戲戱 隸釋								假戲爲呼 偏旁增繁 戈戊			廣韻嗚呼古作於戲	
								乎1 乎2 乎3 乎4		乎呼古今字				
								嘑		聲旁更替乎虖	上圖本（影）康誥王曰嗚呼封汝念哉	嘑 樊敏碑歐夜△旦		
吾							魚1 魚2 魚3		魚4 魚5	假魚爲吾			魚 汗5.63 魚 四1.22 古尚書魚	
哲			嚞 汗6.82	嚞 四5.14					嚞					古嚞
									喆	嚞之省形		喆 池陽令張君殘碑 喆 張遷碑	喆 汗6.83林罕集字 喆 四5.14王庶子碑	
								悊1 悊2	悊1			悊 師望鼎 悊 璽彙4934		或悊

今本尚書文字	出土文獻尚書		傳抄著錄古尚書文字				隸古定尚書			構形異同說明	備註	參證		
	戰國楚簡	石經	汗簡	古文四聲韻	訂正六書通	說文所引	敦煌等古寫本	日本唐寫本	書古文訓晁刻古文尚書			出土資料文字	傳抄著錄文字	說文字形
君	上博1緇衣6 郭店緇衣9	魏三體	汗1.6					2	1			天君鼎 史頌鼎 哀成弔鼎 侯馬 鄂君啓舟節 璽彙0273 璽彙0004		古
			汗1.6	四1.34					1 2			天君鼎 召伯簋 璽彙0273 璽彙0004		
				四1.34						尹．君音義俱近		尹漢安徽亳縣墓磚		
命	上博1緇衣18	魏三體	汗2.26				2	1				命簋 孫子42 韓仁銘		

今本尚書文字	出土文獻尚書		傳抄著錄古尚書文字				隸古定尚書			構形異同說明	備註	參證		
	戰國楚簡	石經	汗簡	古文四聲韻	訂正六書通	說文所引	敦煌等古寫本	日本唐寫本	書古文訓晁刻古文尚書			出土資料文字	傳抄著錄文字	說文字形
命								命1 命 命2 命 命3 令4						
									命1 命2					
	命 郭店緇衣36									省口作=		命 包山250 命 包山2 命 包山243		
咨									資	假借字				
								恣		涉前文怨而誤作从心	足利本.上圖本（影）君牙"夏暑雨小民惟曰怨咨"			
召								台1 召2						
								邵1 卲2		假卲爲召	內野本.上圖本（八）洛誥召公既相宅			
								㠯		召字訛誤	上圖本（影）微子召敵讎不怠			
和			咊 汗1.6	咊 四2.11			咊 1	咊1 咊2	咊1		2 上圖本（影）堯典協和萬邦	咊 盉壺 和 陳肪簋 和 史孔盉		

今本尚書文字	出土文獻尚書		傳抄著錄古尚書文字				隸古定尚書			構形異同說明	備　註	參　證		
	戰國楚簡	石經	汗簡	古文四聲韻	訂正六書通	說文所引	敦煌等古寫本	日本唐寫本	書古文訓晁刻古文尚書			出土資料文字	傳抄著錄文字	說文字形
和									龢		周官治神人和上下			
		龢 魏三體						禾1		省作聲符禾	上圖本（影）皋陶謨．同寅協恭和衷哉			
台								台						
								朕		同義字	足利本．上圖本（影）說命下王曰來汝說台小子舊學于甘盤			
啻		啻 魏三體								从古文帝𢂑				
周		周 魏三體							周1					篆 周
								用2		省口		用 盂爵 用 格伯簋		古 周
咈						周書曰咈其耇長			𠯁					
嗜				饍饍 四4.5					饍1	義符替換口食			玉篇饍與嗜同	
								嗜		偏旁訛混日目	九條本			
							耆			假耆爲嗜	P2533			
吒·咤						詫下周書曰王三宿三祭三詫			詫	詫之假借	顧命王三宿三祭三咤			

今本尚書文字	出土文獻尚書		傳抄著錄古尚書文字				隸古定尚書			構形異同說明	備註	參證		
	戰國楚簡	石經	汗簡	古文四聲韻	訂正六書通	說文所引	敦煌等古寫本	日本唐寫本	書古文訓晁刻古文尚書			出土資料文字	傳抄著錄文字	說文字形
吁			汗 1.6	四 1.24					1	偏旁位移		郭店語叢 2.15 璽彙 0269	玉篇古文吁	
吁												吳王光鑑 郭店語叢 2.16 璽彙 4019		
#吟			汗 1.6	四 2.26							今尚書無吟字.注云尚書當是史書之誤			
吝								1	2	偏旁隸變口ㄙ		漢石經.易.家人		
#唬			汗 1.6								今尚書無唬字.注云尚書當是史書之誤			
新附#嘲			汗 1.6	四 1.6							今尚書無嘲字.注云尚書當是史書之誤			
*嗟										部件俗訛工匕				說文無嗟

今本尚書文字	出土文獻尚書		傳抄著錄古尚書文字				隸古定尚書			構形異同說明	備　註	參　證		
	戰國楚簡	石經	汗簡	古文四聲韻	訂正六書通	說文所引	敦煌等古寫本	日本唐寫本	書古文訓晁刻古文尚書			出土資料文字	傳抄著錄文字	說文字形
嚴			𠪚 汗1.10	𠪚 四2.28					𠪚			嚴 井人編鐘 嚴 多友鼎 嚴 中山王壺		古𠪚
									𡾊	从敢古文𢽏		嚴 虢弔鐘 嚴 秦公簋		
		嚴 隸釋					巖1	巖2 巖3 巖4 巖巖5		123 部件隸變：口ム				
單							单			部件隸變：口ム	P2748	單 漢石經春秋文公14		
								單1 单2 单3						
喪		喪 魏三體						喪喪喪喪喪3 喪喪喪4 喪5	喪喪喪喪喪喪 喪1 喪2			喪 昜鼎	喪 四2.17 汗簡	

今本尚書文字	出土文獻尚書		傳抄著錄古尚書文字				隸古定尚書			構形異同說明	備註	參證		
	戰國楚簡	石經	汗簡	古文四聲韻	訂正六書通	說文所引	敦煌等古寫本	日本唐寫本	書古文訓晁刻古文尚書			出土資料文字	傳抄著錄文字	說文字形
喪		𠷎 魏三體（篆）					丧1 𡂤2 𠷎3 亡4	丧5 喪6 䘮7 丧8 𡂤9	𠷎1			𠷎 漢帛老子乙247上 丧 漢帛老子甲157 𠷎 韓仁銘 丧 武威簡.服傳37 桒 孔彪碑		
							𡂤古				P3315	𠷎 旂作父戊鼎 𠷎 毛公鼎 𠷎 洹子孟姜壺	𠷎 四2.17古老子 𠷎 張揖集	
走							走1 走4	走4	夭1 夭2 夭3			走 盂鼎 走 令鼎		篆 走
趨								趍 趍		偏旁芻俗訛作多．與趍字相混	內野本．觀智院本．上圖本（八）	趍 武威簡.泰射48 趍 西狹頌	廣韻趨俗作趍	
趣							趣	趣			S2074 九條本			
越		越 魏三體								義符更替走辵	立政亦越成湯陟			
		粵 魏三體									三體皆作粵．大誥西土人亦不靜越茲蠢			

今本尚書文字	出土文獻尚書		傳抄著錄古尚書文字				隸古定尚書			構形異同說明	備　註	參　證		
	戰國楚簡	石經	汗簡	古文四聲韻	訂正六書通	說文所引	敦煌等古寫本	日本唐寫本	書古文訓晁刻古文尚書			出土資料文字	傳抄著錄文字	說文字形
起														古
止										隸變俗寫與心形近	S799.岩崎本	居延簡.甲 11 魯峻碑		
歷		魏三體								假鬲爲歷	君奭多歷年所.大誥嗣無疆大歷服			
歸														籀
												包山205 包山207 郭店.六德11		
										偏旁訛混止山				
														篆
										偏旁省形				
										皈.俗字从自从反之訛 音義近同				
步										偏旁訛混止山				

今本尚書文字	出土文獻尚書：戰國楚簡	出土文獻尚書：石經	傳抄著錄古尚書文字：汗簡	傳抄著錄古尚書文字：古文四聲韻	傳抄著錄古尚書文字：訂正六書通	傳抄著錄古尚書文字：說文所引	隸古定尚書：敦煌等古寫本	隸古定尚書：日本唐寫本	隸古定尚書：書古文訓晁刻古文尚書	構形異同說明	備註	參證：出土資料文字	參證：傳抄著錄文字	參證：說文字形
歲			 汗 5.68	 四 4.14	 六 275				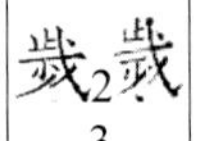			 鐵 80.4  佚 309  明 2235  舀鼎  毛公鼎  爲甫人盨		
								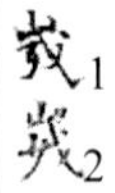		偏旁訛混止山		同上	 四 4.14 崔希裕纂古	
								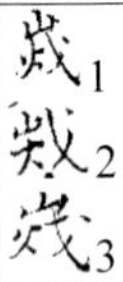		偏旁訛混止山		同上		
			 汗 1.7					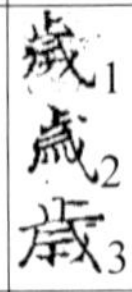				 公子土斧壺		
								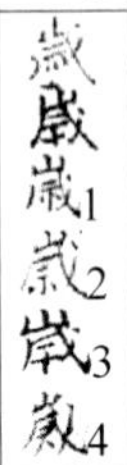		偏旁訛混止山		同上		
										=爲省略符號	足利本		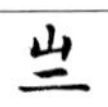 四 4.14 崔希裕纂古	
										 形訛變	上圖本（八）			

今本尚書文字	出土文獻尚書		傳抄著錄古尚書文字				隸古定尚書			構形異同說明	備　註	參　證		
	戰國楚簡	石經	汗簡	古文四聲韻	訂正六書通	說文所引	敦煌等古寫本	日本唐寫本	書古文訓晁刻古文尚書			出土資料文字	傳抄著錄文字	說文字形
此								此1 此2 此3 此4				此 孫臏 34 此 孫子138 此 樊敏碑		
		茲 隸釋								同義字	立政以並受此丕丕基			
正									正1 正2			正 乙亥鼎 正 衛簋 正 格伯簋 正 陳子子匜 正 王子午鼎		古正古正
								正1 正2				正 孫子 22 正 武威.有司 10 正 張景碑		
							政			正爲假借字	P5543 甘誓汝不恭命御非其馬之正			
								王		今本作正爲王字之誤	岩崎本.內野本.足利本.上圖本（影）.上圖本（八）君牙亦惟先正之臣克左右亂四方			
								生		正之訛誤	足利本君牙乃惟由先正舊典時式			

今本尚書文字	出土文獻尚書		傳抄著錄古尚書文字				隸古定尚書			構形異同說明	備註	參證		
	戰國楚簡	石經	汗簡	古文四聲韻	訂正六書通	說文所引	敦煌等古寫本	日本唐寫本	書古文訓晁刻古文尚書			出土資料文字	傳抄著錄文字	說文字形
是								昰昰是2	昰昰1			是 景北海碑 是 曹全碑		篆昰
是							㞢	之		之	S2074.九條本.內野本.上圖本(八)蔡仲之命惟德是輔			
迹									蹟		立政以陟禹之迹			或蹟
巡									徇1	徇巡聲符音近.形符彳辵義類相通				
巡									徇2	2从古文旬				
巡								廵1 廵2 廵3		偏旁混用辶廴				
徒								徒徒2	辻1			徒 揚簋 徒 陶彙3.718 徒 睡虎地11.2 徒 漢帛老子甲24		篆辻
徒								従		訛誤作從	上圖本（影）周官司徒掌邦教			

今本尚書文字	出土文獻尚書		傳抄著錄古尚書文字				隸古定尚書			構形異同說明	備　註	參　證		
	戰國楚簡	石經	汗簡	古文四聲韻	訂正六書通	說文所引	敦煌等古寫本	日本唐寫本	書古文訓晁刻古文尚書			出土資料文字	傳抄著錄文字	說文字形
延・征			汗1.8	四2.21					延 延1			曩伯盨 居延簡甲855 居延簡甲838	隸續石經古文	篆
										偏旁辵．止形訛作正			汗1.9石經	
								征 征				利簋 鄂侯鼎 庚兒鼎 中山王鼎 楚帛書丙		或征
							征			征．偏旁訛混彳亻	S799. S801			
隨							隨3	随1 随2		俗省		陳球後碑 嚴訢碑		
𨑥・徂			汗1.8	四1.26	六40					聲旁更替：虘 虘			四1.26汗簡𨑥 汗2.20古尚書殂	籀

今本尚書文字	出土文獻尚書		傳抄著錄古尚書文字				隸古定尚書			構形異同說明	備註	參證		
	戰國楚簡	石經	汗簡	古文四聲韻	訂正六書通	說文所引	敦煌等古寫本	日本唐寫本	書古文訓晁刻古文尚書			出土資料文字	傳抄著錄文字	說文字形
退・徂								徂1 徂2		義符更替辵彳				或徂 徂
									退 徂					篆 退
									殂	古文殂殂隸訛以殂（殂）爲徂	書序伊訓.伊尹作伊訓肆命徂后			殂古殂
									殂	以殂爲徂	書序伊訓.篇名肆命徂后			
								租		徂之訛誤	上圖本（影）說命下自河徂亳曁厥終罔顯			
								往		往字隸訛.徂往同義字	足利本.上圖本（影）.上圖本（八）酒誥封我西土棐徂邦君			
適		適 魏三體								省口聲符替換啻帝	多士惟爾王家我適	適 適 溫縣		
							適2	適1 適2 適3				適 睡虎地18.52 適 漢帛老子甲145 適 武威簡.服傳18 適 居延簡甲1210		

今本尚書文字	出土文獻尚書		傳抄著錄古尚書文字				隸古定尚書			構形異同說明	備　註	參　　證		
	戰國楚簡	石經	汗簡	古文四聲韻	訂正六書通	說文所引	敦煌等古寫本	日本唐寫本	書古文訓晁刻古文尚書			出土資料文字	傳抄著錄文字	說文字形
進			迺 汗 1.8	迺 四 4.18										
造									艁1 艁艁2			艁 羊子戈 艁 淳于戟 艁 郜大司馬戟		古 艁
適						周書曰無敢昏適			俞	假俞爲適或省作聲符俞	武成既戊午師適孟津.顧命無敢昏適			
速									𧫷1					古 𧫷
								速2		偏旁混用辶廴	九條本酒誥惟民自速辜			
									遬3			[illegible] 睡虎地 4.3 [illegible] 漢印徵		籀 遬
逆			屰 汗 1.11 屰 汗 6.82	屰 屰 四 5.7					屰1 屰2	屰爲逆之初文		屰 甲 2707 屰 乙 8505 屰 目父癸爵 屰 父丁爵	屰 四 5.7 義雲章 屰 王惟恭黃庭經	屰 篆 屰
								逆1 逆逆2 逆3				逆 睡虎地 30.38 逆 孫臏 106 逆 漢石經.僖公 25		

今本尚書文字	出土文獻尚書		傳抄著錄古尚書文字				隸古定尚書			構形異同說明	備　註	參　證		
	戰國楚簡	石經	汗簡	古文四聲韻	訂正六書通	說文所引	敦煌等古寫本	日本唐寫本	書古文訓晁刻古文尚書			出土資料文字	傳抄著錄文字	說文字形
遘							[illegible]2		[illegible]1	假冓爲遘或省作聲符冓	1 金縢遘厲虐疾 2：P2748			
									[illegible]	假借字冓[illegible]古今字	洛誥無有遘自疾			
迪		[illegible]魏三體（古）[illegible]魏三體（篆）						[illegible]2	[illegible] [illegible]1	偏旁混用辶廴				
								[illegible] [illegible]1 [illegible]2		厥.迪皆語詞相通用	咸有一德監于萬方啓迪有命 1 上圖本（元）上圖本(八) 2 內野本			
通									[illegible]	與上文遂字相涉誤作遂古文[illegible]	旅獒遂通道于九夷八蠻			遂古[illegible]
遷			[illegible]汗4.49	[illegible]四2.4			[illegible]6 [illegible]	[illegible]1 [illegible] [illegible]4 [illegible] [illegible]5 [illegible]6 [illegible]7	[illegible]1 [illegible] [illegible] [illegible] [illegible]2 [illegible] [illegible]3	䙴遷古今字		[illegible]侯馬 [illegible]郭店.窮達 5 [illegible]雲夢.秦律154		[illegible]或[illegible]
			[illegible]汗5.64	[illegible]四2.4					[illegible]1	偏旁手作㞢	書序・胤征自契至于成湯八遷	折：[illegible]洹子孟姜壺[illegible]說文籀文折		古[illegible]

今本尚書文字	出土文獻尚書 戰國楚簡	石經	傳抄著錄古尚書文字 汗簡	古文四聲韻	訂正六書通	說文所引	隸古定尚書 敦煌等古寫本	日本唐寫本	書古文訓晁刻古文尚書	構形異同說明	備註	參證 出土資料文字	傳抄著錄文字	說文字形
遷							遷1 遷3	遷2 遷3				遷 華山廟碑		篆 䙴
								迁		聲符替換	足利本．書序・咸有一德仲丁遷于囂作仲丁			
遜						唐書曰五品不愻			愻	愻．順也之本字	說文引舜典五品不遜	[illegible] 郭店緇衣26		
									愻	愻假借爲遜遜字	書古文訓：微子我其發出狂吾家耄遜于荒	[illegible] 郭店緇衣26		
								遜 遜1 遜2		偏旁俗訛子歹[illegible]				
							孫	孫	孫	借孫爲遜				
遲			遟 汗1.8	遟 四1.18			遟	遟	遟	迡爲遟之訛．𡰥古文夷字		遟 包198 遟 天星觀．卜 遟 三公山碑	集韻 遟：人名．遟任古賢人．書"遟任有言"	或 䢃
								遲1 遲2				[illegible] 伯遲父鼎 [illegible] 元年師旋簋 遲 漢印徵 遲 費鳳碑		籀 遟

今本尚書文字	出土文獻尚書		傳抄著錄古尚書文字				隸古定尚書			構形異同說明	備註	參證		
	戰國楚簡	石經	汗簡	古文四聲韻	訂正六書通	說文所引	敦煌等古寫本	日本唐寫本	書古文訓晁刻古文尚書			出土資料文字	傳抄著錄文字	說文字形
遲										籀文遲之隸變俗寫		孫臏315 禮器碑 韓勑碑		遲
迆						夏書曰東迆北會于匯						郭店.語叢2.4 陶彙3.026		
違		魏三體								假韋爲違		甲2258 黃韋俞父盤 韋鼎 包山259 包山273 曾侯乙66		韋古
		魏三體（隸）						1 2 3		韋之隸書				韋篆
								1 2 3 4 5		魏三體（隸）訛變				

今本尚書文字	出土文獻尚書		傳抄著錄古尚書文字				隸古定尚書			構形異同說明	備　註	參　證		
	戰國楚簡	石經	汗簡	古文四聲韻	訂正六書通	說文所引	敦煌等古寫本	日本唐寫本	書古文訓晁刻古文尚書			出土資料文字	傳抄著錄文字	說文字形
違								違 1 違 2 違 3						
		元 隸釋								假借字	多士"時惟天命無違"			
達								達 1	逹 2			達 漢石經.詩.子矜 達 華山廟碑		
		通 隸釋								通達同義字	漢石經顧命"用克達殷集大命"			
迷		麋 魏三體								借麋爲迷	無逸"無若殷王受之迷亂"	麋 石鼓文 麋 雲夢.答問 81 麋 璽彙 0360		
									侎	侎迷音義近同而借				
遯			遯 汗 1.8	遯 四 3.16 遯 遂 四 4.20			遯 1	遯 1						
				豚 遁 四 4.20						疑遯四 4.20 之省辵寫訛 假豚爲遯(遁)	今本尚書有遯無遁	豚 臣辰卣 豚 豚鼎 豚 豚卣		豚古 豚

今本尚書文字	出土文獻尚書		傳抄著錄古尚書文字				隸古定尚書			構形異同說明	備註	參證		
	戰國楚簡	石經	汗簡	古文四聲韻	訂正六書通	說文所引	敦煌等古寫本	日本唐寫本	書古文訓晁刻古文尚書			出土資料文字	傳抄著錄文字	說文字形
遯									遯	遯篆文隸古定訛變				篆遯
								遁		遁聲符更替盾豚	上圖本（元）微子我不顧行遯			
遺									遺遺	篆文隸古定		遺秦山刻石 遺漢帛老子甲107		篆遺
								遗1 遗2		俗寫省形		遗武威醫簡60		
遂			述汗1.8					述2 述3 述4	述1	借述爲遂．訛作迹之籀文汗1.8古尚書遂訛誤作述		述盂鼎 述史遂簋 述魚鼎匕 述中山王壺 述魏三體君奭 述魏三體僖公		迹籀述
				述四4.5	述六275		述2	述3 述4	述1	借述爲遂.	P2643	述魏三體僖公		古䢟
									述	汗1.8古尚書遂訛誤作述	費誓			
								遂						
								遂1 遂2		遂古文䢟訛誤				古䢟

今本尚書文字	出土文獻尚書		傳抄著錄古尚書文字				隸古定尚書			構形異同說明	備　註	參　　證		
	戰國楚簡	石經	汗簡	古文四聲韻	訂正六書通	說文所引	敦煌等古寫本	日本唐寫本	書古文訓晁刻古文尚書			出土資料文字	傳抄著錄文字	說文字形
遒							1	2		2 偏旁訛變：酋		禮器碑側		或遒
近			汗 1.7							假旂爲近	內野本洪範以近天子之光	郱旂士鐘 命瓜君壺 齊侯敦 洹子孟姜壺 喬君鉦		古
邇							1	2 3	1	23 訛變		璽彙 0221 璽彙 5218		古
														篆
									1 2	2 隸古定訛變邇遷聲符更替				遷篆
							和闐本	1 2		借尒爲迩	太甲上“密邇先王”畢命“密邇王室”			
遠									1 2			克鼎 郭店.成之 37 郭店.六德 48		古

今本尚書文字	出土文獻尚書		傳抄著錄古尚書文字				隸古定尚書			構形異同說明	備註	參證		
	戰國楚簡	石經	汗簡	古文四聲韻	訂正六書通	說文所引	敦煌等古寫本	日本唐寫本	書古文訓晁刻古文尚書			出土資料文字	傳抄著錄文字	說文字形
遠		魏三體		四 3.15 古老子古尚書								番生簋		
遠								1 2				武威醫簡 85 乙		篆
逖			汗 1.8	四 5.15			1	1 2	1	聲符更替				古
道			汗 1.10	四 3.20				1	1			貉子卣		
道			汗 1.10	四 3.20						人行爲道會意		甲 598 甲 1798 郭店.老子甲 61		
道								1 2	1			散盤 侯馬 中山王鼎 郭店.五行 5		篆
道		魏三體								假迪爲道	君奭我道惟寧王德延			
道										道說字之異體.增義符口	觀智院本顧命皇后憑玉几道揚末命			

今本尚書文字	出土文獻尚書		傳抄著錄古尚書文字				隸古定尚書			構形異同說明	備註	參證		
	戰國楚簡	石經	汗簡	古文四聲韻	訂正六書通	說文所引	敦煌等古寫本	日本唐寫本	書古文訓晁刻古文尚書			出土資料文字	傳抄著錄文字	說文字形
新附遑		魏三體					皇	皇	皇	撰異：皇作遑.俗字衛包所改	無逸不遑暇食 P3767.P2748.內野本			
德								德$_1$ 德$_2$ 德$_3$				甲2304 拾5.1 何尊 嬴霝德鼎		
								𢛳			上圖本（影）			
	上博1緇衣3 郭店.緇衣5		汗4.59					悳$_1$ 悳$_2$		本作徝 彳直 增義符心作德. 或省彳作悳		嬴霝悳壺 陳侯因資錞		悳古
		魏品式 魏三體					悳$_1$ 悳$_3$	悳$_5$ 悳$_6$ 悳$_7$	悳$_1$ 悳$_2$ 悳$_4$			侯馬3.7 侯馬98.6 中山王鼎		悳古
								志		悳字形誤	岩崎本說命下"厥德俻罔覺"			

今本尚書文字	出土文獻尚書		傳抄著錄古尚書文字				隸古定尚書			構形異同說明	備註	參證		
	戰國楚簡	石經	汗簡	古文四聲韻	訂正六書通	說文所引	敦煌等古寫本	日本唐寫本	書古文訓晁刻古文尚書			出土資料文字	傳抄著錄文字	說文字形
復									復1 復2			復 復尊 復 𢦏方鼎 復 馬王堆.易 9		篆 復
							復1	復1 後 復2 復 復 復3 後 後4				復 睡虎地 24.33 復 武威醫簡.86 乙		
							復 復1	復2		偏旁訛混彳氵		復 武威簡.士相見 4		
往			𨗈 汗 1.8	𨗈 四 3.24	𨗈 六 222			𨗈1	𨗈 𨗈 𨗈 𨗈 1	義符更替彳辵				古 𨗈
		徃 魏三體					徃1	徃2 徃3 徃4 徃5				徃 吳王光鑑		
		徃 (隸) 魏三體						徃1						
								徃1 徃2		偏旁訛誤		徃 馬王堆		
								徃1 徃2 徃3		偏旁訛混彳亻		徃 老子甲 165 徃 睡虎地 32.4		

今本尚書文字	出土文獻尚書		傳抄著錄古尚書文字				隸古定尚書			構形異同說明	備　註	參　　證		
	戰國楚簡	石經	汗簡	古文四聲韻	訂正六書通	說文所引	敦煌等古寫本	日本唐寫本	書古文訓晁刻古文尚書			出土資料文字	傳抄著錄文字	說文字形
往								姓		訛誤作姓	上圖本（八）呂刑王曰嗚呼嗣孫今往何監			
								役		訛誤字	上圖本（影）康誥往哉封勿替敬典			
循							偱2	循1		偏旁訛混彳亻	P4509 觀智院	循 景北海碑陰		
								修1 修2 修3		與脩隸變訛从彳作循混同.誤循爲脩而作修		循 楊君石門頌 循 景北海碑陰 脩：循 北海相景君碑		
微		[glyph] 魏三體	[glyph] 徵.汗 1.14	[glyph] 四 1.21					敚1	汗簡誤注徵				敚篆 [glyph]
			[glyph] 汗 1.14	[glyph] 四 1.21						汗.四.徵字誤注微				
							微1 微2 微3 微4	微3 微4 微5		隸變俗寫		微 漢帛老子甲 85 微 縱橫家書 196 微 孫臏 24 微 漢石經.詩.式微 微 趙寬碑	微 四 1.21 籀韻	

今本尚書文字	出土文獻尚書		傳抄著錄古尚書文字				隸古定尚書			構形異同說明	備　註	參　　證		
	戰國楚簡	石經	汗簡	古文四聲韻	訂正六書通	說文所引	敦煌等古寫本	日本唐寫本	書古文訓晁刻古文尚書			出土資料文字	傳抄著錄文字	說文字形
微								薇1	薇2	假薇爲微	立政夷微盧烝三亳阪尹			
								徵 徵		誤爲徵字	岩崎本牧誓及庸蜀羌髳微盧彭濮人．島田本洪範俊民用微			
徯								徯徯1 徯2 徯徯3 徯4						
								傒1 傒2		偏旁訛混彳亻				
								待		同義字	上圖本（八）五子之歌徯于洛之汭			
𢓊·退			𨒃 汗 1.8	𨒃 四 4.17				退1 退2 退4	退3			𨒃 行氣玉銘 𨒃 楚帛書乙 8.6 𨒃 郭店魯穆 2 退 校官碑 退 張遷碑 退 鄭固碑		古𨒃
								追		訛誤字	上圖本（八）益稷退有後言			

今本尚書文字	出土文獻尚書		傳抄著錄古尚書文字				隸古定尚書			構形異同說明	備註	參證		
	戰國楚簡	石經	汗簡	古文四聲韻	訂正六書通	說文所引	敦煌等古寫本	日本唐寫本	書古文訓晁刻古文尚書			出土資料文字	傳抄著錄文字	說文字形
後		𨑓 魏三體	𨑓 汗 1.8	𨑓 四 3.27 𨑓 四 4.38					𨑓			𨑓 沇兒鐘 𨑓 曾姬無卹壺 𨑓 包山 2 𨑓 郭店.語叢 1.7		古𨑓
							後4	後 後1 後 後2 後3 後4		偏旁訛混彳氵				
								後 後 後		與徯作後後混同	上圖本（元）、上圖本（八）			
								后		假后爲後	足利本、上圖本（影）			
									𨑓	𨑓之訛誤字	益稷汝無面從退有後言			
很								很1 很2		偏旁訛混彳亻				
								狠1 狠2		1 假狠爲很 2 假借字狠之訛誤				

今本尚書文字	出土文獻尚書		傳抄著錄古尚書文字				隸古定尚書			構形異同說明	備註	參證		
	戰國楚簡	石經	汗簡	古文四聲韻	訂正六書通	說文所引	敦煌等古寫本	日本唐寫本	書古文訓晁刻古文尚書			出土資料文字	傳抄著錄文字	說文字形
得			[glyph] 汗1.14				㝵3 㝵4	㝵4	㝵1 㝵2			[glyph] 前7.42.2 [glyph] 亞父癸卣 [glyph] 克鼎 [glyph] 子禾子釜 [glyph] 中山王鼎 [glyph] 魏三體僖公		古[glyph]
								得 得1 淂 淂2		偏旁訛混彳氵				
御								馭	馭			[glyph] 盂鼎 [glyph] 馭八卣 [glyph] 噩侯鼎		古[glyph]

今本尚書文字	出土文獻尚書		傳抄著錄古尚書文字				隸古定尚書			構形異同說明	備　註	參　　證		
	戰國楚簡	石經	汗簡	古文四聲韻	訂正六書通	說文所引	敦煌等古寫本	日本唐寫本	書古文訓晁刻古文尚書			出土資料文字	傳抄著錄文字	說文字形
御		御 漢石經						御 御2 御3 御4 御5 御 御6	御1	1 偏旁卩下移		御 漢帛老子甲118 御 居延簡甲712 御 長沙出土西漢印 御 漢石經.詩.松高 御 魯峻碑 御 禮器碑陰		篆 御
		[illegible] 魏三體								義符更替彳辵		[illegible] 前2.18.6 [illegible] 牧師父簋		
								卸1 卸2		卸御義符更替：止辵.2 止訛作山		[illegible] 御鬲		
延							延5	延1 延2 延3 延4 延6						
*徇							循1 循2	循 2		假循爲徇 2 與脩混同		循 楊君石門頌 循 景北海碑陰		

今本尚書文字	出土文獻尚書		傳抄著錄古尚書文字				隸古定尚書			構形異同說明	備註	參證		
	戰國楚簡	石經	汗簡	古文四聲韻	訂正六書通	說文所引	敦煌等古寫本	日本唐寫本	書古文訓晁刻古文尚書			出土資料文字	傳抄著錄文字	說文字形
*徇									殉	假殉爲徇	泰誓中王乃徇師而誓		集韻殉徇音義並通	
								侚		偏旁訛混彳亻	岩崎本泰誓中王乃徇師而誓		集韻徇或作侚	
齒								2 3 4 5	1			甲 2319 乙 7482		古
								1 2				中山王壺 璽彙 0912 信陽 2.2		篆
牙	上博 1 緇衣 6 郭店緇衣 9									雅之假借	君牙	璽彙 2503 陶彙 6.102		古
									雅					
足							足	足 足				足 漢帛老子甲 20 足 漢石經.易.鼎		
蹌								蹌			益稷鳥獸蹌蹌			
						牄下虞書曰鳥獸牄牄			牄	假牄爲蹌	益稷鳥獸蹌蹌			

今本尚書文字	出土文獻尚書		傳抄著錄古尚書文字				隸古定尚書			構形異同說明	備　註	參　　證		
	戰國楚簡	石經	汗簡	古文四聲韻	訂正六書通	說文所引	敦煌等古寫本	日本唐寫本	書古文訓晁刻古文尚書			出土資料文字	傳抄著錄文字	說文字形
躋						商書曰予顛躋					微子我乃顛隮			
踐								踐 踐 踐						
距								跙1 跙2						
									岠	岠距義符更替：足止	益稷濬畎澮距川. P2533 禹貢 . 五子之歌			
								岠		岠偏旁訛混止山	九條本	偏旁巨：巨 漢印徵 巨 晉辟雍碑		
路							輅			假輅爲路	敦煌本P5557			
品								品		二口共筆	上圖本（影）			
冊			笧 汗1.10	笧 四5.18			笧2 笧3	笧1 笧2	笧笧 笧2	變作从竹		冊 師虎簋 冊 師酉簋		古笧
			𠕋 汗1.10							假𠕋爲冊		𠕋 甲884	一切經音義𠕋古文冊	𠕋篆𠕋
								冊1	冊2					篆冊
								筞		假借字	上圖本（八）金縢乃納冊于金縢之匱中			

今本尚書文字	出土文獻尚書		傳抄著錄古尚書文字				隸古定尚書			構形異同說明	備　註	參　　證		
	戰國楚簡	石經	汗簡	古文四聲韻	訂正六書通	說文所引	敦煌等古寫本	日本唐寫本	書古文訓晁刻古文尚書			出土資料文字	傳抄著錄文字	說文字形
嗣			汗 6.80	四 4.7					孠			戍嗣鼎 令瓜君壺 曾侯乙鐘 隨縣鐘架		古孠
		魏三體 魏三體								偏旁司形訛：汗 6.80 誤注副字			副 汗 6.80	
								1 2 3						
											岩崎本呂刑"嗣孫今往何監"			
卷 3														
嚚			汗 1.10	四 1.32						隸古定訛變				古
			汗 1.7	四 1.32	六 80					隸古定訛變				
器							1	1 2 3		偏旁訛混犬大尢		燮簋 黃韋俞父盤 居延簡.甲 2165		

今本尚書文字	出土文獻尚書		傳抄著錄古尚書文字				隸古定尚書			構形異同說明	備　註	參　　證		
	戰國楚簡	石經	汗簡	古文四聲韻	訂正六書通	說文所引	敦煌等古寫本	日本唐寫本	書古文訓晁刻古文尚書			出土資料文字	傳抄著錄文字	說文字形
器								器1 器2				器 睡虎地25.39 器 居延簡.甲712		
商		商 魏三體							商1			商 蔡侯盤		古 商
			商 汗1.11	商 四2.14	商 六116							商 商叡簋 商 庚壺		籀 商
									商1 商2 商3	籀文隸古定訛變		商 函尊 商 秦公鎛		籀 商
									商1 商2					古 商
							商2	商2 商3	商1			商 甲2416 商 商尊 商 商丘弔𠤳 商 曾侯乙鐘		篆 商
糾								糺		俗字	岩崎本.內野本			
								糾		偏旁訛誤	足利本.上圖本（影）.上圖本（八）			
古								古1 古2						

今本尚書文字	出土文獻尚書		傳抄著錄古尚書文字				隸古定尚書			構形異同說明	備註	參證		
	戰國楚簡	石經	汗簡	古文四聲韻	訂正六書通	說文所引	敦煌等古寫本	日本唐寫本	書古文訓晁刻古文尚書			出土資料文字	傳抄著錄文字	說文字形
古												 古陶 5.464  中山王壺  古幣.布空大		
言			 汗 1.12		 六 98				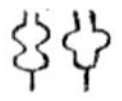			 拾 8.1  拾 14.10  古幣 143		
				 四 1.35						爲汗 1.12 六 98 訛變				
		 魏品式										 甲 499  侯馬 67.6  璽彙 4662  璽彙 4285		
	 上博 1 緇衣 20											 續甲 1154  璽彙 0650  璽彙 1954		

今本尚書文字	出土文獻尚書		傳抄著錄古尚書文字				隸古定尚書			構形異同說明	備　註	參　證		
	戰國楚簡	石經	汗簡	古文四聲韻	訂正六書通	說文所引	敦煌等古寫本	日本唐寫本	書古文訓晁刻古文尚書			出土資料文字	傳抄著錄文字	說文字形
言	音 郭店緇衣40											音 侯馬67.14 音 包山14 [illegible] 中山王鼎		
	音 郭店成之29									音	君奭襄我二人汝有合哉言．郭店成之聞之引作[illegible]（[illegible]）我二人毋又合才音			
謂							胃$_{1}$	胃$_{2}$ 胃$_{3}$		假胃爲謂 偏旁訛混：2 月日 3 月目				
								謂$_{1}$ 謂謂$_{2}$		1 偏旁訛混：月日 2 部件省略=				
		惠 隸釋								假借字	漢石經盤庚下爾謂朕曷震動萬民以遷			
讎			[illegible] 汗4.59	[illegible] 四2.24	[illegible] 六145					義符更替：言心聲符更替：雔[illegible]				
								[illegible]$_{2}$	[illegible]$_{1}$	[illegible]義符更替言心聲符更替：雔[illegible]（[illegible]）				
							[illegible]$_{1}$	[illegible]$_{2}$		假[illegible]爲讎				
								雔		雔讎音同假借	神田本．上圖本（八）			

今本尚書文字	出土文獻尚書		傳抄著錄古尚書文字				隸古定尚書			構形異同說明	備註	參證		
	戰國楚簡	石經	汗簡	古文四聲韻	訂正六書通	說文所引	敦煌等古寫本	日本唐寫本	書古文訓晁刻古文尚書			出土資料文字	傳抄著錄文字	說文字形
諸			[illegible] 汗 4.48	[illegible] 四 1.23				[illegible] [illegible]3 [illegible]4 [illegible] [illegible]5	[illegible] [illegible] 1[illegible] [illegible] 2	借者爲諸			[illegible] 魏三體 僖公諸 [illegible] 四 1.23 古孝經諸 [illegible] 四 3.21 古孝經者 [illegible] 四 3.21 古老子者	者
							[illegible]1	[illegible]1 [illegible] [illegible]2 [illegible]3 [illegible]4 [illegible]5		偏旁訛混止山				
							[illegible] 1	[illegible]2 [illegible]3		偏旁訛混止山			[illegible] 四 1.23	
								於		[illegible]之訛誤字	上圖本（元）高宗肜日祖己訓諸王作高宗肜日			
詩							[illegible]		[illegible] [illegible]	从言从之古文[illegible]隸定				古[illegible]
								[illegible]		古文[illegible]隸定，从之隸變	足利本			

今本尚書文字	出土文獻尚書：戰國楚簡	出土文獻尚書：石經	傳抄著錄古尚書文字：汗簡	傳抄著錄古尚書文字：古文四聲韻	傳抄著錄古尚書文字：訂正六書通	傳抄著錄古尚書文字：說文所引	隸古定尚書：敦煌等古寫本	隸古定尚書：日本唐寫本	隸古定尚書：書古文訓晁刻古文尚書	構形異同說明	備註	參證：出土資料文字	參證：傳抄著錄文字	參證：說文字形
訓		魏三體	汗1.12	四4.19			1 和闐本	訔1 訔2 訔3	訔1			楚帛書丙 包山193 璽彙3131		
誨			汗1.6	四4.17			⿱每口	⿱每口	⿱每口 ⿱每口	義符更替言口		珠523		
								誨1 誨2						
謀			汗4.59	四2.24	六149			⿱甚心2	⿱甚心1 ⿱甚心2	義符更替：言心			集韻謀或作⿱甚心	
								謀						
								某		假某爲謀	岩崎本秦誓惟今之謀人姑將以爲親			
		[illegible] 隸釋												
								[illegible]		⿱甚心之訛誤字	上圖本（元）盤庚上予亦拙謀作乃逸			
謨			汗1.6	四1.25		虞書曰咎繇謨		⿱莫口 ⿱莫口	⿱莫口	義符更替言口				古
								⿱莫言 ⿱莫言	⿱莫言	移言於下		⿱莫言 楊統碑		
								[illegible]		⿱莫口之寫誤	足利本胤征聖有謨訓.上圖本（影）伊訓聖謨洋洋			

今本尚書文字	出土文獻尚書		傳抄著錄古尚書文字				隸古定尚書			構形異同說明	備註	參證		
	戰國楚簡	石經	汗簡	古文四聲韻	訂正六書通	說文所引	敦煌等古寫本	日本唐寫本	書古文訓晁刻古文尚書			出土資料文字	傳抄著錄文字	說文字形
謨								[illegible]		下作省略符號.暮之省寫	上圖本（影）胤征聖有謨訓			
								謀		聲符更替莫某	內野本.足利本.上圖本（影）皋陶矢厥謨禹成厥功			
議								議		偏旁義俗訛省				
								誼2	誼1	假借字				誼篆 [illegible]
識									戠	移言於下		[illegible] 璽彙0338 [illegible] 雲夢秦律84		
								戠2	戠1		1 益稷書用識哉 2 岩崎本武成識其政事作武成		戠 四5.26雜古文 集韻識古作戠	
							戠	戠			S799.內野本.上圖本（八）	[illegible] 格伯簋 [illegible] 燕王職戈 [illegible] 包山49		
							識				P2748			
謹							謹1	謹3 謹2						

今本尚書文字	出土文獻尚書		傳抄著錄古尚書文字				隸古定尚書			構形異同說明	備　註	參　證		
	戰國楚簡	石經	汗簡	古文四聲韻	訂正六書通	說文所引	敦煌等古寫本	日本唐寫本	書古文訓晁刻古文尚書			出土資料文字	傳抄著錄文字	說文字形
諶		魏三體篆隸					忱3 P2748	忱2	忱1	諶忱音義近同義符更替言忄聲符更替甚冘	魏石經1.3君奭天命不易天難諶 1.2上圖本（元）咸有一德嗚呼天難諶命靡常			
		魏石經								忱之異體 義符更替言（口）忄	君奭天命不易天難諶			
								諶				諶 漢帛老子乙前86上 諶 孔彪碑		
信		魏三體										璽彙0650 璽彙3703 郭店.成之2 郭店.忠信8 包山144		
							㐰	㐰	㐰					古

今本尚書文字	出土文獻尚書		傳抄著錄古尚書文字				隸古定尚書			構形異同說明	備註	參證		
	戰國楚簡	石經	汗簡	古文四聲韻	訂正六書通	說文所引	敦煌等古寫本	日本唐寫本	書古文訓晁刻古文尚書			出土資料文字	傳抄著錄文字	說文字形
誥	上博1緇衣3 上博1緇衣15 郭店緇衣5 郭店緇衣28	魏三體		四4.29					1 2 3	言誤作告.廾收訛作丌亓		何尊 史䛐簋 王孫誥鐘	汗1.12王庶子碑 集韻誥古作 汗1.6王存乂切韻 集韻誥古作	古
										告誥音義近同	九條本酒誥厥或誥曰群飲汝勿佚			
誓			汗1.7 汗6.76	四.15					1 2 3	籀文折隸古定假折爲誓		折：洹子孟姜壺	集韻誓古 匡謬正俗引古文尚書湯誓作	折籀
				四.15						偏旁訛變：屮止		散盤 鬲攸比鼎 鬲比簋 番生簋		

今本尚書文字	出土文獻尚書		傳抄著錄古尚書文字				隸古定尚書			構形異同說明	備　註	參　證		
	戰國楚簡	石經	汗簡	古文四聲韻	訂正六書通	說文所引	敦煌等古寫本	日本唐寫本	書古文訓晁刻古文尚書			出土資料文字	傳抄著錄文字	說文字形
誓							[illegible]			偏旁手下移作左右形構	S801			
								[illegible]1 [illegible]2		古文折隸古定				折古[illegible]
諫							諌1 P2643	諌2 [illegible]3		1从柬俗字. 23偏旁訛混：柬東[illegible]				
試						虞書曰明試以功	[illegible]			式旁俗訛多一畫	舜典明試以功	[illegible] 老子甲後409 [illegible] 孫子.169		
諴						周書曰不能諴于小民		[illegible]		諴誤作誠	上圖本（八）召誥其丕能諴于小民			
說							說1	說2	說3					篆[illegible]
									兌	兌	說命			
									悅	說悅古今字	書序・君奭召公不說周公作君奭			說文無悅
諧						龤下虞書曰八音克龤玉篇引同			龤	今本作諧爲龤之假借				
								諸		諧誤作諸	上圖本（影）堯典“克諧以孝”			

今本尚書文字	出土文獻尚書		傳抄著錄古尚書文字				隸古定尚書			構形異同說明	備註	參證		
	戰國楚簡	石經	汗簡	古文四聲韻	訂正六書通	說文所引	敦煌等古寫本	日本唐寫本	書古文訓晁刻古文尚書			出土資料文字	傳抄著錄文字	說文字形
話									䛡1	會意之異體			䛡 四 4.16 籀韻	
									話2	篆文隸古定				篆 話
謙			嗛 汗 1.6	嗛 四 2.27			嗛2		嗛1	嗛 溓爲謙之假借	S801	嗛 漢印徵 嗛 嘉祥畫像石題記		
								謙			上圖本（八）	謙 禮器碑側		
詠			咏 汗 1.6									詠 詠尊		或 咏
									永	假永爲詠			永 永 汗 5.62	
諺			彥 汗 1.12	彥 四 4.21			彥2		彥1	省彡	P2748	彥 古璽.字形表 3.6 彥 隨縣石磬	集韻 彥 古喭字	
		憲 隸釋								假憲爲諺	無逸乃逸乃諺既誕			
								諺			足利本			
訝·迓								御3 御4	御1 御2	假御爲迓				
							卸1 卸2 卸3 卸4			卸即御.偏旁止辵相通		御 御鬲		
								迓		迓之訛誤	上圖本（影）牧誓弗迓克奔以役西土			或迓

今本尚書文字	出土文獻尚書		傳抄著錄古尚書文字				隸古定尚書			構形異同說明	備　註	參　證		
	戰國楚簡	石經	汗簡	古文四聲韻	訂正六書通	說文所引	敦煌等古寫本	日本唐寫本	書古文訓晁刻古文尚書			出土資料文字	傳抄著錄文字	說文字形
#警				四 4.30							今本尚書無警字			
謬												璆：華山廟碑		
										假繆爲謬				
誣										偏旁巫下多一畫		巫：漢印徵		
#訕				四 4.22	六 291						今本尚書無訕字			
譸						譸.幻下周書曰無或譸張爲幻					無逸民無或胥譸張爲幻			
			嚋.汗 1.6	四 2.24	六 145		4 5	3	1 2	義符更替言口			集韻平聲四18尤韻譸或作嚋	
										假壽爲嚋	上圖本（八）			
詛			汗 1.3				2	4 5	1 3	偏旁訛混示木⿰礻虘祖聲符更替假⿰礻虘（祖）爲詛	呂刑以覆詛盟 2-P3767. 4 內野本 5 岩崎本	祖：包山 241 望山.卜 司空宗俱碑△父司隸校尉 孔遷碣△述家業	集韻詛古作⿰礻虘 一切經音義：說文詛古文⿰礻虘同	⿰礻虘

今本尚書文字	出土文獻尚書		傳抄著錄古尚書文字				隸古定尚書			構形異同說明	備註	參證		
	戰國楚簡	石經	汗簡	古文四聲韻	訂正六書通	說文所引	敦煌等古寫本	日本唐寫本	書古文訓晁刻古文尚書			出土資料文字	傳抄著錄文字	說文字形
誖·悖								悖1		偏旁訛混：忄十				或悖
誖·悖									[illegible]2					籀[illegible]
諞						周書曰截截善諞言								
誕		誕 魏三體						誕1 誕2 誕3 誕4 誕5				誕 孔龢碑		篆 誕
誕								唌2	唌1	唌誕音義近．義符更替：言口				唌
誕		延 隸釋								假借字	無逸乃逸乃諺既誕			
誕		永 隸釋								永誕音義近．假借字	盤庚中汝誕勸憂			
誕								誔		偏旁訛混延廷				
譁								譁1 譁2						
譁							嘩2	嘩2	嘩1	義符更替	P3871.內野本作九條本			嘩
譁								華		以華爲譁	上圖本（八）			
訟								訟1 訟2						
讒							讒1	讒1 讒2		偏旁類化：毚變从二兔				
讒								讒1 讒2		1 偏旁作重文符號 2 偏旁省形				

今本尚書文字	出土文獻尚書		傳抄著錄古尚書文字				隸古定尚書			構形異同說明	備　註	參　證		
	戰國楚簡	石經	汗簡	古文四聲韻	訂正六書通	說文所引	敦煌等古寫本	日本唐寫本	書古文訓晁刻古文尚書			出土資料文字	傳抄著錄文字	說文字形
讓								讓1 讓2 讓3				讓 漢印徵 讓 古陶9.83 讓 古陶9.84		
								攘						
									㲋		舜典舜讓于德弗嗣		㲋 襄四2.15崔希裕纂古 集韻讓古作㲋	襄古㲋
譙・誚						周書曰亦未敢誚公也					段注：漢人作譙壁中作誚實一字也			譙古誚
誅			𢦏 汗5.68	𢦏 四1.24					𢦏1	義符替換：言戈	泰誓上天命誅之	𢦏 中山王鼎"以△不"		
									敊	義符替換：戈攴	胤征以干先王之誅			
								誅						
善								譱1	譱譱1 譱2			譱 毛公鼎 譱 善夫克鼎 譱 魯左司徒元鼎		古譱

今本尚書文字	出土文獻尚書		傳抄著錄古尚書文字				隸古定尚書			構形異同說明	備註	參證		
	戰國楚簡	石經	汗簡	古文四聲韻	訂正六書通	說文所引	敦煌等古寫本	日本唐寫本	書古文訓晁刻古文尚書			出土資料文字	傳抄著錄文字	說文字形
善								善1 善 善2 善3						篆
*訛										譌				
									僞	僞訛音義近同形符聲符皆異				說文無訛
									訛					
競							1	1 2		从音				篆
音					六152							王子鐘 曾侯乙鐘 曾侯乙鐘		
響			響 汗3.39	響 四3.24										
・韶						書曰簫韶九成鳳皇來儀					益稷簫韶九成鳳皇來儀			
									磬	假借字				韶籀
								詔		假借字	上圖本（八）			

今本尚書文字	出土文獻尚書		傳抄著錄古尚書文字				隸古定尚書			構形異同說明	備　註	參　　證		
	戰國楚簡	石經	汗簡	古文四聲韻	訂正六書通	說文所引	敦煌等古寫本	日本唐寫本	書古文訓晁刻古文尚書			出土資料文字	傳抄著錄文字	說文字形
業			汗4.55書經	四5.29					1			祀伯業鼎偏旁業：秦公簋 九年衛鼎 𤼈鐘		大徐古 小徐古
									牃	增義符片	盤庚上紹復先王之大業．周官功崇惟志業廣惟勤			
								業1 業2				業 張納功德敘碑 業 唐扶頌碑 業 郙閣頌碑 業 婁壽碑		
叢							叢2	叢1 叢3 叢4						篆
									菆	與艸部菆相混		菆 魏安豐王妃墓誌	菆 四1.10王存乂切韻	

今本尚書文字	出土文獻尚書		傳抄著錄古尚書文字				隸古定尚書			構形異同說明	備註	參證		
	戰國楚簡	石經	汗簡	古文四聲韻	訂正六書通	說文所引	敦煌等古寫本	日本唐寫本	書古文訓晁刻古文尚書			出土資料文字	傳抄著錄文字	說文字形
叢							藂 藂			叢之異體从艸从聚	P2748. P3767	藂 璽彙 1904 藂 隋呂胡墓誌	玉篇藂同叢	
對							對	對				對 頌簋 對 漢石經論語殘碑		或 對
							對	對		左訛作堇				
僕									䑑					古 䑑
							僕3 僕4	僕1 僕2 僕5		偏旁訛混菐業.彳亻				
丞							丞1 P3315	丞2 丞3 丞4 丞5		下橫筆俗作波狀或灬				
							承1 P2748	承 承2		承				
								承		烝. 聲旁更替 承. 丞			集韻承或作丞	
								烝1 烝2		烝. 聲旁更替 承. 丞				

今本尚書文字	出土文獻尚書		傳抄著錄古尚書文字				隸古定尚書			構形異同說明	備註	參證		
	戰國楚簡	石經	汗簡	古文四聲韻	訂正六書通	說文所引	敦煌等古寫本	日本唐寫本	書古文訓晁刻古文尚書			出土資料文字	傳抄著錄文字	說文字形
丞										丞蒸音近假借說文蒸或省火作蒸	S2074			
异						虞書曰岳曰异哉	异	异	异	异爲異之假借	堯典岳曰异哉			
										義符更替				
戒			汗5.68	四4.16	六271				1 2 3 4 5	篆文隸古定2.3.4.5隸古定訛變		粹1162 戒鬲 戒弔尊 中山王壺		篆
												武威簡燕禮1 石門頌 漢石經.詩		
										與上文儆相涉从人	大禹謨儆戒無虞			
兵														古
戴														籀
								1		戴訛作載	上圖本（八）仲虺之誥民之戴商			

今本尚書文字	出土文獻尚書		傳抄著錄古尚書文字				隸古定尚書			構形異同說明	備　註	參　證		
	戰國楚簡	石經	汗簡	古文四聲韻	訂正六書通	說文所引	敦煌等古寫本	日本唐寫本	書古文訓晁刻古文尚書			出土資料文字	傳抄著錄文字	說文字形
與									[illegible]			[illegible] 信陽 1.03 [illegible] 郭店.老子甲 5		古 [illegible]
							[illegible] 和闐本	与1 [illegible]2 [illegible]3	与1 [illegible]3	借賜予義之与爲與		[illegible] 郭店.語叢 1.107 [illegible] 郭店.語叢 3.11		
							與1	[illegible]1 與2 [illegible]3						
興								[illegible]				[illegible] 天文雜占 2.6 [illegible] 新興辟雍鏡 [illegible] 張遷碑		
								[illegible]		俗訛省與足利本上圖本(影)思作[illegible]混同		[illegible] 千甓亭.建興磚		
要		[illegible] 魏三體篆	[illegible] 汗 5.66	[illegible] 四 2.7					[illegible]1 [illegible]2 [illegible]3	說文古文要隸古定		[illegible] 是要簋 [illegible] 散盤 [illegible] 漢帛老子甲 147 [illegible] 孫子 53		古 [illegible]

今本尚書文字	出土文獻尚書		傳抄著錄古尚書文字				隸古定尚書			構形異同說明	備　註	參　　證		
	戰國楚簡	石經	汗簡	古文四聲韻	訂正六書通	說文所引	敦煌等古寫本	日本唐寫本	書古文訓晁刻古文尚書			出土資料文字	傳抄著錄文字	說文字形
要		魏三體古												篆
農			汗 1.5	四 1.12			莀2 䢉3	莀3 莀4	莀1 蕽 蕽 蕽5 莀6	艸林義類相通		乙 282 後 2.13.2 後 2.39.17 甲 96		古 小徐
							農	農 農						
革		魏三體							革 革 革1 革2			鄂君啓車節 康鼎		古
		魏三體（隸）						革1 革2 革3 革4 革5		隸書俗寫				篆革
鞠								鞠1 鞠 鞠 鞠2 鞠3						
									鞫	鞠爲革訇（鞫）之假借	盤庚中爾惟自鞠自苦	睡虎地 33.33 漢帛老子乙前 105 上 一號墓竹簡 147	集韻鞫或作革訇詾	

今本尚書文字	出土文獻尚書		傳抄著錄古尚書文字				隸古定尚書			構形異同說明	備註	參證		
	戰國楚簡	石經	汗簡	古文四聲韻	訂正六書通	說文所引	敦煌等古寫本	日本唐寫本	書古文訓晁刻古文尚書			出土資料文字	傳抄著錄文字	說文字形
鞠											上圖本（元）盤庚中爾惟自鞠自苦	華芳墓志陰		
鞀									鼗					或鼗
										偏旁鼓作皷	P3605	包山 95		
										或體鞉移革於下 黽爲古文革之誤	內野本.足利本.上圖本（影）.上圖本（八）	偏旁革： 璽彙 3544 陶彙 3.405 鞄.从缶（陶）省聲 天星觀 隨縣 35		或鞉
鞭			汗 1.14	四 2.5			1		2			望山 2.8 郭店.老丙 8 璽彙 0399 陶彙 4.62		古
								1 2 3						

今本尚書文字	出土文獻尚書		傳抄著錄古尚書文字				隸古定尚書			構形異同說明	備　註	參　　證		
	戰國楚簡	石經	汗簡	古文四聲韻	訂正六書通	說文所引	敦煌等古寫本	日本唐寫本	書古文訓晁刻古文尚書			出土資料文字	傳抄著錄文字	說文字形
鬻·羹								羹1 羹2		上下類化 2 下省略作=		睡虎地19.180 武威簡.少牢8		羹篆 段改
									羹3	隸古定訛變				或
爲		魏三體										東周左師壺 中山王兆域圖 陳喜壺 鄂君啓舟節 包山5		
埶·藝		魏三體										埶觚 盠方彝 毛公鼎 克鼎 番生簋		埶篆
							埶1	藝2 藝3	藝1	埶贅加艹 23形偏旁訛變：埶執			集韻埶或作蓺	
									秇	義符更替屮禾			集韻埶古作秇	

今本尚書文字	出土文獻尚書		傳抄著錄古尚書文字				隸古定尚書			構形異同說明	備註	參證		
	戰國楚簡	石經	汗簡	古文四聲韻	訂正六書通	說文所引	敦煌等古寫本	日本唐寫本	書古文訓晁刻古文尚書			出土資料文字	傳抄著錄文字	說文字形
埶·藝								[illegible] [illegible] [illegible]1 [illegible]2 [illegible] [illegible]3 [illegible]4						
							埶				P2533		集韻埶或作埶	
孰·熟									[illegible]1 [illegible]2	土爲火之訛		[illegible] 京津2676 [illegible] 伯侄簋 [illegible] 伯侄簋	[illegible] 四 5.4 古老子孰 [illegible] 四 5.4 古孝經熟 集韻孰隸作熟古作[illegible]	
								[illegible] [illegible]1 [illegible]2						
又							亦	亦		亦與下文相涉而作且同義字	P2748.內野本洛誥我又卜瀍水東亦惟洛食			
右·佑		[illegible] 魏三體					右	右1 [illegible]2	右1	佑助本字		[illegible] 一號墓竹簡 10 [illegible] 孫臏 86 右 漢石經.詩.校記		
							祐			祐.增義符	P2748 多士我有周佑命			

今本尚書文字	出土文獻尚書：戰國楚簡	出土文獻尚書：石經	傳抄著錄古尚書文字：汗簡	傳抄著錄古尚書文字：古文四聲韻	傳抄著錄古尚書文字：訂正六書通	傳抄著錄古尚書文字：說文所引	隸古定尚書：敦煌等古寫本	隸古定尚書：日本唐寫本	隸古定尚書：書古文訓晁刻古文尚書	構形異同說明	備註	參證：出土資料文字	參證：傳抄著錄文字	參證：說文字形
右·佑								佐$_1$ 佐$_2$		佐.義近字				
厷·肱		漢石經						肱$_1$ 肱$_2$ 肱$_3$				張遷碑		或肱
									厷					篆
夒								1 2 3		下形涉火而類化		曾伯		
尹			汗1.13	四3.14	六194				1		微子之命庸建爾于上公尹茲東夏			古
	上博1緇衣3 郭店緇衣5								尹$_1$ 尹$_2$			作冊大鼎 尹尊 魯侯壺 鄂君啓舟節		篆
								君		尹君音義近同	島田本洪範師尹惟日歲月日時無易. 上圖本（八）酒誥越在內服百僚庶尹.多方尹爾多方			
及	上博1緇衣3 郭店緇衣5													

今本尚書文字	出土文獻尚書：戰國楚簡	出土文獻尚書：石經	傳抄著錄古尚書文字：汗簡	傳抄著錄古尚書文字：古文四聲韻	傳抄著錄古尚書文字：訂正六書通	傳抄著錄古尚書文字：說文所引	隸古定尚書：敦煌等古寫本	隸古定尚書：日本唐寫本	隸古定尚書：書古文訓晁刻古文尚書	構形異同說明	備註	參證：出土資料文字	參證：傳抄著錄文字	參證：說文字形
及		 魏三體												古 
秉		 魏三體								與魏三體僖公古文及  形近相混				

							 1 2	 2						
								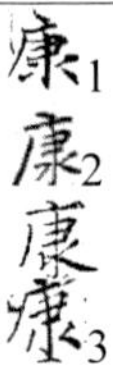 1 2 3		訛誤字				
叔		 魏三體 君奭.弔								尗.弔借作叔字		 作且乙簋  頌鼎  邾弔鐘  齊陳曼簠  侯馬156.19		
								 1 2 3		3 又.攴形符更替				
										叔字訛誤	岩崎本呂刑伯父伯兄仲叔季弟			
取												 李翊碑		

今本尚書文字	出土文獻尚書		傳抄著錄古尚書文字				隸古定尚書			構形異同說明	備註	參證		
	戰國楚簡	石經	汗簡	古文四聲韻	訂正六書通	說文所引	敦煌等古寫本	日本唐寫本	書古文訓晁刻古文尚書			出土資料文字	傳抄著錄文字	說文字形
友							犮1	犮1 犮2						
度			厇宅 汗4.51亦度字	厇度 四4.11.亦宅字			厇1	厇1 厇 厇2 厇3 尾4	厇1	借宅爲度		厇 中山王鼎	厇 四4.11籀韻	宅古厇
								宅1			足利本.上圖本（影）舜典"正日同律度量衡"			
								度 度1 度2 度 度 度3				度 睡虎地24.25 度 一號墓竹簡252 度 石門頌		
		亮 隸釋								量之假借量度義同	無逸"嚴恭寅畏天命自度"			
								交		訛誤字	上圖本（影）			

今本尚書文字	出土文獻尚書		傳抄著錄古尚書文字				隸古定尚書			構形異同說明	備　註	參　證		
	戰國楚簡	石經	汗簡	古文四聲韻	訂正六書通	說文所引	敦煌等古寫本	日本唐寫本	書古文訓晁刻古文尚書			出土資料文字	傳抄著錄文字	說文字形
事		魏三體						1 2	3 4	123 形隸古定 4 隸古訛變. 事.使古同字		叔卣 師旂鼎 毛公鼎 事族簋 秦公鎛 哀成弔鼎 公子土斧壺 申鼎	汗 3.31 使亦事字見石經	古
										篆文隸變				篆
										古文事隸古定訛誤	上圖本（影）牧誓"御事司徒司馬司空"			
支								1 2		1 加飾點 2 訛與支混				
聿										多飾點				
肆								1 2 3 4		4 訛誤作肆				

今本尚書文字	出土文獻尚書		傳抄著錄古尚書文字				隸古定尚書			構形異同說明	備　註	參　　證		
	戰國楚簡	石經	汗簡	古文四聲韻	訂正六書通	說文所引	敦煌等古寫本	日本唐寫本	書古文訓晁刻古文尚書			出土資料文字	傳抄著錄文字	說文字形
肅									肅肅肅1肅2肅3			肅王孫鐘 肅王孫丞鐘 肅𦅫鎛 肅包山174		古肅
								肅肅1肅2肅3		俗字		肅孔龢碑 肅史晨奏銘 肅張納功德敘	干祿字書肅俗肅字	篆肅
								肅肅1肅2		俗字省訛				
書								書		俗字	足利本.上圖本（影）.上圖本（八）			
								言		書訛誤	上圖本（影）金縢啓籥見書			
畫									畫					古畫
								畫1畫2畫3						篆畫
								畫畫		俗字				

今本尚書文字	出土文獻尚書		傳抄著錄古尚書文字				隸古定尚書			構形異同說明	備註	參證		
	戰國楚簡	石經	汗簡	古文四聲韻	訂正六書通	說文所引	敦煌等古寫本	日本唐寫本	書古文訓晁刻古文尚書			出土資料文字	傳抄著錄文字	說文字形
書										俗字	足利本.上圖本（影）.上圖本（八）			
臣		魏三體										鐵 1.1 乙 524 臣爵 臣卿簋		
		漢石經										甲 2851 粹 125 臣辰父癸鼎 倗友鐘 盜壺		
臧												漢帛老子甲後 279 漢石經.易.說卦		
											P2643	白石神君碑 楊統碑		
										偏旁訛混戕戊	P3670 九條本	鮮于璜碑		

今本尚書文字	出土文獻尚書		傳抄著錄古尚書文字				隸古定尚書			構形異同說明	備　註	參　　證		
	戰國楚簡	石經	汗簡	古文四聲韻	訂正六書通	說文所引	敦煌等古寫本	日本唐寫本	書古文訓晁刻古文尚書			出土資料文字	傳抄著錄文字	說文字形
毅							忍	忍2	忍1	假借字		忍 陶彙3.1010 忍 陶彙3.1015 忍 陶彙3.1016		忍
								毅1 毅2						
									忍	訛誤字				
役								役 役						
							役	役 役	役			役 前6.4.1 役 後2.26.18		古役
									役	右从古文隸古定	洛誥惟不役志于享			
殺		殺 魏三體	殺 汗1.15	殺 四5.12				殺 殺3	殺1 殺2			殺殺 侯馬 殺 楚帛書丙 殺 江陵370.1 殺 包山134 殺 包山135 殺 包山120 殺 郭店.魯穆5 殺 郭店.尊德3	殺 魏三體僖公	古殺

今本尚書文字	出土文獻尚書		傳抄著錄古尚書文字				隸古定尚書			構形異同說明	備註	參證		
	戰國楚簡	石經	汗簡	古文四聲韻	訂正六書通	說文所引	敦煌等古寫本	日本唐寫本	書古文訓晁刻古文尚書			出土資料文字	傳抄著錄文字	說文字形
									[illegible]1 [illegible]2 [illegible]3 [illegible]4 [illegible]5	或謂介爲加注聲符				古[illegible]
殺			[illegible] 汗3.41	[illegible] 四5.12						殺蔡同音通假		[illegible] 甲3610 [illegible] 前5.40.5 [illegible] 菁1.15 [illegible] 蔡大師鼎 [illegible] 九年衛鼎 [illegible] 伯作蔡姬尊 [illegible] 蔡子匜	[illegible]	古[illegible]
								殺1 殺2						
								煞1 煞2 [illegible]3 [illegible]4		煞			干祿字書煞敍.殺.上俗中通下正	
專							[illegible]2 [illegible]3	[illegible]3	叀1					古[illegible]

今本尚書文字	出土文獻尚書		傳抄著錄古尚書文字				隸古定尚書			構形異同說明	備　註	參　　證		
	戰國楚簡	石經	汗簡	古文四聲韻	訂正六書通	說文所引	敦煌等古寫本	日本唐寫本	書古文訓晁刻古文尚書			出土資料文字	傳抄著錄文字	說文字形
導									衜	古文道隸古定道導相通	禹貢嶓冢導漾	貉子卣 曾伯簠 散盤		道古
								道1	道2					道篆
皮			汗2.21	四1.15					笈1 笈2	訛从竹		弔皮父簋 蚉壺 包2.33 璽彙3908 貨幣四		古
										訛从竹从皮				
#[illegible]				罤 四3.18							今本尚書無[illegible].罤字			
啓			汗5.65	四3.12	六176		启		启	启啓古今字		前5.21.3 亞启父乙鼎 啓作文父辛尊 召卣		
					六176					假稽爲啓				

今本尚書文字	出土文獻尚書		傳抄著錄古尚書文字				隸古定尚書			構形異同說明	備註	參證		
	戰國楚簡	石經	汗簡	古文四聲韻	訂正六書通	說文所引	敦煌等古寫本	日本唐寫本	書古文訓晁刻古文尚書			出土資料文字	傳抄著錄文字	說文字形
故		魏三體								假古爲故	君奭故殷禮陟配天.故一人有事于四方.古文作古.篆隸作故			
政		魏三體多方												
政		魏三體呂刑								假正爲政	呂刑“庶民罔有令政在于天下”			
敷		魏三體 魏二體	汗1.14	四1.25				尃 尃2 尃3 尃4	尃1 尃2	尃敷古今字		毛公鼎 包山176 郭店.語叢2.5 郭店.尊德35 璽彙0288		
敷						周書曰用敷遺後人		敷 敷1 敷2 敷3				包山144 璽彙3122		
敷									傅	假傅爲敷	益稷“敷納以言”禹貢“至于敷淺原”			

今本尚書文字	出土文獻尚書		傳抄著錄古尚書文字				隸古定尚書			構形異同說明	備　註	參　證		
	戰國楚簡	石經	汗簡	古文四聲韻	訂正六書通	說文所引	敦煌等古寫本	日本唐寫本	書古文訓晁刻古文尚書			出土資料文字	傳抄著錄文字	說文字形
孜						周書曰孜孜無怠								
										義符更替				
										義符更替从茲字古文丝	泰誓下爾其孜孜奉予一人恭行天罰．君陳惟日孜孜無敢逸豫			
								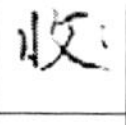		孜字訛誤	上圖本（影）			
變		 魏三體	 汗 4.48	 四 4.24			2		1	敫（[illegible]）變聲符替換左爲㒵之訛．右爲攵之訛		 侯馬 1.36  侯馬 1.30 曾侯乙鐘  曾侯乙鐘  曾侯乙鐘	 四 4.24 籀韻	
			 汗 4.48	 四 4.24			1	3 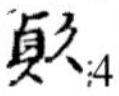4 5 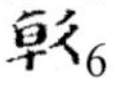6	2	同上		同上	同上	
								1 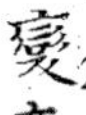2 3						

今本尚書文字	出土文獻尚書		傳抄著錄古尚書文字				隸古定尚書			構形異同說明	備註	參證		
	戰國楚簡	石經	汗簡	古文四聲韻	訂正六書通	說文所引	敦煌等古寫本	日本唐寫本	書古文訓晁刻古文尚書			出土資料文字	傳抄著錄文字	說文字形
敕·勑									敇				五經文字.廣韻：敇古勑字今相承作勑	
								[illegible]1 [illegible]2 [illegible] [illegible]3		偏旁訛混來耒				
								[illegible] [illegible]		偏旁攴力義類可通	足利本.上圖本（影）皋陶謨勑我五典五惇哉			
斂							[illegible]1 [illegible]2	[illegible]2 [illegible]3		偏旁訛變 2 攵殳 3 攵欠				
敹						周書曰敹乃甲胄		[illegible] [illegible]2 [illegible] [illegible]3	敹1			[illegible] 陳冂簋		篆 [illegible]
敿						周書曰敿乃干		[illegible]			九條本			
敵		[illegible] 魏三體					[illegible]1							
							[illegible]2	[illegible]2 [illegible]3 [illegible]4 [illegible]5		2 義符更替：攵殳 345 偏旁訛變		[illegible] 漢石經.公羊.文17		
斁			[illegible] 汗 2.20	[illegible] 四 4.11		殬下商書曰彝倫攸殬			殬1	義符更替				殬

今本尚書文字	出土文獻尚書		傳抄著錄古尚書文字				隸古定尚書			構形異同說明	備　註	參　證		
	戰國楚簡	石經	汗簡	古文四聲韻	訂正六書通	說文所引	敦煌等古寫本	日本唐寫本	書古文訓晁刻古文尚書			出土資料文字	傳抄著錄文字	說文字形
斁							[illegible] 1 P2748	[illegible]1 [illegible]2 [illegible]3		1 部件訛變：罒血 2 移罒於上				
								[illegible]		義符更替攵殳	島田本			
攸			[illegible] 汗 1.9	[illegible] 四 2.23			[illegible]	[illegible]3 [illegible]4 [illegible]5 [illegible]6 [illegible]7 [illegible] [illegible]8	[illegible]1 [illegible]2 [illegible]3	卣．逌古爲一字	P2748	[illegible] 毛公鼎 錫汝鬯一△ [illegible] 臣辰卣 [illegible] 彔伯簋 [illegible] 虢弔鐘		逌篆 [illegible]
			[illegible] 汗 1.9	[illegible] 四 2.23					[illegible]1 [illegible]2	與乃字作迺隸古定作[illegible]混同		[illegible] 毛公鼎 [illegible] 鬲攸比鼎		迺篆 [illegible]
								[illegible]1 [illegible]2		訛誤作道	足利本上圖本(影)君牙率乃祖考之攸行			
		[illegible] 魏三體								同義字	無逸乃非民攸訓．非天攸若			所
								[illegible]		偏旁訛誤	上圖本（八）洪範四曰攸好德			
攸						周書亦未克攸公功					洛誥．亦未克攸公功			

今本尚書文字	出土文獻尚書		傳抄著錄古尚書文字				隸古定尚書			構形異同說明	備　註	參　　證		
	戰國楚簡	石經	汗簡	古文四聲韻	訂正六書通	說文所引	敦煌等古寫本	日本唐寫本	書古文訓晁刻古文尚書			出土資料文字	傳抄著錄文字	說文字形
敉								撫		撫 同義字	足利本.上圖本（影）.上圖本（八）			
								𢻫		𢻫 撫之異體	上圖本（八）洛誥亦未克敉公功			𢻫
								敉		偏旁訛混米朱	九條本立政率惟敉功			
敗			贁 汗 1.14						贁			贁 五年師旋簋 贁 南疆鉦 贁 鄂君啓舟節 贁 郭店緇衣 22		籀 贁
						退下 周書曰我興受其退			退 退	退敗音義同	微子我興受其敗			退篆 退
							敗			偏旁訛混貝身	P2643			
寇								冦$_{2}$ 寇 寇$_{3}$ 寇 寇$_{4}$ 寇$_{5}$	寇$_{1}$	偏旁混用宀冖				
		寇 漢石經						寇$_{1}$ 寇$_{2}$ 寇$_{4}$		偏旁訛混攴殳		寇 春秋事語 12 寇 祀三公山碑 寇 孫臏 161		

今本尚書文字	出土文獻尚書		傳抄著錄古尚書文字				隸古定尚書			構形異同說明	備　註	參　證		
	戰國楚簡	石經	汗簡	古文四聲韻	訂正六書通	說文所引	敦煌等古寫本	日本唐寫本	書古文訓晁刻古文尚書			出土資料文字	傳抄著錄文字	說文字形
敍						周書曰敍乃穽		敍		偏旁訛變攵友	九條本費誓敍乃穽			
收		魏三體									君奭收罔勖不及			
暋		魏三體立政				忞下周書曰在受德忞	忞	忞	忞	忞. 暋忞音近義同	S2074. 九條本立政其在受德暋			
		魏三體立政篆隸				周書曰暋不畏死		暋1 暋2		偏旁訛混 1日目 2日月	立政其在受德暋 康誥暋不畏死			
							愍			愍. 从民缺筆 愍暋音近假借	P2630			
壽攵						周書以爲討					段注：今尚書周書中無討字惟虞書咎繇謨云天討有罪疑周當作虞			
畋		魏石經古 篆隸				周書曰畋尒田				偏旁攴訛變	多方畋爾田			
									田	田畋音義皆同. 畋爲增義符	伊訓恆于遊畋			
敘								叙	叙	義符更替攵又				

今本尚書文字	出土文獻尚書		傳抄著錄古尚書文字				隸古定尚書			構形異同說明	備　註	參　　證		
	戰國楚簡	石經	汗簡	古文四聲韻	訂正六書通	說文所引	敦煌等古寫本	日本唐寫本	書古文訓晁刻古文尚書			出土資料文字	傳抄著錄文字	說文字形
敘		[illegible] 漢石經						序		假借字	漢石經益稷"迪朕德時乃功惟敘"內野本．足利本．上圖本(影)．上圖本（八）大禹謨"惟和九功惟敘九敘惟歌"			
牧		坶 隸釋				坶下周書"武王與紂戰於坶野"			坶	牧野牧爲坶之假借字	漢石經立政"立政任人準夫牧作三事書序牧誓．武王戎車三百兩虎賁三百人與受戰于牧野			
		⿰土每 魏三體	⿰土每 汗6.73	⿰土每 四5.5				⿰土每		聲符更替 母．每			玉篇⿰土每同坶 集韻坶或从每通作牧	
								悔		⿰土每訛誤偏旁訛混土忄	上圖本（八）牧誓"與受戰于牧野作牧誓"王朝至于商郊牧野"			

今本尚書文字	出土文獻尚書		傳抄著錄古尚書文字				隸古定尚書			構形異同說明	備　註	參　　證		
	戰國楚簡	石經	汗簡	古文四聲韻	訂正六書通	說文所引	敦煌等古寫本	日本唐寫本	書古文訓晁刻古文尚書			出土資料文字	傳抄著錄文字	說文字形
教								效1 𢼂 𢼂2 𢼂 𢼂3 𢼂 𢼂4		3 偏旁訛混攴支 4 偏旁訛誤		甲 206 粹 1162 散盤 郭店.唐虞 5	龍龕手鑑𢼂	古
		魏三體										前 5.8.1 甲 1597 郾侯簋 包山 99		篆
斆								斆 學			盤庚上盤庚斆于民			篆
								敩 敩 敩		俗省形				
學									斆1					
								學 學2 學3 学4						
卜		魏三體												古
𠧞・兆														古

今本尚書文字	出土文獻尚書		傳抄著錄古尚書文字				隸古定尚書			構形異同說明	備註	參證		
	戰國楚簡	石經	汗簡	古文四聲韻	訂正六書通	說文所引	敦煌等古寫本	日本唐寫本	書古文訓晁刻古文尚書			出土資料文字	傳抄著錄文字	說文字形
𠧞・兆											P2643.岩崎本.觀智院本.上圖本（八）	包山265 雲夢.日乙161 雲夢.日乙163 偏旁兆：包山95		
	(土萬)上博1緇衣8	(土萬)郭店緇衣13								(土萬)爲萬之異體字	呂刑一人有慶兆民賴之.上博1.郭店兆作萬			萬
用		魏三體						4	1 2 3					古
								3 4	1 2 5	5 篆文訛變				篆
										篆文訛變				
		魏品式								庸用音義通同	魏品式石經皋陶謨"五刑五用哉"三體皆作庸			
										繇(繇)用音義通同	上圖本（八）多士"用告商王士"無逸"用咸和萬民"			

今本尚書文字	出土文獻尚書		傳抄著錄古尚書文字				隸古定尚書			構形異同說明	備　註	參　證		
	戰國楚簡	石經	汗簡	古文四聲韻	訂正六書通	說文所引	敦煌等古寫本	日本唐寫本	書古文訓晁刻古文尚書			出土資料文字	傳抄著錄文字	說文字形
用								由			上圖本（八）洪範"次四曰協用五紀"			
								曲		由之訛誤字	上圖本（八）洪範"次二曰敬用五事"			
庸		魏三體	汗2.16	四1.13					晁刻 1 2 3 4	（城墉字古文）假借爲庸		臣諫簋 師鼎 召伯簋二 拍敦蓋 國差罎 鄘伯彐簋		
		漢石經						1 2 3				訇簋 中山王鼎 睡虎地46.21 縱橫家書280 武威簡.特牲50 趙君碑		

今本尚書文字	出土文獻尚書		傳抄著錄古尚書文字				隸古定尚書			構形異同說明	備註	參證		
	戰國楚簡	石經	汗簡	古文四聲韻	訂正六書通	說文所引	敦煌等古寫本	日本唐寫本	書古文訓晁刻古文尚書			出土資料文字	傳抄著錄文字	說文字形
庸								[illegible]		誤重加广	九條本酒誥"惟工乃湎于酒勿庸殺之"			
								用		庸用音義通同	內野本.足利本.上圖本（影）康誥"勿庸以次汝封乃汝盡遜"			
爾	尒 上博1緇衣20 尒 郭店緇衣39	尒 魏三體					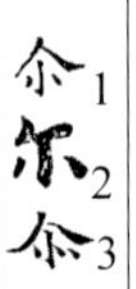 尒1 尒2 尒3	 尒1 尒2	尒1	尒爾相通爾汝雙聲通假爲爾汝字			玉篇尒亦作爾	
								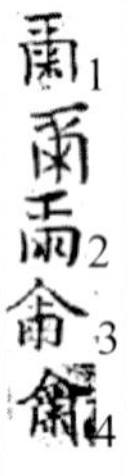 爾1 爾2 爾3 爾4				[illegible] 牆盤 [illegible] 洹子孟姜壺  [illegible] 𤼈鐘 [illegible] 晉公𥂴		篆 爾
								 女1 汝2	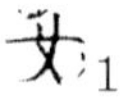 女1		九條本.內野本.上圖本（八）.書古文訓.費誓祗復之我商賚爾乃越逐			

今本尚書文字	出土文獻尚書		傳抄著錄古尚書文字				隸古定尚書			構形異同說明	備　註	參　證		
	戰國楚簡	石經	汗簡	古文四聲韻	訂正六書通	說文所引	敦煌等古寫本	日本唐寫本	書古文訓晁刻古文尚書			出土資料文字	傳抄著錄文字	說文字形
爽				四 3.24								班簋 散盤 縱橫家書 18		
								2	1					篆
				四 3.24									汗 1.15	

卷 4

今本尚書文字	戰國楚簡	石經	汗簡	古文四聲韻	訂正六書通	說文所引	敦煌等古寫本	日本唐寫本	書古文訓晁刻古文尚書	構形異同說明	備　註	出土資料文字	傳抄著錄文字	說文字形
敻			汗 2.16	四 2.20 四 4.36		商書曰高宗夢得說使百宮敻求得之傅巖					書序說命上作營求.說文段注本改敻求作營求			
目										與因字俗作𡇒混同	足利本舜典“明四目”			
睦			汗 3.35	四 5.5					1 2					古
								1 2 3 4						
			汗 4.59	四 5.5						狂字古文誤注爲睦				

今本尚書文字	出土文獻尚書		傳抄著錄古尚書文字				隸古定尚書			構形異同說明	備　註	參　證		
	戰國楚簡	石經	汗簡	古文四聲韻	訂正六書通	說文所引	敦煌等古寫本	日本唐寫本	書古文訓晁刻古文尚書			出土資料文字	傳抄著錄文字	說文字形
相									[目木]	偏旁位置互換			[glyph] 汗 2.15 古孝經	
								眛		訛誤作眛	舜典無相奪倫			
瞑							瞑2	瞑1 瞑3 [貝冥]4		偏旁訛混 4 目貝				
						眄下讀若周書若藥不眄眩			眄	音義近同聲符更替	說命上若藥弗瞑眩			
眚									眚	篆文之隸古定				[glyph]
									青1 眚2	偏旁訛誤 1 目月 2 目日				
眇									[耳少][耳少]	偏旁訛混目耳				
								妙1 妙2	妙1	假妙爲眇		妙 袁良碑朕以△身襲裘繼業		
瞽								瞽2	瞽1	1 偏旁誤改				篆 [glyph] 段 [glyph]
							瞽1	瞽2 瞽3		偏旁爲義符更替之異體鼓皷 3 偏旁訛誤-目日				
瞍									瞍					篆 [glyph]

今本尚書文字	出土文獻尚書		傳抄著錄古尚書文字				隸古定尚書			構形異同說明	備　註	參　證		
	戰國楚簡	石經	汗簡	古文四聲韻	訂正六書通	說文所引	敦煌等古寫本	日本唐寫本	書古文訓晁刻古文尚書			出土資料文字	傳抄著錄文字	說文字形
瞍								瞍1 䁂2		偏旁訛混目耳				
省									𡬠1 𡬠2	从古文目隸古定		甲5 省觚 盂鼎 散盤 中山王鼎 郭店.語叢2.1 郭店.成之28		古 𡬠
							眚1	青1 青2	眚1	眚省古今字 2 偏旁訛混目月	P2643.P2516.岩崎本說命惟干戈省厥躬.書古文訓大誥爾丕克遠省.酒誥爾克永觀省			
									青	眚之訛誤	上圖本（元）說命惟干戈省厥躬.岩崎本大誥爾丕克遠省			

今本尚書文字	出土文獻尚書		傳抄著錄古尚書文字				隸古定尚書			構形異同說明	備註	參證		
	戰國楚簡	石經	汗簡	古文四聲韻	訂正六書通	說文所引	敦煌等古寫本	日本唐寫本	書古文訓晁刻古文尚書			出土資料文字	傳抄著錄文字	說文字形
魯									[illegible]	假旅爲魯		旅：[illegible] 且辛爵 [illegible] 作旅鼎 [illegible] 鬲攸比鼎 [illegible] 伯正父匜 [illegible] 薛子仲安匿 [illegible] 公子土斧壺	[illegible] 汗 4.48 魯見石經說文亦作旅 [illegible] 隸續石經旅	旅古[illegible]
智								[illegible]	[illegible]	知智古今字	內野本			
奭	[illegible] 上博1緇衣18 [illegible] 郭店緇衣36	[illegible] 魏三體篆隸	[illegible] 汗2.17	[illegible] 四5.26			[illegible]4	[illegible]1 [illegible]3 [illegible]5	[illegible]2	5 偏旁訛混：大火		[illegible] 璽彙2680 [illegible] 陶彙4.26		篆[illegible]
奭	[illegible] 郭店.成之22 [illegible] 郭店.成之29	[illegible] 魏三體												
習							[illegible]	[illegible] 和闐本	[illegible]			[illegible] 婁壽碑 [illegible] 孔宙碑		
翟							[illegible]	[illegible]	[illegible]	假借字	P3469 岩崎本			

今本尚書文字	出土文獻尚書		傳抄著錄古尚書文字				隸古定尚書			構形異同說明	備　註	參　證		
	戰國楚簡	石經	汗簡	古文四聲韻	訂正六書通	說文所引	敦煌等古寫本	日本唐寫本	書古文訓晁刻古文尚書			出土資料文字	傳抄著錄文字	說文字形
翦				[illegible] 四 3.17										
羿			[illegible] 汗 5.70	[illegible] 四 4.13					[illegible]1	芎爲后羿正字義符替換				
							[illegible]1	[illegible]1 [illegible]2		義符替換				
翕								[illegible]		訛誤字與禹作[illegible]形同	上圖本（影）			
# 翻				[illegible] 四 4.29							今本尚書無翻字			
雀									[illegible]	假爵爲雀				爵篆[illegible]
雉								[illegible]	[illegible]		內野本.上圖本（八）			古[illegible]
離							[illegible]	[illegible]		偏旁俗訛离禹		[illegible] 睡虎地 24.28 [illegible] 孫臏 49 [illegible] 景北海碑陰 [illegible] 曹全碑		篆[illegible]
鴟								[illegible]		偏旁隸變俗作：氐互	岩崎本			
								[illegible]		聲符更替	上圖本（八）			
								[illegible]1 [illegible]2		偏旁訛混氐氏				

今本尚書文字	出土文獻尚書		傳抄著錄古尚書文字				隸古定尚書			構形異同說明	備註	參證		
	戰國楚簡	石經	汗簡	古文四聲韻	訂正六書通	說文所引	敦煌等古寫本	日本唐寫本	書古文訓晁刻古文尚書			出土資料文字	傳抄著錄文字	說文字形
雍									雝			[illegible] 彔簋 [illegible] 雍伯原鼎 [illegible] 雍伯鼎 [illegible] 睡虎地10.4 [illegible] 雍平陽宮鼎 [illegible] 老子乙.前24下 [illegible] 武威簡.特牲51 [illegible] 漢印徵	集韻雍通作邕雝.廱通作雝	
								邕2 邕3	邕1					邕
奪							奪1	奪2		偏旁訛誤又（寸）木				
						敓下周書曰敓攘矯虔	敓古	敓1	敓1 敓2 敓3	偏旁訛變	岩崎本.內野本呂刑姦宄奪攘矯虔.惟時庶威奪貨			
奮							奮1	奮2		偏旁訛混田旧		[illegible] 孫臏159 [illegible] 楊叔恭殘碑		
								[illegible]		偏旁訛混田臼				

今本尚書文字	出土文獻尚書		傳抄著錄古尚書文字				隸古定尚書			構形異同說明	備註	參　證		
	戰國楚簡	石經	汗簡	古文四聲韻	訂正六書通	說文所引	敦煌等古寫本	日本唐寫本	書古文訓晁刻古文尚書			出土資料文字	傳抄著錄文字	說文字形
篾			蔑.汗2.18周書大傳	蔑.四5.13周書大傳		莫下周書曰布重莫席				莫爲蔑之假借字 篾爲蔑之俗字	顧命敷重篾席			
								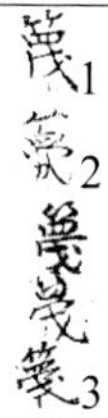 1 2 3						
							3	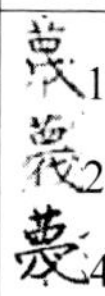 1 2 4		蔑爲蔑之俗字	P2748			
群									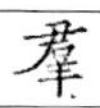					
美			汗5.66	四3.5			1 2	3	1	媺		郭店.老子甲15 郭店.緇衣1 郭店.老子丙7	四3.5籀韻	
										偏旁訛混大火				
羌									1					古
								2 3						篆
姜								1 2			2 觀智院本			
瞿										偏旁訛混目日	上圖本（影）			

今本尚書文字	出土文獻尚書		傳抄著錄古尚書文字				隸古定尚書			構形異同說明	備註	參證		
	戰國楚簡	石經	汗簡	古文四聲韻	訂正六書通	說文所引	敦煌等古寫本	日本唐寫本	書古文訓晁刻古文尚書			出土資料文字	傳抄著錄文字	說文字形
集	[illegible] 上博1緇衣19 [illegible] 郭店緇衣37	[illegible] 魏三體						[illegible]1		訛多偏旁亻	上圖本（影）太甲上用集大命撫綏萬方	[illegible] 作父癸卣 [illegible] 毛公鼎		雧或集[illegible]
									雧			[illegible] 小集母乙觶		篆[illegible]
							揖	揖		揖之俗訛字.集揖音義近同	S2074九條本多方不集于享	揖 武威簡士相見 揖 漢石經.儀禮 揖 曹全碑	龍龕手鏡揖揖字匯補揖同揖	揖
		就 隸釋								假借字	漢石經顧命用克達殷集大命			
鳥								鳳		鄭玄注云鳴鳥謂鳳也	九條本君奭我則鳴鳥不聞			
鳳									[illegible]					古[illegible]
朋		[illegible] 漢石經								假借字	益稷朋淫于家漢石經作風淫于家			
		[illegible] 隸釋								隸訛	洪範無有淫朋	[illegible] 校官碑		鳳古[illegible]
						堋下虞書曰堋淫于家			堋	堋朋之假借字	益稷朋淫于家			

今本尚書文字	出土文獻尚書		傳抄著錄古尚書文字				隸古定尚書			構形異同說明	備　註	參　證		
	戰國楚簡	石經	汗簡	古文四聲韻	訂正六書通	說文所引	敦煌等古寫本	日本唐寫本	書古文訓晁刻古文尚書			出土資料文字	傳抄著錄文字	說文字形
鳩						㑅下虞書曰旁救㑅功	救			鳩救皆逑之假借字	堯典方鳩僝功			
鳩						逑下虞書曰旁逑孱功			逑					
難		魏三體	汗2.18	四1.37	六80				𪇰1 𪇰2 𪇰3	古文鷬（難）𪇰隸古訛變		包山236 郭店.老子甲14		古𪇰
難		漢石經 𪇰隸釋					𪇰2	難 𪇰1 𪇰3 𪇰 𪇰4 𪇰 𪇰 𪇰5		鷬或體𪇰之隸變或隸訛				或𪇰
難									𪇰1𪇰2 𪇰3𪇰 𪇰4𪇰5 𪇰6			郭店.語叢3.45		古𪇰
難									𪇰			中山王鼎 𪇰 𪇰鐘 上博印選39 漢印徵 漢簡.孫臏4	汗2.17孫強古文 四1.37王庶子碑 𪇰𪇰王存乂切韻	古𪇰

今本尚書文字	出土文獻尚書		傳抄著錄古尚書文字				隸古定尚書			構形異同說明	備註	參證		
	戰國楚簡	石經	汗簡	古文四聲韻	訂正六書通	說文所引	敦煌等古寫本	日本唐寫本	書古文訓晁刻古文尚書			出土資料文字	傳抄著錄文字	說文字形
難								艱		艱難同義字	內野本太甲下"無輕民事惟難"			
烏·於		 𢁺魏三體					 𢁺1		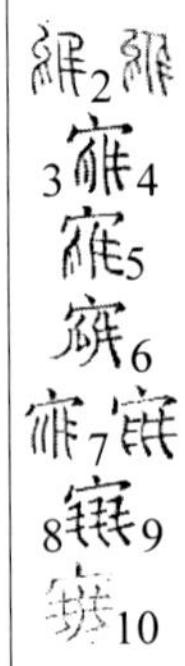 𢁺2𢁺3𢁺4𢁺5𢁺6𢁺7𢁺8𢁺9𢁺10			 𢁺何尊 𢁺毛公鼎 𢁺禹鼎 𢁺𪒠鎛 𢁺越王者旨於矛 𢁺中山王鼎 𢁺鄂君啓舟節		古𢁺於 
								 于于	亏					
·嗚		𢁺魏三體 於漢石經						於𢁺1	 𢁺𢁺𢁺𢁺𢁺𢁺2𢁺3	嗚爲俗字		𢁺何尊 𢁺毛公鼎  𢁺禹鼎 𢁺𪒠鎛 𢁺越王者旨於矛 𢁺中山王鼎 𢁺鄂君啓舟節		古𢁺於 

今本尚書文字	出土文獻尚書		傳抄著錄古尚書文字				隸古定尚書			構形異同說明	備　註	參　證		
	戰國楚簡	石經	汗簡	古文四聲韻	訂正六書通	說文所引	敦煌等古寫本	日本唐寫本	書古文訓晁刻古文尚書			出土資料文字	傳抄著錄文字	說文字形
嗚		[字形] 魏三體篆隸						烏 爲 烏1	烏2					
								[字形]		訛誤字				
								焉 焉		烏字隸變[字形]形訛誤				
								鳴		訛誤作鳴				
焉								焉1						
							爲2	爲2		與烏隸書作爲烏混同				
畢		[字形] 魏三體										[字形] 邵鐘 [字形] 邾公華鐘		
		[字形] 魏三體隸						畢1	畢1			畢 史晨碑 畢 曹全碑		篆 畢
									[字形]	假鷩爲畢	大誥攸受休畢	[字形] 郭旻碑 洪纖△舉		
棄							弃1	弃1 弃2 弃3	弃1	23 訛作从寸		[字形] 中山王鼎 [字形] 璽彙1485 [字形] 包山121 [字形] 郭店.老子甲1		古 [字形]

今本尚書文字	出土文獻尚書		傳抄著錄古尚書文字				隸古定尚書			構形異同說明	備註	參證		
	戰國楚簡	石經	汗簡	古文四聲韻	訂正六書通	說文所引	敦煌等古寫本	日本唐寫本	書古文訓晁刻古文尚書			出土資料文字	傳抄著錄文字	說文字形
棄								弃2 𠅇3 [illegible]4	弃1	籀文之訛變 4 書寫未竟				籀 [illegible]
幼							[illegible] 𭡝1	[illegible]1 [illegible]2				[illegible] 禹鼎 [illegible] 漢帛老子乙236下 [illegible] 漢印徵 [illegible] 武威簡.士相見11 [illegible] 孔宙碑 [illegible] 曹全碑		篆 [illegible]
							幼	𢆰		偏旁訛混力刀				
									糼	偏旁訛混幺糸	盤庚中曷不暨朕幼孫有比			
								劣		幼誤作劣	上圖本（元）盤庚上無弱孤有幼			
幽								[illegible]1 [illegible]2		2俗省				

今本尚書文字	出土文獻尚書		傳抄著錄古尚書文字				隸古定尚書			構形異同說明	備　註	參　　證		
	戰國楚簡	石經	汗簡	古文四聲韻	訂正六書通	說文所引	敦煌等古寫本	日本唐寫本	書古文訓晁刻古文尚書			出土資料文字	傳抄著錄文字	說文字形
幾								1 2 3 4				郭店.老甲 25 雲夢.答問 134 居延簡.甲 173 定縣竹簡 33 孔彪碑		
									1 2 3	幾字省戈		㡭伯簋 幾父壺 幾父壺	集韻幾古作㡭	
								1 2 3		𢆶作省略符號 = =				
惠			汗 4.59				2	3	1			何尊 無叀鼎 毛公鼎 諫簋 虢弔鐘		古

今本尚書文字	出土文獻尚書		傳抄著錄古尚書文字				隸古定尚書			構形異同說明	備註	參證		
	戰國楚簡	石經	汗簡	古文四聲韻	訂正六書通	說文所引	敦煌等古寫本	日本唐寫本	書古文訓晁刻古文尚書			出土資料文字	傳抄著錄文字	說文字形
惠		魏品式 魏三體.										衛盉 邾大宰簠 王孫鐘 中山王壺 𨍭鎛 郭店.緇衣41		
								1 2				縱橫家書133 老子乙前52上 西狹頌		
玄												邾公牼鐘 曾侯乙79 包山66 郭店.老甲28 貨系711		古

今本尚書文字	出土文獻尚書		傳抄著錄古尚書文字				隸古定尚書			構形異同說明	備　註	參　證		
	戰國楚簡	石經	汗簡	古文四聲韻	訂正六書通	說文所引	敦煌等古寫本	日本唐寫本	書古文訓晁刻古文尚書			出土資料文字	傳抄著錄文字	說文字形
予		魏品式（三體） 魏三體篆.隸								余之假借字				
		魏三體	汗 1.6							借舍爲予(余)		舍：令鼎 舍父鼎 鄂君啓舟節 嘉賓鐘 侯馬 郭店老甲 10 璽彙 1989 中山王鼎		

今本尚書文字	出土文獻尚書		傳抄著錄古尚書文字				隸古定尚書			構形異同說明	備註	參證		
	戰國楚簡	石經	汗簡	古文四聲韻	訂正六書通	說文所引	敦煌等古寫本	日本唐寫本	書古文訓晁刻古文尚書			出土資料文字	傳抄著錄文字	說文字形
予							余1	荼1 余2			P3670.岩崎本盤庚上"勉出乃力聽予一人之作猷"島田本微子之命"肅恭神人予嘉乃德"	甲270 令鼎 吉日壬午劍 秦公簋 居簋 欒書缶 中山王壺		
								于1 亐2	于1	于予音同假借.字形相近	1內野本.足利本.上圖本（影）.書古文訓仲虺之誥"予有夏若苗之有莠"2上圖本(八).書古文訓大禹謨"罔或干予正"			
		我 隸釋						我		同義字	漢石經盤庚下"今予其敷心腹腎腸"內野本.足利本.上圖(影).上圖（八）仲虺之誥"曰徯予后后來其蘇"			

今本尚書文字	出土文獻尚書		傳抄著錄古尚書文字				隸古定尚書			構形異同說明	備　註	參　證		
	戰國楚簡	石經	汗簡	古文四聲韻	訂正六書通	說文所引	敦煌等古寫本	日本唐寫本	書古文訓晁刻古文尚書			出土資料文字	傳抄著錄文字	說文字形
予							[illegible]			訛誤字	P3871 秦誓“予誓告汝群言之首”			
舒									茶	假借字	多方洪舒于民			
幻			[illegible] 汗 2.19	[illegible] 四 4.22		周書曰無或譸張爲幻			[illegible]		無逸民無或胥譸張爲幻	[illegible] 盂洊父簋 [illegible] 璽彙 2925 [illegible] 璽彙 1969 [illegible] 璽彙 0748		篆 [illegible]
								幻			內野本			
							[illegible] [illegible]1 [illegible]2			偏旁訛混幺糸	1-P2748 2-P3767			
放 爰							[illegible]1	[illegible] [illegible]1 [illegible]2						
								奚		訛誤作奚	上圖本（八）咸有一德爰革夏正			

今本尚書文字	出土文獻尚書		傳抄著錄古尚書文字				隸古定尚書			構形異同說明	備註	參證		
	戰國楚簡	石經	汗簡	古文四聲韻	訂正六書通	說文所引	敦煌等古寫本	日本唐寫本	書古文訓晁刻古文尚書			出土資料文字	傳抄著錄文字	說文字形
受		魏三體	汗 2.19	四 3.27	六 229					魏三體之隸古訛變	君奭我有周既受	後 1.18.3 佚 653 拾 3.14 盂鼎 免簋 秦公鎛 中山王壺		
		魏三體大誥								篆文之隸訛			汗 2.19 石經受 隸續石經尚書	篆
		前 隸釋								形近訛混	漢石經立政"予旦已受人之徽言"			

今本尚書文字	出土文獻尚書		傳抄著錄古尚書文字				隸古定尚書			構形異同說明	備　註	參　證		
	戰國楚簡	石經	汗簡	古文四聲韻	訂正六書通	說文所引	敦煌等古寫本	日本唐寫本	書古文訓晁刻古文尚書			出土資料文字	傳抄著錄文字	說文字形
敢		[illegible] 魏石經							[illegible]1 [illegible]2			[illegible] 沈子它簋 [illegible] 令簋 [illegible] 農卣 [illegible] 彔伯簋 [illegible] 陶彙 8.1351 [illegible] 郭店.六德 17 [illegible] 包山 15		古 [illegible]
									[illegible]	所从月爲甘之訛		[illegible] 井侯簋 [illegible] 盂鼎 [illegible] 毛公鼎 [illegible] 中山王壺 [illegible] 𧊒壺		籀 [illegible]
							[illegible] [illegible]				P2643			篆 [illegible]
							[illegible]1	[illegible]1 [illegible]2		古文敢訛變				
								[illegible]		[illegible]訛誤	九條本多方今我曷敢多誥			
叡								[illegible]1 [illegible]2		偏旁訛混目日				古 [illegible]
									[illegible]	睿字篆文隸定俗訛				睿篆 [illegible]
								[illegible]		偏旁混用又殳				篆 [illegible]

今本尚書文字	出土文獻尚書		傳抄著錄古尚書文字				隸古定尚書			構形異同說明	備註	參證		
	戰國楚簡	石經	汗簡	古文四聲韻	訂正六書通	說文所引	敦煌等古寫本	日本唐寫本	書古文訓晁刻古文尚書			出土資料文字	傳抄著錄文字	說文字形
殂						虞書曰勛乃殂					堯典帝堯曰放勳舜典帝乃殂落			
			汗2.20					1 又 2 古		殂歺聲符替換	P3315			古
			汗2.20							殂歺聲符替換				
			汗2.20							聲符替換			四1.26汗簡	
								祖		音同形近而誤	上圖本（影）			
殛						虞書曰殛鯀于羽山		2 3 4 5	1		舜典殛鯀于羽山			
								極 極		音同形近而誤	足利本.上圖本（影）			
							1	2		誤作極.偏旁訛混木扌	P2074			
殪			汗2.20	四4.14										
歹丂										隸訛				篆
														或
殃								1	2	1 訛與殊混				
殄			汗6.82						1 2					古

今本尚書文字	出土文獻尚書		傳抄著錄古尚書文字				隸古定尚書			構形異同說明	備註	參證		
	戰國楚簡	石經	汗簡	古文四聲韻	訂正六書通	說文所引	敦煌等古寫本	日本唐寫本	書古文訓晁刻古文尚書			出土資料文字	傳抄著錄文字	說文字形
殄							弥1	弥1 殄2 殄 殄3 殄4 殄5 弥6 殄7		偏旁㐱俗寫與尔.尒混				
								絶		義近字	上圖本（八）盤庚中我乃劓殄滅之.足利本.上圖本（八）武成暴殄天物			絕
								珍		訛誤字	上圖本（影）畢命餘風未殄			
殲							殲1 殲2	殲2 殲3	殲1	偏旁訛混韱戴部件訛混韭非		殲 議郎元賓碑 殲 夏承碑		
									殲	偏旁訛混韱戴截				
殖								殖 殖						
								殖		偏旁訛混直眞				
								植		假借字	內野本呂刑農殖嘉穀			

今本尚書文字	出土文獻尚書		傳抄著錄古尚書文字				隸古定尚書			構形異同說明	備註	參證		
	戰國楚簡	石經	汗簡	古文四聲韻	訂正六書通	說文所引	敦煌等古寫本	日本唐寫本	書古文訓晁刻古文尚書			出土資料文字	傳抄著錄文字	說文字形
死		[illegible] 魏三體							[illegible] [illegible]1 [illegible]2 [illegible]3			[illegible] 甲 1169 [illegible] 盂鼎 [illegible] 郭店.窮達 9 [illegible] 龍崗木牘 [illegible] [illegible] 望山.卜 [illegible] 郭店.忠信 3 [illegible] 中山王兆域圖	[illegible] 隸續石經	古 [illegible]
									[illegible]					篆 [illegible]
·殉								[illegible]		偏旁訛變 歹（歺）弓	上圖本（影）			
臚·膚								膚1 膚2 膚膚3 膚4		2 偏旁訛混：月日 3 偏旁隸變：月肉				
胥								胥1 胥2		偏旁訛混 月-目貝				
脅								[illegible]		偏旁訛混力刀				
								[illegible] [illegible]		二力作=重文符號				
							[illegible]			偏旁訛混 月（肉）貝	P5557			

今本尚書文字	出土文獻尚書		傳抄著錄古尚書文字				隸古定尚書			構形異同說明	備　註	參　證		
	戰國楚簡	石經	汗簡	古文四聲韻	訂正六書通	說文所引	敦煌等古寫本	日本唐寫本	書古文訓晁刻古文尚書			出土資料文字	傳抄著錄文字	說文字形
胤									[illegible]	避諱缺筆				古[illegible]
							[illegible]1	[illegible]1 [illegible]2 [illegible]3 [illegible]5 [illegible]6 [illegible]7 [illegible]8 [illegible]9				[illegible] 甲鼎 [illegible] 秦公簋 [illegible] 秦公鐘 [illegible] 蚉壺		
							[illegible]2		[illegible]1	避諱缺筆	P2533			
胄							[illegible]1	[illegible]2 [illegible]3		偏旁訛混　月（肉）日				
						育下虞書曰教育子			育	音義可通	舜典教胄子			
．瘠							[illegible]1 [illegible]2	[illegible]2		偏旁訛混月目	說文有膌無瘠			
									脊	假脊爲瘠				
腆			[illegible] 汗6.73	[illegible] 四3.17					坱	假借字			集韻亻典或从土通作腆	

今本尚書文字	出土文獻尚書		傳抄著錄古尚書文字				隸古定尚書			構形異同說明	備註	參證		
	戰國楚簡	石經	汗簡	古文四聲韻	訂正六書通	說文所引	敦煌等古寫本	日本唐寫本	書古文訓晁刻古文尚書			出土資料文字	傳抄著錄文字	說文字形
腆								𦝫1 𦝫 𦝫2 𦝫3		移月（肉）於下			集韻腆或作𦝫	
								𦝫1 𦝫2		偏旁訛混日目				古 [glyph]
									𥳑	从古文典𥫚	酒誥惟荒腆于酒		集韻腆或作𥳑	
胡								胡1	胡2	2 偏旁訛混：古古	1 足利本上圖本（八）			
脩									攸	修爲本字攸，修古今字				
							脩1 脩3	脩1 脩2						
								循		偏旁訛混亻彳	P2516說命下"爾交脩予罔予棄予"	[glyph] 北海相景君碑		
胥		[glyph] 魏石經 胥 隸釋 胥 石經尚書殘碑					胥4	胥1 胥2 胥3 胥4 胥5 胥6		偏旁訛混月-目日 3隸變：疋-正匹 4足省形 56訛變：疋尺		[glyph] 居延簡甲564 [glyph] 居延破城子殘簡 [glyph] 桐柏廟碑		篆 [glyph]
								匹						
									[glyph]	訛誤字	呂刑民興胥漸泯泯棼棼			
散		[glyph] 魏三體									君奭有若散宜生，古篆訛从日			

今本尚書文字	出土文獻尚書		傳抄著錄古尚書文字				隸古定尚書			構形異同說明	備　註	參　證		
	戰國楚簡	石經	汗簡	古文四聲韻	訂正六書通	說文所引	敦煌等古寫本	日本唐寫本	書古文訓晁刻古文尚書			出土資料文字	傳抄著錄文字	說文字形
肎・肯			汗 2.20	四 3.29	六 227				肎		多方不肯感言于民	梁鼎 璽彙 3963		篆
									肎		大誥四例			古
								肻 肻1 肻2		偏旁訛混月日				
胜							胜	胜		偏旁隸變人口	P3605. 內野本			
利								秎	秎					篆
									秎					古
初							初 1	初1 初2 初3		偏旁訛混衤礻 3 偏旁篆文隸古定				
前		魏三體					歬1 歬2 歬3 歬4	歬1 歬2 歬3 歬5	歬	前進之本字 4 偏旁訛混：止山		兮仲鐘 追簋 郭店.尊德 2 包山 122		歬 篆
								前		偏旁訛混月日	上圖本（影）			

今本尚書文字	出土文獻尚書		傳抄著錄古尚書文字				隸古定尚書			構形異同說明	備註	參證		
	戰國楚簡	石經	汗簡	古文四聲韻	訂正六書通	說文所引	敦煌等古寫本	日本唐寫本	書古文訓晁刻古文尚書			出土資料文字	傳抄著錄文字	說文字形
則		 魏石經										 何尊  鄂君啓舟節  曾侯乙鐘  楚帛書乙  郭店語叢 1.34  老子丙 6		
			 汗 2.21					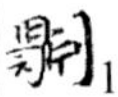$_{1}$			岩崎本	 何尊  召伯簋		籀 
			 汗 2.21						$_{1}$			 段簋		古 
剛			 汗 3.41	 四 2.17			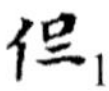$_{1}$	$_{1}$ $_{2}$	$_{1}$			 禹鼎  侯馬 1.41  侯馬 16.9  畬忎盤		
														古 
								$_{1}$ $_{2}$		偏旁所从訛混：山止				

今本尚書文字	出土文獻尚書		傳抄著錄古尚書文字				隸古定尚書			構形異同說明	備　註	參　證		
	戰國楚簡	石經	汗簡	古文四聲韻	訂正六書通	說文所引	敦煌等古寫本	日本唐寫本	書古文訓晁刻古文尚書			出土資料文字	傳抄著錄文字	說文字形
剖								剖		義近字	足利本.上圖本（影）泰誓下剖賢人之心			割
列			汗2.21	四5.13								夏承碑 楊叔恭殘碑		篆
刊						栞下夏書曰隨山栞木		栞		刊為栞（栞）之假借字	益稷予乘四載隨山刊木			栞 篆栞
							栞1 栞2	栞1 栞3	栞1		禹貢二例 1-P3615.內野本 2-P3628 3-足利本.上圖本（影）			
剝				四5.7					卜刂1					或
								剥1 剝2						篆
割		魏三體	汗2.21				刣1 刣3	2 刣3 刣 刣4	刣刣1	偏旁害訛省		偏旁害：師害簋 伯家父簋		
								刣					玉篇割字古文作刣	
								刣		刣刣4再變				
								劄1 劄2 劄3						

今本尚書文字	出土文獻尚書		傳抄著錄古尚書文字				隸古定尚書			構形異同說明	備註	參證		
	戰國楚簡	石經	汗簡	古文四聲韻	訂正六書通	說文所引	敦煌等古寫本	日本唐寫本	書古文訓晁刻古文尚書			出土資料文字	傳抄著錄文字	說文字形
割												 縱橫家書 241 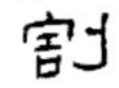 景北海碑陰		
	郭店緇衣 37									割字義符替換之異體字				
釗										偏旁从古文金				
制									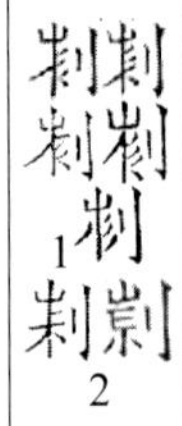 1 2			王子午鼎	汗 2.21 說文 四 4.15 古孝經  義雲章	古 
										形訛變	觀智院本			
										斷字俗寫 斷制義近	上圖本（八）酒誥定辟矧汝剛制于酒			
	 上博 1 緇衣 14 郭店緇衣 26									假折爲制	呂刑制以刑．楚簡作折以型			

今本尚書文字	出土文獻尚書		傳抄著錄古尚書文字				隸古定尚書			構形異同說明	備　註	參　證		
	戰國楚簡	石經	汗簡	古文四聲韻	訂正六書通	說文所引	敦煌等古寫本	日本唐寫本	書古文訓晁刻古文尚書			出土資料文字	傳抄著錄文字	說文字形
罰	罰 上博1緇衣15 罰 郭店緇衣29	罰 魏三體					罰1 罰3 罰4	罰3 罰5	罰1 罰2	3 偏旁訛混刀力		罰 盂鼎 罰 散盤 罰 蚉壺 罰 孫子8		篆 罰
							罰	罰		偏旁訛混刀寸		罰 江陵10號漢墓木牘2 罰 武梁祠		
								伐		今本假罰爲伐	敦煌本S801.內野本.足利本.上圖本(影).上圖本（八）大禹謨肆予以爾眾士奉辭罰罪			
								辠		辠罰義通	圖本(八)泰誓上以爾有眾穴底天之罰			
刵						斀下周書曰刖劓斀黥		刵		刖爲刵之訛	呂刑劓刵椓黥.岩崎本.內野本作刵劓.			
臬刂							劓1	劓1 劓2 劓3	劓1			劓 漢石經.易.困		篆 劓
						斀下周書曰刖劓斀黥		劓			呂刑劓刵椓黥.			或劓 劓

今本尚書文字	出土文獻尚書		傳抄著錄古尚書文字				隸古定尚書			構形異同說明	備　註	參　證		
	戰國楚簡	石經	汗簡	古文四聲韻	訂正六書通	說文所引	敦煌等古寫本	日本唐寫本	書古文訓晁刻古文尚書			出土資料文字	傳抄著錄文字	說文字形
刑	上博1緇衣8 上博1緇衣14	魏三體	汗2.21	四2.21						假借字		𧊒壺 楚帛書.丙11.3 郭店.成之5		
		漢石經 刑 隸釋										散盤 子禾子釜		
	郭店緇衣13 郭店緇衣26									假借字型之省				
							1	2		刑（幵刂）字俗訛	內野本.足利本.上圖本（影）"女于時觀厥刑于二女"		四2.21崔希裕纂古	
										假借字	神田本.泰誓下"屏棄典刑囚奴正士"			
										同義字	足利本.上圖本（影）呂刑"越茲麗刑并制罔差有辭"			

今本尚書文字	出土文獻尚書		傳抄著錄古尚書文字				隸古定尚書			構形異同說明	備　註	參　證		
	戰國楚簡	石經	汗簡	古文四聲韻	訂正六書通	說文所引	敦煌等古寫本	日本唐寫本	書古文訓晁刻古文尚書			出土資料文字	傳抄著錄文字	說文字形
·剔								狝1 狄 狝2	狝1	聲旁更替易狄		璽彙3488 璽彙0377	汗2.21義雲章 集韻剔古作狝	
·創									刅	从蒼古文仓聲符繁化		陶彙3.867 陶彙3.866	集韻創古作刅	刅·或創
角									角	篆文隸古定				篆角
衡			汗4.58	四2.19	六127		奐1	奐1 奐2	奐3 奐4	3.4說文古文隸定皆偏旁訛誤：角.古文西				古
								奐	偏旁訛混大木	內野本.足利本.上圖本（影）.上圖本（八）太甲上“惟嗣王不惠于阿衡”內野本.上圖本（八）說命下“罔俾阿衡專美有商”			
								奐1 奐2		與字作奐混同				

今本尚書文字	出土文獻尚書		傳抄著錄古尚書文字				隸古定尚書			構形異同說明	備　註	參　　證		
	戰國楚簡	石經	汗簡	古文四聲韻	訂正六書通	說文所引	敦煌等古寫本	日本唐寫本	書古文訓晁刻古文尚書			出土資料文字	傳抄著錄文字	說文字形
衡								衡衡衡1 衡2 衡衡3				衡 毛公鼎 衡 番生簋		
								衡	訛誤字		上圖本（八）“禹貢覃懷厎績至於衡漳”			
卷 5														
箘			箟 汗 2.21	箟 四 3.14		簬下夏書曰惟箘簬楛			箟	聲符替換	禹貢惟箘簵楛			
								箘1 菌2		偏旁訛混竹艸.禾木				
簬·簵						夏書曰惟箘簬楛 枯下夏書曰唯箘輅枯		簵	簵	聲符替換	禹貢惟箘簵楛			古 簵
筱·篠			筱筱. 汗 2.21	筱 筱. 四 3.18		簜下夏書曰瑤琨筱簜			筱	筱重加義符木作篠	禹貢瑤琨篠簜			說文無篠
簜			篡 汗 2.21	篡 四 3.24		夏書曰瑤琨筱簜			篡	假篡爲簜	禹貢瑤琨篠簜			
									蕩	偏旁訛混竹艹				
								簜1 簜2 簜3		偏旁訛混昜易曷				

今本尚書文字	出土文獻尚書		傳抄著錄古尚書文字				隸古定尚書			構形異同說明	備　註	參　證		
	戰國楚簡	石經	汗簡	古文四聲韻	訂正六書通	說文所引	敦煌等古寫本	日本唐寫本	書古文訓晁刻古文尚書			出土資料文字	傳抄著錄文字	說文字形
簡		蕳 隸釋					簡1 簡2			1 偏旁訛混：竹艹 2 偏旁異體：間閒	隸釋漢石經盤庚下予其懋簡相爾	簡 孫臏161 簡 鄭固碑 簡 孔宙碑		
		柬 魏三體					柬 柬2 柬 柬3 柬5	柬2 柬3 柬 柬4 柬5	柬1	簡柬音義通同2345俗訛字	魏三體文侯之命簡恤爾都	柬1 唐張車尔墓誌 柬2 唐張玄弼墓誌	柬 汗3.30義雲章	柬
								閒		省訛爲間	上圖本（影）多方簡代夏作民主			
筮		筮 魏三體								从古文巫字		筮 侯馬		古
		筮 筮 魏三體篆隸								从篆文巫字			集韻 簭或作筮	
							筮2	筮1		2 偏旁訛混：竹艹	P2748			
簋			匭 簋.汗5.69	匭 匭.四3.6				匭1						古
			匭 簋.汗5.69	匭 簋.四3.6					匭	古文 汗5.69 四3.6 說文之隸訛		令簋 格伯簋 函皇父簋		古

今本尚書文字	出土文獻尚書		傳抄著錄古尚書文字				隸古定尚書			構形異同說明	備註	參證		
	戰國楚簡	石經	汗簡	古文四聲韻	訂正六書通	說文所引	敦煌等古寫本	日本唐寫本	書古文訓晁刻古文尚書			出土資料文字	傳抄著錄文字	說文字形
籩							 邊3	   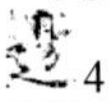 籩1 邉2 邉4		12 訛从鳥 34 假邊爲籩				
篚										義符更替竹木				
								匪						
箴								  葴1 葴2		1 偏旁訛混：竹艸				
箾						虞舜樂曰箾韶								
簫						箾下虞舜樂曰箾韶 韶下書曰簫韶九成鳳皇來儀		  簫1 簫2						
									箾	假借字				
·簣								  匱1 𨓏2		匱簣義符更替 2 偏旁匚俗訛作辶				說文無簣
箕·其	郭店緇衣37	 魏品式									魏品式皋陶謨庶績其凝	甲751 甲2366 母辛卣 盂鼎		箕古

今本尚書文字	出土文獻尚書		傳抄著錄古尚書文字				隸古定尚書			構形異同說明	備　註	參　證		
	戰國楚簡	石經	汗簡	古文四聲韻	訂正六書通	說文所引	敦煌等古寫本	日本唐寫本	書古文訓晁刻古文尚書			出土資料文字	傳抄著錄文字	說文字形
箕・其		[古文] [篆] 魏三體 [隸] 隸釋									段注：經籍通用此字爲語詞	[字形] 弔向父簋 [字形] 弔高父匜 [字形] 中山王鼎		籀 [字形]
			[字形] 汗 2.21	[字形] 四 1.20						箕[字形]聲符更替		[字形] □箕鼎 [字形] 信陽 2.21 [字形] 璽彙 3108		
					[字形] 六 30					曩(期)假借爲其	期字義符更替之異體			古 [字形]
	[字形] 上博1緇衣11 [字形] 郭店緇衣19						[字形] [字形]2 [字形]5	[字形]1 [字形]2 [字形] [字形]3 [字形]4 [字形]5 [字形]6	[字形]2			[字形] 欽罍 [字形] 子禾子釜		
								[字形]1 [字形]2 [字形]3			與厥字或作 [字形] [字形] 變作 [字形] 相混同進而寫作厥字.厥其義可通			
								[字形]		訛誤字				

今本尚書文字	出土文獻尚書		傳抄著錄古尚書文字				隸古定尚書			構形異同說明	備註	參證		
	戰國楚簡	石經	汗簡	古文四聲韻	訂正六書通	說文所引	敦煌等古寫本	日本唐寫本	書古文訓晁刻古文尚書			出土資料文字	傳抄著錄文字	說文字形
箕			汗 2.21	四 1.20				1 2	1 2	箕笄聲符更替		□箕鼎 貨系 1604 信陽 2.21 璽彙 3108		
					六 30					假𣅀爲箕			汗 2.22 說文 汗 2.2	古
典		魏品式 魏三體	汗 2.21	四 3.17			2	1 2 3	1 2			陳侯因資錞 包山 3 包山 11 包山 16 包山 7 望山 2 策		古
							典	典		筆畫合書		召伯簋 召伯簋 格伯簋 格伯簋		篆

今本尚書文字	出土文獻尚書		傳抄著錄古尚書文字				隸古定尚書			構形異同說明	備　註	參　證		
	戰國楚簡	石經	汗簡	古文四聲韻	訂正六書通	說文所引	敦煌等古寫本	日本唐寫本	書古文訓晁刻古文尚書			出土資料文字	傳抄著錄文字	說文字形
畀		畀 魏三體						畁2	畁1 畀2	與俾字或作卑畁同形				
								畀		畀卑隸變形近.且雙聲.二字相混用				
								畁		與俾字或作卑畁同形				
巽									顨	顨巽音義皆同				
奠							奠1	奠2 奠3 奠4				奠 弔向簋 奠 克鐘 奠 秦公鎛 奠 漢石經.儀禮.既夕		篆 奠
工		工 魏三體							彡	說文古文隸古定彡爲飾筆右移成左右形構	魏三體無逸即康功田功徽柔懿恭			篆 工
左							左1	左1 左2						
								左		偏旁俗混工匕				

今本尚書文字	出土文獻尚書		傳抄著錄古尚書文字				隸古定尚書			構形異同說明	備註	參證		
	戰國楚簡	石經	汗簡	古文四聲韻	訂正六書通	說文所引	敦煌等古寫本	日本唐寫本	書古文訓晁刻古文尚書			出土資料文字	傳抄著錄文字	說文字形
差		[glyph] 魏三體						[glyph]1		部件俗混工匕	岩崎本.內野本.上圖本（影）.上圖本（八）	[glyph] 王子午鼎 [glyph] 攻吳王夫差監 [glyph] 攻敔王夫差劍 [glyph] 酓忎鼎		
式								[glyph] [glyph]						
								[glyph]		偏旁訛混弋戈				
								[glyph]		缺筆.誤作式				式
									[glyph]	多二飾點與戒 [glyph] 混同				
巨								[glyph]		歫之訛誤偏旁訛混止山．假借字	岩崎本			
巫		[glyph] 魏三體								增口		[glyph] 侯馬 [glyph] [glyph] 侯馬覡 [glyph] [glyph] 郭店．緇衣46 筮		
									[glyph]1 [glyph]2					古 [glyph]
							[glyph]			俗增一橫	P2748	[glyph] 漢印徵		

今本尚書文字	出土文獻尚書		傳抄著錄古尚書文字				隸古定尚書			構形異同說明	備　註	參　　證		
	戰國楚簡	石經	汗簡	古文四聲韻	訂正六書通	說文所引	敦煌等古寫本	日本唐寫本	書古文訓晁刻古文尚書			出土資料文字	傳抄著錄文字	說文字形
甘		甘 魏三體					甘4	甘5 甘6	甘1 甘2 甘3					
								其		訛誤字				
曆								曆						
									厤					
								歷1 歷2						
曰	曰 郭店.緇衣27	曰 魏品式 曰 魏三體 曰 隸釋						曰				曰 盂鼎 曰 陳猷釜		
								粵2 粵3	粵1 粵2	粵(雩)假借字		雩 盂鼎 雩 麥方尊		
曷		曷 魏三體						曷1 曷 曷2 曷3						篆 曷
							害2 害3	害2 害3 害4 害5 害6	害1	假害爲曷		害 睡虎地8.1 害 漢帛老子甲後193 害 淮源廟碑	害 四4.12古孝經害	害
								易		訛誤字				

今本尚書文字	出土文獻尚書		傳抄著錄古尚書文字				隸古定尚書			構形異同說明	備　註	參　證		
	戰國楚簡	石經	汗簡	古文四聲韻	訂正六書通	說文所引	敦煌等古寫本	日本唐寫本	書古文訓晁刻古文尚書			出土資料文字	傳抄著錄文字	說文字形
乃			汗 6.82	四 3.13					1 2 3 4			毛公鼎 盠方彝		迺篆
							迺1	迺2	迺1 迺2					
	上博1緇衣15 郭店緇衣29	魏三體										乃孫作且己鼎 盂鼎 師寰簋 毛公鼎 者尗鐘		
								女		用本義字	內野本.足利本.上圖本（影）大禹謨“四方風動惟乃之休”內野本.上圖本（八）盤庚上“矧予制乃短長之命”			
		隸釋									盤庚上度乃口			

今本尚書文字	出土文獻尚書		傳抄著錄古尚書文字				隸古定尚書			構形異同說明	備　註	參　證		
	戰國楚簡	石經	汗簡	古文四聲韻	訂正六書通	說文所引	敦煌等古寫本	日本唐寫本	書古文訓晁刻古文尚書			出土資料文字	傳抄著錄文字	說文字形
寧		魏三體					 寕1	 寧1 寕2 寍3				孟爵 寧簋 卣 中山王鼎	 汗3.44石經	
							 寍1	 寍1 寍 寍3 寍4	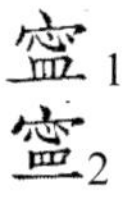 寍1 寍2	說文寍.安也.段注：此安寧正字		毛公鼎 蔡侯鐘 盗壺 侯馬 石鼓文 包山72 九店56.13		
	郭店緇衣37									各本寧王爲文王之誤.寧乃金文文字　師酉簋之誤	君奭在昔上帝割申勸寧王之德			
義								 義1 義2 義3 義4						
									戲		羲和皆作戲咊			
								 義		訛誤字				

今本尚書文字	出土文獻尚書		傳抄著錄古尚書文字				隸古定尚書			構形異同說明	備註	參證		
	戰國楚簡	石經	汗簡	古文四聲韻	訂正六書通	說文所引	敦煌等古寫本	日本唐寫本	書古文訓晁刻古文尚書			出土資料文字	傳抄著錄文字	說文字形
乎												縱橫家書 25 漢石經.易.文言 孔宙碑		篆
							1	2 3	虖1			校官碑 放△（乎）岐周	集韻虖古乎字	
號							1	1 2						
								号		号爲痛聲嘑号（號）字．假嘑(呼)號字爲号				
于	上博1緇衣19 郭店緇衣37	魏三體					1	1 2 3	1 2					
														兮

今本尚書文字	出土文獻尚書		傳抄著錄古尚書文字				隸古定尚書			構形異同說明	備　註	參　　證		
	戰國楚簡	石經	汗簡	古文四聲韻	訂正六書通	說文所引	敦煌等古寫本	日本唐寫本	書古文訓晁刻古文尚書			出土資料文字	傳抄著錄文字	說文字形
于		[illegible] 魏三體						扵1			魏三體君奭其終出于不祥于觀智院本．足利本．上圖本（影）．上圖本（八）顧命爾無以釗冒貢于非幾．上圖（元）盤庚上施實德于民			於
粵						周書曰粵三日丁亥					召誥越三日丁巳			
平		[illegible] 魏三體	[illegible] 汗6.82					[illegible]1				[illegible] 伻鐘 [illegible] 平阿右戈		古[illegible]
平								[illegible]1 [illegible]2 [illegible]3 [illegible]4						
旨							百	百3	百			百 白石神君碑	集韻上聲五5旨韻旨或作百	
喜									歖	增義符				古[illegible]
喜							憙			喜憙古今字增義符				
彭								[illegible]1 [illegible]2		偏旁訛混彡久				

今本尚書文字	出土文獻尚書		傳抄著錄古尚書文字				隸古定尚書			構形異同說明	備註	參證		
	戰國楚簡	石經	汗簡	古文四聲韻	訂正六書通	說文所引	敦煌等古寫本	日本唐寫本	書古文訓晁刻古文尚書			出土資料文字	傳抄著錄文字	說文字形
鼓								鼓2	鼓1	1 偏旁誤改 2 義符更替-攴支		鼓 甲1164 鼓 前5.1.1 鼓 師寰簋 鼓 克鼎 鼓 師寰簋 鼓 蔡侯龖鐘		鼓 段改 鼓
								鼔		義符更替		鼓 張景碑 鼓 禮器碑		
鼖								鼖 鼖1 鼖2 鼖3		義符更替：鼓皷				
								賁	賁	以聲符賁爲鼖假賁爲鼖				或革賁
豆									豆	象形		豆豆 散盤 豆 郭店.老子甲2	集韻去聲八50候韻豆古作𣅜	古 𣅜
							梪			增義符.形聲字異體	S799		集韻豆或作梪笠	
豑						虞書曰平豑東作					堯典平秩東作			

今本尚書文字	出土文獻尚書		傳抄著錄古尚書文字				隸古定尚書			構形異同說明	備　註	參　證		
	戰國楚簡	石經	汗簡	古文四聲韻	訂正六書通	說文所引	敦煌等古寫本	日本唐寫本	書古文訓晁刻古文尚書			出土資料文字	傳抄著錄文字	說文字形
豐									[glyph]1 [glyph]2	从古文豆		[glyph] 豐兮簋		古 [glyph]
							豊	豊		誤爲豐				
虞			[glyph] 汗2.26	[glyph] 四1.24	[glyph] 六32		[glyph]2	[glyph]1 [glyph] [glyph]2 [glyph]3 [glyph] [glyph]4	[glyph]1				左氏隱元年傳疏“石經古文虞作[glyph]”	
								[glyph] [glyph]						
								[glyph] [glyph] [glyph] [glyph] [glyph]						
								虞 虞 虞 虞		篆文隸變				
								虔		訛誤字	上圖本（八）西伯戡黎“不虞天性”			
	[glyph] 上博1緇衣20										君陳出入自爾師虞			雩
	[glyph] 郭店緇衣39										同上			于
虐									[glyph] [glyph]					篆 [glyph]

今本尚書文字	出土文獻尚書		傳抄著錄古尚書文字				隸古定尚書			構形異同說明	備註	參證		
	戰國楚簡	石經	汗簡	古文四聲韻	訂正六書通	說文所引	敦煌等古寫本	日本唐寫本	書古文訓晁刻古文尚書			出土資料文字	傳抄著錄文字	說文字形
虐		[illegible] 漢石經					虐1 虐2 [illegible]4	虐1 虐2 虐3		篆文虐字[illegible]隸省 4 偏旁訛誤：虍穴		[illegible] 石門頌 [illegible] 魯峻碑		
									[illegible]	偏旁虍隸古訛變				古[illegible]
								[illegible]		同義字	岩崎本盤庚中殷降大虐			
	[illegible] 上博1緇衣14									从虍从示說文無	呂刑惟作五虐之刑曰法			
	[illegible] 郭店緇衣27									从疒从[illegible]說文古文虐瘧．假借字	呂刑惟作五虐之刑曰法			
虎									[illegible]1 [illegible]2			[illegible] 九年衛鼎 [illegible] 毛公鼎		古[illegible]
									[illegible]1 [illegible]2					古[illegible]
		[illegible] 魏三體					虎1 虎2	虎1 虎2 虎3	虎1			[illegible] 包山木牘 [illegible] 包山271 [illegible] 睡虎地29.25		

今本尚書文字	出土文獻尚書		傳抄著錄古尚書文字				隸古定尚書			構形異同說明	備　註	參　　證		
	戰國楚簡	石經	汗簡	古文四聲韻	訂正六書通	說文所引	敦煌等古寫本	日本唐寫本	書古文訓晁刻古文尚書			出土資料文字	傳抄著錄文字	說文字形
虎								虎虎1 虎虎2 虎3	虎1	偏旁訛混虍雨		[glyph] 九年衛鼎 [glyph] 毛公鼎 [glyph] 師虎簋		篆[glyph]
號							號2	號1	號1		P2748	[glyph] 虢弔盂 [glyph] 虢弔尊 [glyph] 頌壺 [glyph] 虢季子白盤		
盧							盧1	盧1 盧2						
									纑		牧誓立政地名二例			
		[glyph] 魏三體古篆								假旅爲盧	文侯之命盧弓一盧矢百			旅古[glyph]
								旅1 旅2	旅3	旅之訛變	文侯之命盧弓一盧矢百			
益		[glyph] 魏品式皋陶謨	[glyph] 汗4.52	[glyph] 四5.16			[glyph]1 [glyph]2	2[glyph] [glyph]3 [glyph] [glyph]4	[glyph]5 [glyph] 6[glyph]7	假嗌爲益		[glyph] 侯馬 [glyph] 璽彙1551 [glyph] 包山83 [glyph] 郭店.尊德21 [glyph] 郭店.老子乙3		嗌籀[glyph]

今本尚書文字	出土文獻尚書		傳抄著錄古尚書文字				隸古定尚書			構形異同說明	備註	參證		
	戰國楚簡	石經	汗簡	古文四聲韻	訂正六書通	說文所引	敦煌等古寫本	日本唐寫本	書古文訓晁刻古文尚書			出土資料文字	傳抄著錄文字	說文字形
益							益	益		偏旁訛混血皿		益 益公鐘 益 班簋		
盡								盡1 盡2 盡3				盡 泰山刻石 盡 睡虎地12 盡 孫臏12 盡 武威簡.泰射465 盡 漢石經.易.說卦		篆 盡
								尽		俗字	足利本.上圖本(影)			
衋						周書曰民罔不衋傷心		衋1	衋2		酒誥民罔不衋傷心			
主		主 魏三體									多方天惟時求民主.誕作民主			
彤								彤1 彤 彤 彤2		偏旁訛混丹舟				
								肜		肜即彡.與从丹之彤混同假借字	觀智院本顧命二例.九條本文侯之命彤弓一彤矢百			

今本尚書文字	出土文獻尚書		傳抄著錄古尚書文字				隸古定尚書			構形異同說明	備　註	參　　證		
	戰國楚簡	石經	汗簡	古文四聲韻	訂正六書通	說文所引	敦煌等古寫本	日本唐寫本	書古文訓晁刻古文尚書			出土資料文字	傳抄著錄文字	說文字形
雘						周書曰惟其敷丹雘		雘1 雘 雘2 雘3 雘4			梓材惟其塗丹雘.孔穎達正義本作數			
靜				淨四4.36	六226		彭3	彭1 彭2 彭3 彭4	彭1	彭靜同音通假				彭
		魏三體								王國維謂此誤以彤爲彭以彭爲靜字	康誥今惟民不靜未戾厥心			彤
									靖	靖爲本字	康誥今惟民不靜未戾厥心			靖
阱・或穽									汬					古 汬
即		魏三體						即1		偏旁訛混卩阝		甲868 前6.5.5 頌簋 中山王壺		
既	上博1緇衣11 郭店緇衣19	魏三體 既 隸釋					既1	既1 既2 既3 既						

今本尚書文字	出土文獻尚書		傳抄著錄古尚書文字				隸古定尚書			構形異同說明	備　註	參　　證		
	戰國楚簡	石經	汗簡	古文四聲韻	訂正六書通	說文所引	敦煌等古寫本	日本唐寫本	書古文訓晁刻古文尚書			出土資料文字	傳抄著錄文字	說文字形
既							[illegible]1	[illegible]2 [illegible]3 [illegible]4 [illegible]5	[illegible]1					旡
		即 隸釋										顧命茲既受命		即
爵							[illegible]1 [illegible]3		[illegible]2			[illegible] 伯公父勺作金爵		篆[illegible]
䰞·秬			[illegible] 四 3.9	[illegible] 六 179					[illegible]1					篆[illegible]
								[illegible]			九條本			或秬
食							[illegible]1	[illegible]4	[illegible] [illegible]2 [illegible]3			[illegible] 父乙觶 [illegible] 黃韋俞父盤.皆飤字偏旁) [illegible] 睡虎地 10.7 [illegible] 一號墓簡 130 [illegible] 武威簡.士相見 12		篆[illegible]
餱						周書曰峙乃餱糧					費誓峙乃糗糧			

今本尚書文字	出土文獻尚書		傳抄著錄古尚書文字				隸古定尚書			構形異同說明	備　註	參　證		
	戰國楚簡	石經	汗簡	古文四聲韻	訂正六書通	說文所引	敦煌等古寫本	日本唐寫本	書古文訓晁刻古文尚書			出土資料文字	傳抄著錄文字	說文字形
養			[illegible] 汗 1.14	[illegible] 四 3.23					[illegible]1			[illegible] 粹 1589 [illegible] 父乙觶 [illegible] 父丁罍		古 [illegible]
								[illegible]1 [illegible]2 [illegible]3						篆 [illegible]
								食		誤作食	九條本酒誥用孝養厥父母			
飲				[illegible] 四 3.28				[illegible]				[illegible] 菁 4.1 [illegible] 辛伯鼎 [illegible] 善夫山鼎 [illegible] 沇兒鐘 [illegible] 幺兒鐘 [illegible] 魯元匜 [illegible] 中山王壺 [illegible] 曾孟嬭諫盆		古 [illegible]
			[illegible] 汗 5.61					[illegible]		[illegible]之異體．聲旁更替				[illegible]
									[illegible]	[illegible]之異體．聲旁更替．从古文金				[illegible]

今本尚書文字	出土文獻尚書		傳抄著錄古尚書文字				隸古定尚書			構形異同說明	備註	參證		
	戰國楚簡	石經	汗簡	古文四聲韻	訂正六書通	說文所引	敦煌等古寫本	日本唐寫本	書古文訓晁刻古文尚書			出土資料文字	傳抄著錄文字	說文字形
餉			[illegible] 汗 2.26	[illegible] 四 4.34					餔	聲符更替				
饗								饗1 饗2						
									亯	音同義相關				享（亯）亯
							鄉1	鄉 鄉2		假借字	P4509 足利本.上圖本(影)			鄉
飽									餘	聲符更替包孚.保			[illegible] 汗 2.26 說文 [illegible] 四 3.19 裴光遠集綴	古 [illegible]
餞								餞 餞						
							淺 P3315		淺	淺爲踐之假借	堯典寅餞字			
饕・叨									饕					或叨
飢			[illegible]饑 汗 2.26	[illegible]飢 四 1.17					饑	从幾省戈.饑飢音同義通				
			[illegible]饑 汗 2.26	[illegible]飢 四 1.17						从食从乏．會意之異體			玉篇 飣古文飢	
							餒			飣字訛變			飲 四 1.17 籀韻	

今本尚書文字	出土文獻尚書		傳抄著錄古尚書文字				隸古定尚書			構形異同說明	備　註	參　證		
	戰國楚簡	石經	汗簡	古文四聲韻	訂正六書通	說文所引	敦煌等古寫本	日本唐寫本	書古文訓晁刻古文尚書			出土資料文字	傳抄著錄文字	說文字形
合	郭店成之29									增日合字異體	君奭襄我二人汝有合哉言	包山83 包山214 包山266		
僉						虞書曰僉曰伯夷		1 2			舜典僉曰伯夷			
								1 2		與命字混變作同				
會			汗4.51	四4.12	六276		1 2 5	1 3 4	1	偏旁訛混止山			汗4.51 四4.12石經 四4.12崔希裕纂古 集韻會古作	
							2		1	迨爲會晤會合本字，偏旁相通：辵彳2之訛誤字	益稷作會宗彝 2 敦煌本P2533 禹貢四海會同	合675 粹1037 保卣 牆盤		古
										=省略符號				

今本尚書文字	出土文獻尚書		傳抄著錄古尚書文字				隸古定尚書			構形異同說明	備註	參證		
	戰國楚簡	石經	汗簡	古文四聲韻	訂正六書通	說文所引	敦煌等古寫本	日本唐寫本	書古文訓晁刻古文尚書			出土資料文字	傳抄著錄文字	說文字形
䠶·射							䠶	䠶	䠶					篆射
矯								$_1$ $_2$				喬： 陳球碑 漢印徵		
侯		魏石經	四 2.25						矦$_1$ 矦$_2$	偏旁隸變混用：厂广		甲 183 作且乙簋 盂鼎 咢侯簋 曾侯乙鐘 曾侯乙鐘 薛侯壺	汗 2.27 石經	古
		魏石經（隸） 漢石經						矦$_1$						篆

今本尚書文字	出土文獻尚書		傳抄著錄古尚書文字				隸古定尚書			構形異同說明	備　註	參　　證		
	戰國楚簡	石經	汗簡	古文四聲韻	訂正六書通	說文所引	敦煌等古寫本	日本唐寫本	書古文訓晁刻古文尚書			出土資料文字	傳抄著錄文字	說文字形
侯							矦 侯2	侯 侯1 侯2 侯3 侯 侯4 侯 侯5 侯6				侯 華山廟碑		
短									扌豆	形符更替		短 睡虎地15.98 短 相馬經5上 短 流沙簡.屯戍14.9 扌豆 韓仁銘	集韻短或作扌豆	
矤		矤 魏三體							矤					
							矧 1	矧2		偏旁訛混弓方			集韻矤或作矧	
							矢攵	矢攵	矢攵				集韻矤或作矢攵	
								矤		2 偏旁相涉誤作	上圖本（影）大誥矧肯構			
知		智 魏三體								假智爲知	康誥．君奭三體皆作智	智 璽彙3497	智 汗2.25天台碑文	智古[illegible]
冂·坰									泂	泂爲本字				或坰
								泂		泂之訛				

今本尚書文字	出土文獻尚書		傳抄著錄古尚書文字				隸古定尚書			構形異同說明	備註	參證		
	戰國楚簡	石經	汗簡	古文四聲韻	訂正六書通	說文所引	敦煌等古寫本	日本唐寫本	書古文訓晁刻古文尚書			出土資料文字	傳抄著錄文字	說文字形
市											P2643			篆
就								1 2				孔宙碑 曹全碑		
亯·享		魏石經					1 3 4 5	3 4 6 7 8 9 10	2			盂鼎 伯盂 虢弔鐘 蔡侯盤 邾公華鐘 酓章作曾侯乙鎛 楚帛書乙		古籀
											S2074 岩崎本	乖伯簋 楚嬴匜		
		隸釋								假饗爲享	無逸肆高宗之享國			
										篆文 隸變	上圖本（八）	52病方239 馬王堆.易3 漢石經.易.困		篆

今本尚書文字	出土文獻尚書		傳抄著錄古尚書文字				隸古定尚書			構形異同說明	備註	參證		
	戰國楚簡	石經	汗簡	古文四聲韻	訂正六書通	說文所引	敦煌等古寫本	日本唐寫本	書古文訓晁刻古文尚書			出土資料文字	傳抄著錄文字	說文字形
亯・享									[glyph]	篆文[glyph]隸變	咸有一德克享天心			
覃				[glyph]四2.12										古[glyph]
									[glyph]					篆[glyph]
								覃1 覃2						
厚			垕汗4.49	垕四3.27 垕四4.39			[glyph]2 [glyph]3	垕1	垕1 [glyph]4	234所从古文石字隸訛		[glyph]郭店.老子甲4 [glyph]郭店.成之5 [glyph]郭店.語叢1.82		古垕
								[glyph]		玉爲偏旁土字作圡之訛誤	九條本五子之歌顏厚有忸怩			
								[glyph]		訛多一畫	觀智院本.足利本.上圖本（影）			
良		良漢石經							[glyph]1 [glyph]2 [glyph]3			[glyph]季良父盉 [glyph]司寇良父壺 [glyph]吏良父簋 [glyph]齊侯匜 [glyph]中山王壺		篆[glyph]

今本尚書文字	出土文獻尚書		傳抄著錄古尚書文字				隸古定尚書			構形異同說明	備　註	參　證		
	戰國楚簡	石經	汗簡	古文四聲韻	訂正六書通	說文所引	敦煌等古寫本	日本唐寫本	書古文訓晁刻古文尚書			出土資料文字	傳抄著錄文字	說文字形
稟									亩	廩稟音義近同.假借字				㐭或廩
							稟	稟		義符更替禾米	P2516	[illegible] 召伯簋 [illegible] 睘卣 [illegible] 璽彙0327 [illegible] 璽彙0313		
								稟		偏旁訛混禾示				
亶							亶1 亶2	亶1 亶2 亶 亶3						
嗇							嗇1		嗇2		P5557	[illegible] 睡虎地29.30		古嗇
								嗇			內野本.上圖本（影）.上圖本（八）	[illegible] 睡虎地23.2 [illegible] 壽成室鼎		篆嗇
								嗇		部件隸變：人口	九條本			古嗇
牆								牆1 牆2 牆3				[illegible] 睡虎地20.195		
									廧	義符更替		[illegible] 曹全碑 [illegible] 武斑碑	玉篇廧同牆	廧

今本尚書文字	出土文獻尚書		傳抄著錄古尚書文字				隸古定尚書			構形異同說明	備　註	參　證		
	戰國楚簡	石經	汗簡	古文四聲韻	訂正六書通	說文所引	敦煌等古寫本	日本唐寫本	書古文訓晁刻古文尚書			出土資料文字	傳抄著錄文字	說文字形
牆								墻		俗字．義符更替			玉篇墻正作牆	墻
							墻1	墻2 墻3		嗇贅加義符土				
來		魏三體								增義符辵	君奭無能往來	來觶 散盤 郭店.成之36	四1.30古孝經	
		魏三體隸					来1	来1 耒2		篆文隸變 2 訛與耒混		甲2123 甲2658 般甗 鮽尊		篆
									徠	義符更替：彳辵			四1.30義雲章	
·麴							麹1	1 2		2 偏旁訛混麥走	2 上圖本（元）	居延簡甲1303 晉辟雍碑	玉篇麦麥之俗字	說文無麴

今本尚書文字	出土文獻尚書		傳抄著錄古尚書文字				隸古定尚書			構形異同說明	備註	參證		
	戰國楚簡	石經	汗簡	古文四聲韻	訂正六書通	說文所引	敦煌等古寫本	日本唐寫本	書古文訓晁刻古文尚書			出土資料文字	傳抄著錄文字	說文字形
致		致 隸釋									多方我則致天之罰	致 睡虎地10.11 致 流沙簡.屯戍8.4 致 曹全碑 致 北海相景君碑 致 尹宙碑 致 孔宙碑		
							致1 致2	致1 致2 致3						
憂								憂1 憂2 憂3				憂 史晨碑 憂 武榮碑 憂 衡方碑		
								夏		與夏字作夏形同混用	足利本太甲上王徂桐宮居憂克終允德			

今本尚書文字	出土文獻尚書		傳抄著錄古尚書文字				隸古定尚書			構形異同說明	備　註	參　證		
	戰國楚簡	石經	汗簡	古文四聲韻	訂正六書通	說文所引	敦煌等古寫本	日本唐寫本	書古文訓晁刻古文尚書			出土資料文字	傳抄著錄文字	說文字形
愛		[illegible] 魏三體	[illegible] 汗 4.59	[illegible] 四 4.17					[illegible]1 [illegible]2	炁爲惠愛(炁)本字 愛爲炁之假借字		[illegible] 中山王壺 [illegible] 𧊒壺 [illegible] 郭店緇衣 25 [illegible] 郭店老子甲 26 [illegible] 璽彙 4655		炁篆 [illegible]
							[illegible]1	[illegible]1 [illegible] [illegible]2 [illegible]3				[illegible] 張遷碑 [illegible] 三公山碑		
夏				[illegible] 四 3.22					[illegible]1 [illegible]2	省日		[illegible] 邳伯罍 [illegible] 郭店.緇衣 [illegible] 上博 1.詩 2 [illegible] 璽彙 3643 [illegible] 璽彙 15		古 [illegible]
		[illegible] 魏三體							[illegible]1	省頁	魏三體多方.多士	[illegible] 楚帛書丙 6.1 [illegible] 天星觀.卜 [illegible] 夏官鼎 [illegible] 璽彙 3988		

今本尚書文字	出土文獻尚書		傳抄著錄古尚書文字				隸古定尚書			構形異同說明	備　註	參　證		
	戰國楚簡	石經	汗簡	古文四聲韻	訂正六書通	說文所引	敦煌等古寫本	日本唐寫本	書古文訓晁刻古文尚書			出土資料文字	傳抄著錄文字	說文字形
夏			[illegible] 汗 4.47	[illegible] 四 3.22			[illegible]4 [illegible]5	[illegible]6 [illegible]7 [illegible]8 [illegible]9	[illegible]1 [illegible]2 [illegible]3					
								[illegible]		[illegible]8 [illegible]9 省				
	[illegible] 郭店成之 38									暊爲夏之異體今本夏爲夏之誤	康誥不率大戛郭店成之 38 作不還大暊	[illegible] 包山 224 [illegible] 包山 225		
夔							[illegible]			省己.變頁下形與夂合書				
								[illegible]1 [illegible]2 [illegible]3 [illegible]4 [illegible]5						
							[illegible]1 [illegible]2			誤以夔爲夒	S801. P3605. 3615	[illegible] 劉寬碑 [illegible] 樊陽令楊君碑	玉篇夔俗作[illegible]	
舞			[illegible] 汗 2.17	[illegible] 四 3.10	[illegible] 六 186		[illegible]1 [illegible]2 [illegible]3	[illegible]3 [illegible]4	[illegible]1 [illegible]2					古[illegible]
								[illegible]		偏旁訛誤亡言	內野本.足利本.上圖本（影）舜典百獸率舞			

今本尚書文字	出土文獻尚書		傳抄著錄古尚書文字				隸古定尚書			構形異同說明	備　註	參　證		
	戰國楚簡	石經	汗簡	古文四聲韻	訂正六書通	說文所引	敦煌等古寫本	日本唐寫本	書古文訓晁刻古文尚書			出土資料文字	傳抄著錄文字	說文字形
舜			[illegible] 汗 2.28									[illegible] 郭店.唐虞 1 [illegible] 郭店.唐虞 22		古[illegible]
				[illegible]蕣 四 4.19						假借字	今本無蕣字．疑爲舜之假借			
									[illegible]	篆文隸古定				篆[illegible]
							[illegible]1 [illegible]2	[illegible] [illegible]3 [illegible] [illegible]4 [illegible]5 [illegible] [illegible]6		篆文隸變				
弟								[illegible]1 [illegible]2				[illegible] 武威簡.服傳 2 [illegible] 春秋事語 [illegible] 孔龢碑		
								[illegible]				[illegible] 郭店.唐虞 5 [illegible] 郭店.六德 29 [illegible] 魏三體文公	集韻弟古作[illegible]	古[illegible]
								第		偏旁混用：艸竹		[illegible] 漢印徵	集韻弟或作第	

今本尚書文字	出土文獻尚書		傳抄著錄古尚書文字				隸古定尚書			構形異同說明	備註	參證		
	戰國楚簡	石經	汗簡	古文四聲韻	訂正六書通	說文所引	敦煌等古寫本	日本唐寫本	書古文訓晁刻古文尚書			出土資料文字	傳抄著錄文字	說文字形
桀			汗6.73						1					
				四5.14						假舛爲桀				
							4 6	1 2 3 4 5 6 7						
乘		魏石經	汗6.76	四2.28	六136				1 2 3			粹1109 虢季子白盤 克鐘 匽公匜 多友鼎 公乘壺 鄂君啓車節		古
		魏石經隸					2	2	1			魯峻碑 孫根碑		篆
										與垂作混同	上圖本（元）西伯戡黎周人乘黎			

今本尚書文字	出土文獻尚書		傳抄著錄古尚書文字				隸古定尚書			構形異同說明	備　註	參　證		
	戰國楚簡	石經	汗簡	古文四聲韻	訂正六書通	說文所引	敦煌等古寫本	日本唐寫本	書古文訓晁刻古文尚書			出土資料文字	傳抄著錄文字	說文字形
卷 6														
柚						虞書曰厥包橘柚					禹貢厥包橘柚			
梅			[illegible] 汗 3.30	[illegible] 四 1.29			[illegible]2	[illegible]2	[illegible]1	移木於下				篆 [illegible]
								[illegible] [illegible]		偏旁訛混木水	上圖本（元）.上圖本（八）			
								[illegible]		偏旁訛混木水誤增義符	岩崎本			
柰								[illegible]1 [illegible]2		俗字		[illegible] 漢帛老子甲 30 [illegible] 春秋事語 90 [illegible] 鮮于璜碑	玉篇奈正作柰	篆 [illegible]
桃							[illegible]				S799	[illegible] 武威醫簡 79 [illegible] 漢石經.詩.木瓜 [illegible] 曹全碑		篆 [illegible]
杜								[illegible]2 [illegible]3	[illegible]1	3 偏旁訛誤：度庶杜為度攵之假借	內野本.九條本			

今本尚書文字	出土文獻尚書		傳抄著錄古尚書文字				隸古定尚書			構形異同說明	備註	參證		
	戰國楚簡	石經	汗簡	古文四聲韻	訂正六書通	說文所引	敦煌等古寫本	日本唐寫本	書古文訓晁刻古文尚書			出土資料文字	傳抄著錄文字	說文字形
梓			杍 汗3.30 亦李字	杍 四3.8 亦李字				杍	杍	假杍（李）爲梓	九條本.內野本.足利本.上圖本（影）.上圖本（八）	李：杍 說文古文 李 戰國印.吉金 [glyph] 戰國.陳簠		
杶			杶 汗3.30						杻1					古 杶
				杶 四1.33		夏書曰杶榦栝柏		杶1			禹貢杶榦栝柏			
								桃		訛誤字	上圖本（八）			
楛						枯下夏書曰唯箘輅枯			枯		禹貢惟箘簵楛			
						簬下夏書曰惟箘簬楛					禹貢惟箘簵楛			
檿			畲 汗6.82	畲 畲 四4.40			畲2	畲3	畲1	借畲爲檿	P3615	畲 乙8710 畲 粹1316 畲 辛巳簋 畲 伯作姬畲壺 畲 畲章作曾侯乙鎛 畲 畲肚盤		畲

今本尚書文字	出土文獻尚書		傳抄著錄古尚書文字				隸古定尚書			構形異同說明	備　註	參　證		
	戰國楚簡	石經	汗簡	古文四聲韻	訂正六書通	說文所引	敦煌等古寫本	日本唐寫本	書古文訓晁刻古文尚書			出土資料文字	傳抄著錄文字	說文字形
桼								[illegible]		移木於右下				
榮								[illegible]			足利本.上圖本			
桐			[illegible] 汗3.30					[illegible]	[illegible]	移木於下		[illegible] 翏生盨 [illegible] 宜桐盂 [illegible] 曾侯乙簡 212		
							同			假借字	和闐本太甲上營于桐宮			
松			[illegible] 汗3.30	[illegible] 四 1.1					[illegible] 宩1	从容古文[illegible]		[illegible] 信陽 2.08 [illegible] 鄂君啓舟節 [illegible] 璽彙 2402		
								[illegible]		聲符替換				或[illegible]
							枀			移木於下	P3615			篆[illegible]
								[illegible]		訛誤字				
樹			尌 汗3.30	尌 四4.10			尌3	尌1 尌3	尌1 尌2	省義符		[illegible] 石鼓文		籀[illegible]
			[illegible] 汗3.30	[illegible] 四4.10						義符更替攴寸		[illegible] 郭店.語叢 3.46	[illegible] 四4.10 雲臺碑	
								[illegible]			上圖本（影）			

今本尚書文字	出土文獻尚書		傳抄著錄古尚書文字				隸古定尚書			構形異同說明	備註	參證		
	戰國楚簡	石經	汗簡	古文四聲韻	訂正六書通	說文所引	敦煌等古寫本	日本唐寫本	書古文訓晁刻古文尚書			出土資料文字	傳抄著錄文字	說文字形
本			汗 3.30	四 3.15	六 197							本鼎 行氣玉銘 郭店.成之 12 郭店.六德 41	四 3.15 古孝經 四 3.15 古老子	古
朱						絑下“虞書丹朱如此”			絑		益稷無若丹朱傲 段注：丹朱見咎繇謨.許所據壁中古文作丹絑			
條										偏旁訛混亻彳				
枚										偏旁訛混木扌	S801			
橈				四 4.28							今本無橈字			
格			汗 5.68	四 5.19					1 2	各佫之假借字 2 偏旁繁化：戈戊	金文用作戟之自名.	滕侯昃戟 蔡□□戟		敋
		魏三體								各爲初文 佫增義符彳	魏三體君奭格于上帝.矧曰其有能格.三體	各：沈子它簋 師虎簋 庚贏卣		佫

今本尚書文字	出土文獻尚書		傳抄著錄古尚書文字				隸古定尚書			構形異同說明	備　註	參　證		
	戰國楚簡	石經	汗簡	古文四聲韻	訂正六書通	說文所引	敦煌等古寫本	日本唐寫本	書古文訓晁刻古文尚書			出土資料文字	傳抄著錄文字	說文字形
格								挌1 挌2 挌3 挌4		爲各佫之假借字				格
						假下虞書曰假於上下				假之假借字	堯典格於上下			假
枯						夏書曰唯箘輅枯			枯					
						簵下夏書曰惟箘簵楛								
樸								樸1 樸2						
								撲1 撲2		偏旁訛混木扌				
柔				[illegible] 四 2.24									[illegible] 汗 4.47 古爾雅及說文	
材		[illegible] 魏三體隸						枤2	扗1	偏旁訛混：木-才戈	上圖本（八）			
·柴			[illegible]祡 汗 1.3	[illegible]祡 四 1.28			[illegible] 古			祡[illegible]聲符更替	P3315			祡古[illegible]
						祡下虞書曰至于岱宗祡			祡		舜典至于岱宗柴			
							柴	紫		假借字				

今本尚書文字	出土文獻尚書		傳抄著錄古尚書文字				隸古定尚書			構形異同說明	備註	參證		
	戰國楚簡	石經	汗簡	古文四聲韻	訂正六書通	說文所引	敦煌等古寫本	日本唐寫本	書古文訓晁刻古文尚書			出土資料文字	傳抄錄文字	說文字形
築									⿱篙土1 ⿱篙土2	从土篙聲 假借字 聲符.形符皆異		楚帛書丙2.2 可㠯出師△邑 郭店.窮達戰(釋)板△(築)而差(佐)天子 郭店.老子甲24 郭店.老子甲36 郭店.唐虞9	汗2.21 四5.4演說文	古 段
							築2 築3	築1 築2 築3 築4 築5				睡虎地45.16 武威簡.服傳24 魏受禪碑		篆
								筑2	筑1	假筑爲築	1 說命上說築傅巖之野 2 九條本金縢盡起而築之			

今本尚書文字	出土文獻尚書		傳抄著錄古尚書文字				隸古定尚書			構形異同說明	備　註	參　證		
	戰國楚簡	石經	汗簡	古文四聲韻	訂正六書通	說文所引	敦煌等古寫本	日本唐寫本	書古文訓晁刻古文尚書			出土資料文字	傳抄著錄文字	說文字形
榦						杶下夏書曰杶榦栝柏		 榦			內野本			
								 幹1 榦2 榦3		假幹爲榦				
構								 搆		偏旁訛混木扌	內野本．上圖本（影）．上圖本（八）			
極								 极1 極2 極3		12偏旁訛混：木扌				
柱								 柽		偏旁訛誤主至訛誤字				桎
桓								 桓1 桓2						
						狟下周書曰尚狟狟			狟	假借字	牧誓夫子尚桓桓			
·盤		 盤 魏三體								義符更替	君奭在武丁時則有若甘盤	盤 虢季子白盤 盤 沇兒鐘 盤 畬忎盤		槃籀盤 
		 般 漢石經 般 隸釋					 般1	 般1	般1	盤爲假借字．本作般	盤庚	般 般庚．甲2308 般 佚33 般 兮甲盤		般

今本尚書文字	出土文獻尚書		傳抄著錄古尚書文字				隸古定尚書			構形異同說明	備註	參證		
	戰國楚簡	石經	汗簡	古文四聲韻	訂正六書通	說文所引	敦煌等古寫本	日本唐寫本	書古文訓晁刻古文尚書			出土資料文字	傳抄著錄文字	說文字形
·盤									鎜			鎜 伯侯父盤		古 鎜
機									𠒎	省戈假幾爲機			集韻幾古作𠒎	
								木𠒎		偏旁幾省戈				
栝						杶下夏書曰杶榦栝柏			棔	假棔爲檜			玉篇棔與栝同集韻檜古作棔	
臬		[illegible] 漢石經								假借字	康誥汝陳時臬司漢石經作女陳時倪事			倪
							臬 1	臬 1 臬 2		偏旁訛混：1 木水 2 自白				
樂								樂 1 樂 2				樂 日有熹鏡 樂 尚方鏡 6		
								乐 乐		省形之訛變	足利本.上圖本（影）	樂 三羊鏡 3		
柷								柷		偏旁訛混兄只	上圖本（八）			
檢								撿 檢 1 捡 2		偏旁訛混木扌才．僉命同形 佥				

今本尚書文字	出土文獻尚書		傳抄著錄古尚書文字				隸古定尚書			構形異同說明	備　註	參　證		
	戰國楚簡	石經	汗簡	古文四聲韻	訂正六書通	說文所引	敦煌等古寫本	日本唐寫本	書古文訓晁刻古文尚書			出土資料文字	傳抄著錄文字	說文字形
欙						虞書曰予乘四載水行乘舟陸行乘車山行乘欙澤行乘車川					盤庚中予乘四載隨山刊木			
橋							 喬2	 喬1		假喬爲橋	S799 內野本.上圖本(八)			
楫								 [illegible]		偏旁訛混咠 胥				
							揖			偏旁訛混木扌	P2643			揖
								 檝1 撖2		聲符更替 2 偏旁訛混木才				檝
采		[illegible] 魏品式(篆)									益稷以五采彰施于五色			介
								  采1 来2						
椓								 椓		假椓爲斀訛从豖	足利本.上圖本(影)			
						斀下周書曰刖劓斀黥		斀	斀	斀訓去陰之刑也爲本字				斀
								 [illegible]		斀蜀刂義符更替	內野本			蜀 刂

今本尚書文字	出土文獻尚書		傳抄著錄古尚書文字				隸古定尚書			構形異同說明	備　註	參　　證		
	戰國楚簡	石經	汗簡	古文四聲韻	訂正六書通	說文所引	敦煌等古寫本	日本唐寫本	書古文訓晁刻古文尚書			出土資料文字	傳抄著錄文字	說文字形
木獻			□櫱 汗3.30	□ 四5.11		商書曰若顚木之有□木獻			□1		盤庚上若顚木之有由㽕櫱			古□
			□ 汗3.30	□□ 四5.11				□1 □2		2 偏旁訛混：木扌				古□
							□2 □4	□□1	□3	3 偏旁訛誤：木米 4 薛薛				或□
						□下商書曰若顚木之有□枿古文言由枿				枿	盤庚上若顚木之有由㽕櫱			
析			□ 汗6.76				□2	□1	□1	義符替換				□
								□		偏旁類化				
								□		偏旁類化				
								□		偏旁訛混木扌				
．杌						隉下周書曰邦之阢隉				杌爲阢之假借	秦誓邦之杌隉			說文無阢
							□1	□3	□2	⿸尸兀字从尸兀聲⿸尸兀阢義符更替				⿸尸兀

今本尚書文字	出土文獻尚書		傳抄著錄古尚書文字				隸古定尚書			構形異同說明	備　註	參　　證		
	戰國楚簡	石經	汗簡	古文四聲韻	訂正六書通	說文所引	敦煌等古寫本	日本唐寫本	書古文訓晁刻古文尚書			出土資料文字	傳抄著錄文字	說文字形
鬱							[illegible]1	[illegible]2 [illegible]3			P2533	[illegible] 前6.53.4 [illegible] 弔趯父卣 [illegible] 孟載父壺		
									[illegible]			[illegible] 孟載父壺	[illegible] 汗4.49王存乂切韻 集韻鬱古作欝	
麓							[illegible]1	[illegible]1 [illegible]2	[illegible]1	2 偏旁訛混彔聿 麓[illegible]聲符更替		[illegible] 粹664 [illegible] 前2.23.1 [illegible] 京津5301 [illegible] 麓伯簋		古[illegible]
			[illegible] 汗3.30	[illegible] 四5.3						與[illegible]爲義符更替				
棼								[illegible]		偏旁訛混：刀力	上圖本（影）			
桑							[illegible]1	[illegible]2 [illegible]2			P3615	[illegible] 睡虎地32.7 [illegible] 孫臏191 [illegible] 禮器碑		篆[illegible]

今本尚書文字	出土文獻尚書		傳抄著錄古尚書文字				隸古定尚書			構形異同說明	備註	參證		
	戰國楚簡	石經	汗簡	古文四聲韻	訂正六書通	說文所引	敦煌等古寫本	日本唐寫本	書古文訓晁刻古文尚書			出土資料文字	傳抄著錄文字	說文字形
之		魏三體 魏三體					1	1 3 4	1 2			縣妃簋 秦公簋 睡虎地23.1 26年詔權 漢帛老子甲後179		篆
	上博.緇衣14 郭店.緇衣26										呂刑惟作五虐之刑曰法	智君子鑑 鑄客鼎 中山王兆域圖 君夫人鼎		
								維		以維爲之	九條本君奭丕承無疆之恤			
										與出字形混				
師			汗1.7	四1.17			古				P3315	令鼎 師遽方彝 蚉壺 齊叔夷鎛 魏三體僖公	汗3.31義雲章 汗3.31石經 四1.17古孝經又石經	古

今本尚書文字	出土文獻尚書		傳抄著錄古尚書文字				隸古定尚書			構形異同說明	備　註	參　證		
	戰國楚簡	石經	汗簡	古文四聲韻	訂正六書通	說文所引	敦煌等古寫本	日本唐寫本	書古文訓晁刻古文尚書			出土資料文字	傳抄著錄文字	說文字形
師	郭店緇衣 39 上博 1 緇衣 20									以帀爲師		鐘伯鼎 蔡大師鼎 鄂君啓舟節 酓忎鼎 包山 5 陶彙 4.178		
							師1	師1 師2 師3				令鼎 師遽方彝 䍙壺 齊叔夷鎛		篆
								師1 師2 師3 師4		偏旁省變				
							1 或	2		偏旁訛變	P3315. 岩崎本說命中"承以大夫師長"說命下"事不師古"		四 1.17 籀韻 四 1.17 籀韻	

今本尚書文字	出土文獻尚書		傳抄著錄古尚書文字				隸古定尚書			構形異同說明	備　註	參　　證		
	戰國楚簡	石經	汗簡	古文四聲韻	訂正六書通	說文所引	敦煌等古寫本	日本唐寫本	書古文訓晁刻古文尚書			出土資料文字	傳抄著錄文字	說文字形
出	郭店緇衣39 上博1緇衣20	魏三體					1	1				前7.28.3 啓卣 頌壺 魚鼎匕 鄂君啓舟節		
										訛誤字	岩崎本微子我其發出狂			
索							1	1 2				孫臏156 流沙簡.簡牘54.		篆
南		魏三體	汗1.4	四2.12								盂鼎 啓卣 鬲攸比鼎		古
生		漢石經									五玉三帛二生一死贄			
		魏三體												
										篆文隸古定訛變	上圖本（八）			

今本尚書文字	出土文獻尚書		傳抄著錄古尚書文字				隸古定尚書			構形異同說明	備　註	參　證		
	戰國楚簡	石經	汗簡	古文四聲韻	訂正六書通	說文所引	敦煌等古寫本	日本唐寫本	書古文訓晁刻古文尚書			出土資料文字	傳抄著錄文字	說文字形
華							蕐1	華 華2 華 華3	蕐 蕐1			華 命簋 華 邾公華鐘 華 陶彙6.184 華 睡虎地5.34 華 老子甲後 4.24 華 一號墓竹簡201 華 北海相景君銘陰 華 華嶽廟殘碑陰		篆 蕐
								花		說文段注：俗作花其字起於北朝	上圖本（八）益稷"日月星辰山龍華蟲"			
								華		隸變形訛	上圖本（八）			
稽（占問．考察義）							乩1	乩 乩2 乩3	乩1 乩3	3 岩崎本				
								[illegible]1 [illegible]2		岩崎本				
								稽1 [illegible]2 [illegible]3 [illegible]4						

今本尚書文字	出土文獻尚書		傳抄著錄古尚書文字				隸古定尚書			構形異同說明	備註	參證		
	戰國楚簡	石經	汗簡	古文四聲韻	訂正六書通	說文所引	敦煌等古寫本	日本唐寫本	書古文訓晁刻古文尚書			出土資料文字	傳抄著錄文字	說文字形
稽（占問．考察義）			汗 2.23	四 1.27				2	1					
		迪 隸釋									盤庚“不其或稽自怒曷瘳”			
稽（稽首義．上聲）			汗 4.48	四 3.12	2 3 5 6	4 6 7	1							
								乩 乩1 乩2 乩3 乩4						
圖			汗 3.33	四 1.26			5 6	3 4 5 6 7 8 9	1 2	从者聲符替換				
		魏三體						1 2				子圖卣 散盤 善夫山鼎		

今本尚書文字	出土文獻尚書		傳抄著錄古尚書文字				隸古定尚書			構形異同說明	備　註	參　證		
	戰國楚簡	石經	汗簡	古文四聲韻	訂正六書通	說文所引	敦煌等古寫本	日本唐寫本	書古文訓晁刻古文尚書			出土資料文字	傳抄著錄文字	說文字形
圖								啚		俗字		啚 韓勑後碑	廣韻圖俗作啚集韻圖俗作畣非是	
國		或 魏三體						戜1 戜2 戜3	或1 戜2	或爲國之本字.或增土作域.此移土於下域國義符更替2多一畫从王	魏三體立政以長我王國	或 保卣 或 何尊 或 兮甲盤 或 毛公鼎 或 秦公鎛	𢧐 汗6.74義雲章	或或域
							國1	國2 國3		隸變：口厶				
								国			足利本上圖本（八）			
因							囙	囙		俗字	P2074	囙 尹宙碑		
固			怘 汗4.59	怘 四4.11					怘	怙字移古於上假借字			集韻去聲11莫韻固古作怘	
困			𣎵 汗3.30	𣎵 四4.20			𣎵	𣎵	𣎵		P2643	𣎵 珠25 𣎵 乙6723反		古𣎵
								𣎵1 𣎵2		偏旁訛混止山				
										偏旁訛混木水	足利本.上圖本（影）太甲中惟明后先王子惠困窮			

今本尚書文字	出土文獻尚書		傳抄著錄古尚書文字				隸古定尚書			構形異同說明	備註	參證		
	戰國楚簡	石經	汗簡	古文四聲韻	訂正六書通	說文所引	敦煌等古寫本	日本唐寫本	書古文訓晁刻古文尚書			出土資料文字	傳抄著錄文字	說文字形
困								因		訛誤字	上圖本（影）盤庚中汝不憂朕心之攸困			因
賄									⿰貝每	聲符更替			⿰貝每 汗3.33王存乂切韻 玉篇⿰貝每與賄同 一切經音義⿰貝每古文賄	
財								財		偏旁訛混才寸				
貨									䝒	說文䝒或曰此古貨字聲符更替		[illegible] 郭店.語叢3.60		
		貨 隸釋						貨			漢石經洪範二曰貨島田本			
									⿰月爲	訛誤字偏旁訛混貝月	仲虺之誥不殖貨利			
賢		臤 魏三體						臤 臤	臤	說文臤字云古文以爲賢字	君奭時則有若巫賢	袁良碑校官碑賢字作臤	玉篇賢臤古文	臤
								賢						
貢							贛			假借字	P5522			

今本尚書文字	出土文獻尚書		傳抄著錄古尚書文字				隸古定尚書			構形異同說明	備　註	參　　證		
	戰國楚簡	石經	汗簡	古文四聲韻	訂正六書通	說文所引	敦煌等古寫本	日本唐寫本	書古文訓晁刻古文尚書			出土資料文字	傳抄著錄文字	說文字形
贊								賛3	賛1 賛2	隸變		縱橫家書 208 孫臏 26 贊鼎 漢印徵 張壽殘碑		篆
								替		偏旁訛混貝曰	足利本．上圖本（影）．上圖本（八）			
賚							賚1	1 2 3						
						周書曰賚爾秬鬯		賚		偏旁訛變貝耳	九條本 許：文侯之命用賚爾秬鬯一卣			
賴	上博1緇衣8									⿰言大从⿰言大聲音近假借說文無	呂刑一人有慶兆民賴之			
	郭店緇衣13									贎賴音近通假說文無	呂刑一人有慶兆民賴之			

今本尚書文字	出土文獻尚書		傳抄著錄古尚書文字				隸古定尚書			構形異同說明	備　註	參　證		
	戰國楚簡	石經	汗簡	古文四聲韻	訂正六書通	說文所引	敦煌等古寫本	日本唐寫本	書古文訓晁刻古文尚書			出土資料文字	傳抄著錄文字	說文字形
負								1 2				睡虎地 24.34 漢帛老子甲 126 張遷碑		
賓			汗 3.40	四 1.32				1	2 3	3 訛變		保卣 守簋 伯賓父簋 齊鞄氏鐘 曾侯乙鐘 嘉賓鐘		古
							1	2 3				漢帛老子乙前 22 下 武威簡.士相見 1		篆

今本尚書文字	出土文獻尚書		傳抄著錄古尚書文字				隸古定尚書			構形異同說明	備　註	參　證		
	戰國楚簡	石經	汗簡	古文四聲韻	訂正六書通	說文所引	敦煌等古寫本	日本唐寫本	書古文訓晁刻古文尚書			出土資料文字	傳抄著錄文字	說文字形
賓				四1.32						㝃賓古今字		甲1222 甲2402 𠨘其卣 匚㝃鼎 虘鐘 朱公釛鐘 郭店.語叢3.55		㝃篆
		隸釋								賓字隸變作（漢石經.儀禮）之訛誤	隸釋漢石經多士予惟四方罔攸賓亦惟爾(下缺)			
費											九條本費誓			
										假借字	內野本.上圖本（八）			

今本尚書文字	出土文獻尚書		傳抄著錄古尚書文字				隸古定尚書			構形異同說明	備註	參證		
	戰國楚簡	石經	汗簡	古文四聲韻	訂正六書通	說文所引	敦煌等古寫本	日本唐寫本	書古文訓晁刻古文尚書			出土資料文字	傳抄著錄文字	說文字形
責		魏三體								石經古文假朿爲責中多一短橫爲飾筆	君奭無我責	 乙87697  朿卣 般仲朿盤 責：乙39 旂作父戊鼎 兮甲盤 秦公簋 		朿
貴					 六278			2	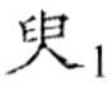 1	篆文省貝	畢命政貴有恆			篆 
貴	 上博1緇衣1									偏旁訛混貝目		璽彙1751 璽彙4675   （ ）鳥書箴言帶鉤		

今本尚書文字	出土文獻尚書		傳抄著錄古尚書文字				隸古定尚書			構形異同說明	備　註	參　證		
	戰國楚簡	石經	汗簡	古文四聲韻	訂正六書通	說文所引	敦煌等古寫本	日本唐寫本	書古文訓晁刻古文尚書			出土資料文字	傳抄著錄文字	說文字形
貴										省作上形之變	旅獒不貴異物	璽彙4709 郭店.老子甲29 郭店.老子乙5 郭店.緇衣20	汗1.5義雲章	古文貴
賤										部件戈省變		流沙簡.簡牘3.17		
#貶				四3.29						疑爲貴字篆文省貝	今本尚書無貶字			
貧			汗3.39	四1.32				2	1	偏旁訛混刀力				古
・贄						墊下一日虞書雉墊				墊．摯音義近同	舜典五玉三帛二生一死贄			說文無贄
邑		魏三體												
邦			汗6.74	四1.14					1 2 3					古
		魏三體					3	1 2						

今本尚書文字	出土文獻尚書		傳抄著錄古尚書文字				隸古定尚書			構形異同說明	備註	參證		
	戰國楚簡	石經	汗簡	古文四聲韻	訂正六書通	說文所引	敦煌等古寫本	日本唐寫本	書古文訓晁刻古文尚書			出土資料文字	傳抄著錄文字	說文字形
邦							邽1	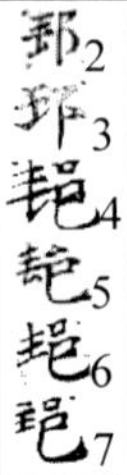 2 3 4 5 6 7						
								㞷			封之古文 㞷			
		國 隸釋									盤庚中安定厥邦			
								 [illegible]			岩崎本.內野本.上圖本（八）召誥太保乃以庶邦冢君出取幣			
都		 魏品式  魏三體						 4	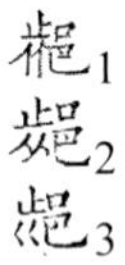 1 2 3			㝬鐘 輪鎛 仲都戈 叔夷鎛	 汗3.33石經	
								都						
鄰			汗6.82	四1.31	 六60		厸	厸	厸 厸			孫根碑 中山王鼎 郭店.性自18 郭店.老子甲9 郭店.窮達12	玉篇集韻厸古鄰字	
								 1 2		偏旁訛變厶山				

今本尚書文字	出土文獻尚書		傳抄著錄古尚書文字				隸古定尚書			構形異同說明	備　註	參　證		
	戰國楚簡	石經	汗簡	古文四聲韻	訂正六書通	說文所引	敦煌等古寫本	日本唐寫本	書古文訓晁刻古文尚書	構形異同說明	備　註	出土資料文字	傳抄著錄文字	說文字形
支阝			汗 4.51	岐 四 1.15					嶅	義符更替山阝 四 1.15 注岐爲岐之誤				古
								岐1 岐2		義符更替山土 2 支攴				
								歧1 歧2		偏旁訛混山止 2 支攴				
								埊		訛誤字	足利本禹貢治梁及岐			
扈		魏三體							岵1 岵2		魏三體君奭則有若伊陟臣扈		玉篇殘卷 22 說文古文	古
								扈1 扈2 扈3		偏旁訛混戶广		曹全碑陰 居延簡甲 154.3		
祁	上博 1 緇衣 6									耆.假借字	上博 1 緇衣 6 君牙句夂祁寒作晉夂耆寒			
	郭店緇衣 9.10									旨.假借字	郭店緇衣簡 10 引君牙夂祁寒作晉夂旨滄			
邪								衺1	衺1 衺2	借衺爲邪				衺
								耶		偏旁訛變阝巳	島田本微子之命除其邪虐			耶
郭									𩫏阝					篆

今本尚書文字	出土文獻尚書		傳抄著錄古尚書文字				隸古定尚書			構形異同說明	備註	參證		
	戰國楚簡	石經	汗簡	古文四聲韻	訂正六書通	說文所引	敦煌等古寫本	日本唐寫本	書古文訓晁刻古文尚書			出土資料文字	傳抄著錄文字	說文字形
卷 7														
旻						虞書說仁覆閔下則稱旻天			顧	顧旻音近通假顧即顧字	大禹謨曰號泣于旻天于父母	顧 張壽碑	集韻旻或作閔通作顧	顧
時		魏品式魏三體	汗 3.33	四 1.19			旹		旹	聲符更替		中山王壺		古 旹
							旹1 旹2	旹1 旹2						
								旹						
昧			汗 3.33	四 4.16					1 2 3			四 4.16 崔希裕纂古		
								昧						
								昧		偏旁訛混日月				
晢									1 2	1 偏旁訛混日月 2 移日於左	1 洪範明作晢 2 曰晢時燠若			
昭			汗 4.49											
								昭 昭						
								昭			岩崎本君牙“昭乃辟之有乂”			照
晃				四 3.25							今本尚書無晃字			

今本尚書文字	出土文獻尚書		傳抄著錄古尚書文字				隸古定尚書			構形異同說明	備　註	參　證		
	戰國楚簡	石經	汗簡	古文四聲韻	訂正六書通	說文所引	敦煌等古寫本	日本唐寫本	書古文訓晁刻古文尚書			出土資料文字	傳抄著錄文字	說文字形
晉	上博1緇衣6 郭店緇衣10							1			足利本.上圖本（影）	晉人簋 晉公夊 屭羌鐘 鄂君啓舟節		
暘						虞書曰日暘谷	1	2 3			堯典曰暘谷			
										形符更替				陽
·影								2 3	景1	說文無影．景影古今字	大禹謨惠迪吉從逆凶惟影響			
昃		魏三體						1 2				壬侯戟	釋文作昃	
		魏三體隸												篆
									仄	假仄爲昃				
										偏旁混用厂广	P3767.P2748			
昏			汗3.34					2	1	2 訛誤字	2 上圖本（八）牧誓昬棄厥肆祀弗荅		集韻昏古作	
										多飾點		粹715 郭店.老乙9 郭店.老甲30		

今本尚書文字	出土文獻尚書		傳抄著錄古尚書文字				隸古定尚書			構形異同說明	備　註	參　　證		
	戰國楚簡	石經	汗簡	古文四聲韻	訂正六書通	說文所引	敦煌等古寫本	日本唐寫本	書古文訓晁刻古文尚書			出土資料文字	傳抄著錄文字	說文字形
昏							昬	昬				[字形] 雲夢.日乙156 [字形] 漢帛老子甲41 [字形] 武威醫簡64		
昴							昴1	昴11 昴 昴2						
									𣈏	下从說文古文卯[字形]				
暴									虣虣			[字形] 乙2661 [字形] 脩華嶽碑"誅強△" [字形] 詛楚文內之則△虐不辜	集韻虣下虣或从戈廾通作暴	
							㬥4	㬥 暴 㬥1 㬥2 㬥3						

今本尚書文字	出土文獻尚書		傳抄著錄古尚書文字				隸古定尚書			構形異同說明	備　註	參　　證		
	戰國楚簡	石經	汗簡	古文四聲韻	訂正六書通	說文所引	敦煌等古寫本	日本唐寫本	書古文訓晁刻古文尚書			出土資料文字	傳抄著錄文字	說文字形
昔		魏三體	汗3.33				昔$_2$	昔$_2$	昔$_1$			何尊 卯簋 克鼎 史昔鼎 蚉壺	四5.16又古孝經	古
	郭店緇衣37											中山王鼎		
							昔	昔						篆昔
暱							昵$_1$	昵$_1$ 昵$_2$ 昵$_3$		3 偏旁尼與古文夷𡰥混同，聲符更替				或昵
暱								昵$_1$ 昵 昵$_2$ 昵$_3$ 昵$_4$ 昵$_5$		偏旁訛混日-目耳				
							遅			訛誤字：誤作遅（遅遲或體）	P2516 高宗肜日典祀無豐于昵	遲：遅 三公山碑		
							尼$_1$	𡰥$_2$	尼$_1$𡰥$_2$	假尼爲昵		尼：𡰥 衡方碑		
								暱 暱$_1$ 暱$_2$ 暱$_3$			冏命爾無昵于憸人			

今本尚書文字	出土文獻尚書		傳抄著錄古尚書文字				隸古定尚書			構形異同說明	備註	參證		
	戰國楚簡	石經	汗簡	古文四聲韻	訂正六書通	說文所引	敦煌等古寫本	日本唐寫本	書古文訓晁刻古文尚書			出土資料文字	傳抄著錄文字	說文字形
昆									罤罤	昆爲罤之假借字			集韻罤通作昆	
旦			⿱旦心 四4.20							⿱旦心爲旦之假借			⿱旦心 汗4.59 ⿱旦心 四4.20 裴光遠集綴	怛或⿱旦心
							旦	旦				旦 頌鼎 旦 休盤 旦 包山145 旦 璽彙0962 旦 孫臏11.3 旦 居延簡甲19B 旦 孫叔敖碑		
							且$_1$	且$_1$ 且$_2$						

今本尚書文字	出土文獻尚書		傳抄著錄古尚書文字				隸古定尚書			構形異同說明	備　註	參　證		
	戰國楚簡	石經	汗簡	古文四聲韻	訂正六書通	說文所引	敦煌等古寫本	日本唐寫本	書古文訓晁刻古文尚書			出土資料文字	傳抄著錄文字	說文字形
暨		臮 魏品式					臮1 臮2	臮2		爲金文眔之訛變	益稷暨益奏庶鮮食	甲 436 菁 10.18 永盂 小臣簋 令鼎 師晨鼎 𨙶鐘 翏生盨		洎（臮）
							臮1 臮4	臮2 臮 臮4 臮5	臮1 臮2 臮3 臮4	爲洎（臮）之訛變				臮
								臮		爲臮之訛誤				
								臮 臮		爲臮之訛誤				
							暨1	暨1 暨2 暨3 暨4		4 形訛變				
			汗 6.73	塈 四 4.6						假借字				
								塈1 塈2		假借字				

今本尚書文字	出土文獻尚書		傳抄著錄古尚書文字				隸古定尚書			構形異同說明	備註	參證		
	戰國楚簡	石經	汗簡	古文四聲韻	訂正六書通	說文所引	敦煌等古寫本	日本唐寫本	書古文訓晁刻古文尚書			出土資料文字	傳抄著錄文字	說文字形
朝			[illegible] 汗3.34						鼂1 鼂2	借鼂爲朝旦字				
		[illegible] 魏三體									無逸自朝至于日中昃	[illegible] 利簋 [illegible] 仲殷父簋 [illegible] 盂鼎 [illegible] 盠方彝 [illegible] 朝訶右庫戈 [illegible] 陳侯因脊錞		
							[illegible]1	[illegible]1 [illegible]3	[illegible]1 [illegible]2			[illegible] 利簋 [illegible] 盂鼎 [illegible] 朝訶右庫戈 [illegible] 郭店.成之34 [illegible] 包山145 [illegible] 陶彙5.215		古 [illegible]
旌								[illegible]1			岩崎本			
								旍2		偏旁訛混今令聲符更替	上圖本（八）			

今本尚書文字	出土文獻尚書		傳抄著錄古尚書文字				隸古定尚書			構形異同說明	備　註	參　　證		
	戰國楚簡	石經	汗簡	古文四聲韻	訂正六書通	說文所引	敦煌等古寫本	日本唐寫本	書古文訓晁刻古文尚書			出土資料文字	傳抄著錄文字	說文字形
施			 㐌柂.汗 4.48					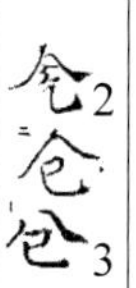 㐌2 㐌 㐌3	 㐌 㐌1	假也爲施	2 岩崎本 3 內野本.足利本.上圖本（影）	它.也：[illegible]  子仲匜 [illegible] 沈子它簋 [illegible] 師遽方彝 施：[illegible]  老子乙前 141 上	集韻柂字古作㐌	
								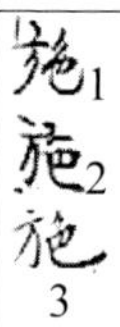 施1 施2 施3						
遊・游		 𨔝 魏石經	 𨔝 汗 1.8	𨔝 四 2.23					 遊 𨔝1	說文無遊		 [illegible] 蔡侯盤 [illegible] 鄂君啓舟節 [illegible] [illegible] 𢽾平鐘	 遊 遊 四 2.23 崔希裕纂古	游古𨔝 
									 迂 迂			 [illegible] 包山 277	[illegible] 四 2.23 雲臺碑	
							 遊1	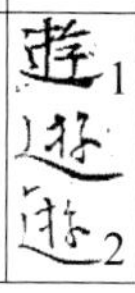 遊1 遊 遊2		部件訛變方扌				

今本尚書文字	出土文獻尚書		傳抄著錄古尚書文字				隸古定尚書			構形異同說明	備註	參證		
	戰國楚簡	石經	汗簡	古文四聲韻	訂正六書通	說文所引	敦煌等古寫本	日本唐寫本	書古文訓晁刻古文尚書			出土資料文字	傳抄著錄文字	說文字形
旅		魏三體						2 3	1			且辛爵 作旅鼎 犀伯鼎 鬲攸比鼎 虢弔鐘	汗 4.48 魯見石經說文亦作旅 隸續石經	古
							1 吐魯番本 1 2	1 2 3 4		偏旁訛混止山				
										2 訛變	九條本			
								1 2		2 部件訛誤：方弓				
族			汗 1.7	四 5.3	六 325				1			甲 984 師酉簋 不昜戈 侯 85.23 郭店.語三 1.4 包 3 郭店.六 28		

今本尚書文字	出土文獻尚書		傳抄著錄古尚書文字				隸古定尚書			構形異同說明	備　註	參　　證		
	戰國楚簡	石經	汗簡	古文四聲韻	訂正六書通	說文所引	敦煌等古寫本	日本唐寫本	書古文訓晁刻古文尚書			出土資料文字	傳抄著錄文字	說文字形
族								实2 岕3 岕4	岕1					
								族1 族2 族3 族4 族5				睡虎地.爲 25		
·星								曐	曐			乙 1877 前 7.26.3 麓伯星父簋		古
參				汗 3.34								克鼎 中山王鼎 璽彙 0673 楚帛書甲		篆
								叅 叅1 参 参2 参3		3 部件厶省略=	3 上圖本（八）	譱參父乙盉 衛盉 毛公鼎 召伯簋二		或

今本尚書文字	出土文獻尚書		傳抄著錄古尚書文字				隸古定尚書			構形異同說明	備註	參證		
	戰國楚簡	石經	汗簡	古文四聲韻	訂正六書通	說文所引	敦煌等古寫本	日本唐寫本	書古文訓晁刻古文尚書			出土資料文字	傳抄著錄文字	說文字形
參									曑			魚鼎匕 璽彙 1106 陶彙 3.6  陶彙 3.2	集韻參古作曑	
							厽			曑之省		曾侯乙簡 122 △（三）具吳甲  梁上官鼎  梁 19 年鼎 包山 12 郭店.語叢 4.3		
晨・晨								晨1	晨2					或晨
							  辰1 辰2			假辰爲晨	S799			

今本尚書文字	出土文獻尚書		傳抄著錄古尚書文字				隸古定尚書			構形異同說明	備　註	參　證		
	戰國楚簡	石經	汗簡	古文四聲韻	訂正六書通	說文所引	敦煌等古寫本	日本唐寫本	書古文訓晁刻古文尚書			出土資料文字	傳抄著錄文字	說文字形
晨・晨								[illegible]1 [illegible]2		移日於下		[illegible] 楚帛書乙 [illegible] 璽彙3188 [illegible] 璽彙3170 [illegible] 郭店.五行19 [illegible] 郭店.五行20		
朔							[illegible]1	[illegible]1 [illegible]2				[illegible] 11年盨鼎 [illegible] 睡虎地12.46 [illegible] 上林鼎 [illegible] 武威簡.秦射4 [illegible] 漢石經.春秋		
			[illegible] 汗3.35	[illegible] 四5.7					[illegible]1					
朏						周書曰丙午朏		蚏	蚏		召誥惟丙午朏	[illegible] 九年衛鼎 [illegible] 吳方彝	集韻朏古作出月	

今本尚書文字	出土文獻尚書		傳抄著錄古尚書文字				隸古定尚書			構形異同說明	備註	參證		
	戰國楚簡	石經	汗簡	古文四聲韻	訂正六書通	說文所引	敦煌等古寫本	日本唐寫本	書古文訓晁刻古文尚書			出土資料文字	傳抄著錄文字	說文字形
期			 朞 汗 3.34	 朞 四 1.20								 沇兒鐘  齊良壺  夆弔匜  齊侯敦		古 
			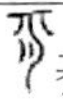朞 汗 3.35	朞 四 1.20										
			 汗 3.35	 四 1.19					1			 吳王 光鑑		
											S5745			
‧朞			 朞 汗 3.34	 朞 四 1.20			2		1	朞期同字形構位置相異.	堯典朞三百有六旬有六日.今本尚書周年之謂作朞.他義作期	 沇兒鐘  齊良壺  夆弔匜  齊侯敦		古 

			朞 汗 3.35	朞 四 1.20										
			期 汗 3.35	期 四 1.19				期			堯典朞三百有六旬有六日	 吳王 光鑑		
						虞書曰稘三百有六旬				稘爲周年本義字.				

今本尚書文字	出土文獻尚書		傳抄著錄古尚書文字				隸古定尚書			構形異同說明	備　註	參　　證		
	戰國楚簡	石經	汗簡	古文四聲韻	訂正六書通	說文所引	敦煌等古寫本	日本唐寫本	書古文訓晁刻古文尚書			出土資料文字	傳抄著錄文字	說文字形
有	 上博1緇衣3  郭店緇衣5	 魏品式  魏三體						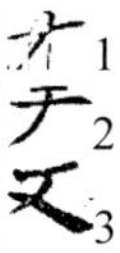		假借字				又
											S2074 多方非天庸釋有殷乃惟爾辟			
											九條本立政惟有司之牧夫			
明		 魏品式（篆）												篆 
明		 魏三體（隸）						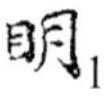						
								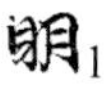		偏旁訛混目耳				
		 魏三體	 汗3.33	 四2.19										古 
	 上博1緇衣15  郭店緇衣29											 厵羌鐘  中山王鼎  𧊒壺		
冏			 汗4.58	 四3.25		臩下周書曰伯臩		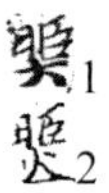	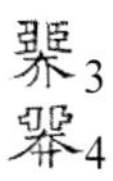	1 从大 2 偏旁訛混火大	冏命王若曰伯冏	 珠564  珠565		臩

今本尚書文字	出土文獻尚書		傳抄著錄古尚書文字				隸古定尚書			構形異同說明	備註	參證		
	戰國楚簡	石經	汗簡	古文四聲韻	訂正六書通	說文所引	敦煌等古寫本	日本唐寫本	書古文訓晁刻古文尚書			出土資料文字	傳抄著錄文字	說文字形
夜		魏品式隸						3 4	1 2			效尊 師望鼎 克鼎 孔宙碑 平都相蔣君碑		篆
							1 2 本			與夙字篆文隸訛作 P3315相涉訛混		吳禪國山碑 夙：鄭季宣碑		
夢								3 4	1 2	㝱爲㝱寐本字．假夢爲㝱				㝱
											足利本			
外									外外 外1 外2					古
夙			汗3.41	四5.5							內野本旅獒夙夜罔或不勤不矜細行	鐵229.4 後2.2.3 佚538		古

今本尚書文字	出土文獻尚書		傳抄著錄古尚書文字				隸古定尚書			構形異同說明	備　註	參　證		
	戰國楚簡	石經	汗簡	古文四聲韻	訂正六書通	說文所引	敦煌等古寫本	日本唐寫本	書古文訓晁刻古文尚書			出土資料文字	傳抄著錄文字	說文字形
夙			 汗 3.35	 四 5.5			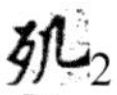2 3 又	4 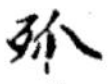5	1		P3315	 前 6.16.3  盂鼎  毛公鼎 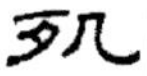 鄭季宣碑		篆 

多		 魏石經						i1				 麥鼎  郭店.老子甲 14		古 
							2	2 3	1			 觥且丁卣  鬲仲多壺  多父鼎  秦公簋  郭店.語叢 1.89		篆 

今本尚書文字	出土文獻尚書 戰國楚簡	石經	傳抄著錄古尚書文字 汗簡	古文四聲韻	訂正六書通	說文所引	隸古定尚書 敦煌等古寫本	日本唐寫本	書古文訓晁刻古文尚書	構形異同說明	備註	參證 出土資料文字	傳抄著錄文字	說文字形
栗		𣡌 魏品式	𣡌 汗3.30	𣡌 四5.8			𣡌1		𣡌2		魏品式𣡌陶謨寬而栗	前2.19.3 林1.28.12 石鼓文 包山竹簡 璽彙0233		古𣡌
			㮚 汗3.30	㮚 四5.8			㮚1	㮚 㮚2 㮚3 㮚4						篆㮚
									𣡌	栗字古文𣡌汗3.30𣡌四5.8𣡌魏品式省形隸定				
								慓		偏旁訛混栗票	上圖本（影）湯誥"慓慓危懼"			
粟			㮚 汗3.37 㮚 汗3.36	㮚 四5.6				㮚2 㮚3 㮚5	㮚1 㮚4			璽彙5550 璽彙5549 璽彙0276 璽彙0287		篆㮚
								㮚						

今本尚書文字	出土文獻尚書		傳抄著錄古尚書文字				隸古定尚書			構形異同說明	備　註	參　　證		
	戰國楚簡	石經	汗簡	古文四聲韻	訂正六書通	說文所引	敦煌等古寫本	日本唐寫本	書古文訓晁刻古文尚書			出土資料文字	傳抄著錄文字	說文字形
齊			汗 6.73	四 1.27			1 3	1 4	1 2 5 6			乙 992 前 2.15.3 齊卣 魯司徒仲齊簋 齊陳曼簠 十年陳侯午錞 陳侯午錞 大府鎬		
								1 2		隸變省形		睡虎地.封診 66		

今本尚書文字	出土文獻尚書		傳抄著錄古尚書文字				隸古定尚書			構形異同說明	備註	參證		
	戰國楚簡	石經	汗簡	古文四聲韻	訂正六書通	說文所引	敦煌等古寫本	日本唐寫本	書古文訓晁刻古文尚書			出土資料文字	傳抄著錄文字	說文字形
鼎							 2 3	 3	 1	假貞爲鼎		 穆父鼎  諶鼎  卲王鼎  中山王鼎  無叀鼎  禽志鼎  沖子鼎  伯遲父鼎		
								 1 2						篆 
克		 魏三體						 1 2 3				 中山王鼎  郭店.老乙 2  璽彙 3507  陶彙 3.124		古 

今本尚書文字	出土文獻尚書		傳抄著錄古尚書文字				隸古定尚書			構形異同說明	備　註	參　證		
	戰國楚簡	石經	汗簡	古文四聲韻	訂正六書通	說文所引	敦煌等古寫本	日本唐寫本	書古文訓晁刻古文尚書			出土資料文字	傳抄著錄文字	說文字形
克		亨 魏三體							亨1			[illegible] 甲 1249 [illegible] 前 8.5.5 [illegible] 掇 2.468 [illegible] 大保簋 [illegible] 何尊 [illegible] 令鼎 [illegible] 秦公鎛 [illegible] 公克錞		[illegible]
		克 魏三體						克1 尅2 克3 克4 克5						
								尅				剋		
穡								穡 穡						
		嗇 隸釋					嗇1	嗇2 嗇 嗇4	嗇3		P2748 漢石經無逸厥子乃不知稼穡之艱難	[illegible] 漢帛老子乙 195 上 [illegible] 壽成室鼎		嗇
							嗇2	嗇2	嗇1		P2748			嗇古 [illegible]
種									[illegible]	偏旁位置互換		[illegible] 包山 110		

今本尚書文字	出土文獻尚書		傳抄著錄古尚書文字				隸古定尚書			構形異同說明	備　註	參　證		
	戰國楚簡	石經	汗簡	古文四聲韻	訂正六書通	說文所引	敦煌等古寫本	日本唐寫本	書古文訓晁刻古文尚書			出土資料文字	傳抄著錄文字	說文字形
穆			汗 3.36	四 5.5			1 古	2 3 4 5 6			P3315	通簋 井人鐘 蔡侯盤 中山王壺 秦公簋 邾公華鐘		
							1	1 2	3 4	偏旁訛誤禾攵				
			汗 4.48 汗 5.62	四 5.5					1 㒼 2	1 省形 2 省形之隸訛			集韻㒼通作穆	
私			汗 6.82				厶	厶	厶	厶：公私之本字 私爲厶之假借字		包山 196 郭店老子甲 2 璽彙 4792		

今本尚書文字	出土文獻尚書		傳抄著錄古尚書文字				隸古定尚書			構形異同說明	備　註	參　證		
	戰國楚簡	石經	汗簡	古文四聲韻	訂正六書通	說文所引	敦煌等古寫本	日本唐寫本	書古文訓晁刻古文尚書			出土資料文字	傳抄著錄文字	說文字形
稷			[字形] 汗 3.36	[字形] 四 5.27			[字形]1	[字形]3	[字形]2 [字形]3		內野本太甲上"社稷宗廟罔不祗肅"	[字形] 中山王鼎 [字形] 子禾子釜 [字形] 郭店.尊德 7 [字形] 璽彙 4442		古 [字形]
								[字形] [字形]1 [字形] [字形]2 [字形]3						篆 [字形]
								[字形]1 [字形] [字形]2		偏旁訛混礻禾				
移							[字形]				P2748	偏旁多：[字形] 䣓且丁卣 [字形] 召尊		
									迻	移爲迻之假借字				迻
								[字形]		偏旁訛混：禾示	岩崎本			
積									[字形]1 [字形]2 [字形]3	偏旁訛混貝目		[字形] 商鞅方升 [字形] 雲夢.效律 27		
								[字形]		偏旁訛混禾礻				

今本尚書文字	出土文獻尚書		傳抄著錄古尚書文字				隸古定尚書			構形異同說明	備　註	參　證		
	戰國楚簡	石經	汗簡	古文四聲韻	訂正六書通	說文所引	敦煌等古寫本	日本唐寫本	書古文訓晁刻古文尚書			出土資料文字	傳抄著錄文字	說文字形
秩									豑	秩爲豒之假借.音同義近	偏旁豊訛作豐			
		秩 漢石經						秩1 秩2 秩3		3偏旁失訛誤				
							祑祑	祑祑祑		偏旁訛混禾礻				
穅・康	上博1緇衣15 郭店緇衣28	康 漢石經					康3	康3康4康5	康1 康2			陳曼匿 令瓜君壺 郭店成之36 璽彙2509		或
								庚1 庚2		訛誤字	岩崎本.上圖本（元）.上圖本（八）			
秕								粃		俗字義符更替：禾米	九條本		玉篇粃俗秕字	粃

今本尚書文字	出土文獻尚書		傳抄著錄古尚書文字				隸古定尚書			構形異同說明	備　註	參　證		
	戰國楚簡	石經	汗簡	古文四聲韻	訂正六書通	說文所引	敦煌等古寫本	日本唐寫本	書古文訓 晁刻古文尚書			出土資料文字	傳抄著錄文字	說文字形
年		 魏三體								移壬之下半至右變作从土人千壬	魏三體君奭多歷年所	 番君鬲  王孫鐘  邾公華鐘  夆弔匜  齊侯盤		
							 1	 2  3  4	 1			 缶鼎  弔上匜  鄀公鼎		篆 
										訛誤字				
穀											上圖本（元）、上圖本（影）咸有一德亳有祥桑穀共生于朝	 璽印集粹  漢帛老子乙前87上  孫臏131  曹全碑		篆
								 1 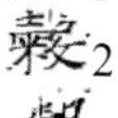 2  3		米上少一短橫義符更替：禾米			集韻穀或作穀	穀
										穀之訛變偏旁㱿變作殸				

今本尚書文字	出土文獻尚書		傳抄著錄古尚書文字				隸古定尚書			構形異同說明	備註	參證		
	戰國楚簡	石經	汗簡	古文四聲韻	訂正六書通	說文所引	敦煌等古寫本	日本唐寫本	書古文訓晁刻古文尚書			出土資料文字	傳抄著錄文字	說文字形
秋			汗 3.36	四 2.23				穐2	龝1			掇 1.43.5 京都 2529		籀
			汗 3.36						秌1			侯馬 3.3		
秦			汗 3.37	四 1.32					[illegible]			史秦鬲 秦公簋 秦公鎛 屭羌鐘		籀
							秦	秦		偏旁訛混：禾示	P3871.九條本.內野本.上圖本(影)			
稱		魏三體	汗 1.13	四 2.28	六 136		爯1	爯1 爯2 爯3	爯1		魏三體君奭惟茲惟德稱	鐵 102.2 前 5.23.2 佚 139 仲 簋 㝬簋		爯

今本尚書文字	出土文獻尚書		傳抄著錄古尚書文字				隸古定尚書			構形異同說明	備　註	參　證		
	戰國楚簡	石經	汗簡	古文四聲韻	訂正六書通	說文所引	敦煌等古寫本	日本唐寫本	書古文訓晁刻古文尚書			出土資料文字	傳抄著錄文字	說文字形
稱							稱 1	稱1 稱2 秖3 秖4				稱 漢帛老子乙前2上 稱 孫子23 稱 史晨碑 稱 兩詔精量 稱 一號墓泥郢稱 稱 武榮碑		
‧秸									戛	假借字				
								秸1 秸2		偏旁訛混吉告				說文無秸
								袺		偏旁訛混禾衤				
‧穢		穢 漢石經					穢 2	穢 穢1 穢2 秽 3		偏旁訛混止山3 部分省略作=	‧說文無穢	穢 魯峻碑 穢 淮源廟碑	𡴀歲 四4.14崔希裕纂古	
							𢦏2	𢦏3 𢦏4	𢦏1	移禾於下			集韻薉或从禾作穢古作𢦏	
										假借字	盤庚中一無起穢以自臭			噦
兼				䥜 四2.27					䥜			廉：廉 袁良碑	集韻兼䥜古从二秉	

今本尚書文字	出土文獻尚書		傳抄著錄古尚書文字				隸古定尚書			構形異同說明	備註	參證		
	戰國楚簡	石經	汗簡	古文四聲韻	訂正六書通	說文所引	敦煌等古寫本	日本唐寫本	書古文訓晁刻古文尚書			出土資料文字	傳抄著錄文字	說文字形
兼			兼廉 汗3.36				兼2	兼1 兼2 兼3				兼 居延簡甲2042A 兼 武威簡.有司15 兼 華山廟碑		
黎								黎1 黎2 黎3 黎4						
								蔾1 蔾2			九條本禹貢"厥土青黎"秦誓"以不能保我子孫黎民"			
						𥝩下 商書西伯戡𥝩	𥝩1 𥝩2	𥝩3 𥝩4 𥝩5			西伯戡黎篇黎字			
								犁			九條本秦誓"以保我子孫黎民"			
									驪		禹貢"厥土青黎"			
米		⿰糸米 魏品式								从糸从米 米爲假借字	益稷藻火粉米			
			⿰黹米 汗3.41	⿰黹米 四3.12					⿰黹米	⿰黹米．⿰糸米爲義符更替			韻會8齊韻⿰糸米:說文⿰糸米或作⿰黹米 益稷藻火黺⿰黹米	

今本尚書文字	出土文獻尚書		傳抄著錄古尚書文字				隸古定尚書			構形異同說明	備　註	參　證		
	戰國楚簡	石經	汗簡	古文四聲韻	訂正六書通	說文所引	敦煌等古寫本	日本唐寫本	書古文訓晁刻古文尚書			出土資料文字	傳抄著錄文字	說文字形
精									精	米上多一畫				
粒			汗2.26	四5.22	六382				𩚁	義符更替米食				古𩚁
釋		魏三體								借澤爲釋移水於睪下	君奭天不（魏三體作弗）庸釋于文王受命			
		魏三體篆						釋1 釋2 釋3		以釋爲釋		釋 費鳳別碑 釋 張遷碑		
									醳	以醳爲釋		醳 北海相景君碑 醳 郙閣頌		
								釋1 釋2 釋3						
糗						餱下周書曰峙乃餱粻			餱		費誓峙乃糗糧			
								糗1 糗2						
粉			汗3.41	四3.15		璪下虞書曰璪火黺米 黺下.衮衣山龍華蟲黺畫粉也			黺	義符更替	益稷藻火粉米			

今本尚書文字	出土文獻尚書		傳抄著錄古尚書文字				隸古定尚書			構形異同說明	備註	參證		
	戰國楚簡	石經	汗簡	古文四聲韻	訂正六書通	說文所引	敦煌等古寫本	日本唐寫本	書古文訓晁刻古文尚書			出土資料文字	傳抄著錄文字	說文字形
竊							竊1 竊2	竊1 竊3 竊4 竊 竊5		篆文省廿		竊 祝睦後碑 竊 孔龢碑		篆竊
									敿					
凶								凶1 凶3	凶2					
家		家 家 魏三體							冢冢冢冢冢冢冢冢冢冢1 冢冢2	宀一隸定混用		家 令鼎 家 寡子卣 家 曁簋 家 命瓜君壺 家 中山王鼎		古家
								家		偏旁訛混宀穴	上圖本（八）			
宅		宅 宅 魏三體	宅 汗4.51	宅 四4.11				宅1 宅2 宅3 宅4				宅 何尊 宅 秦公簋 宅 郭店.成之34 宅 郭店.老乙8		古宅
			宅 汗3.39						宅1 宅2					古宅
							圫							圫
		度 隸釋								借度爲宅	立政文王惟克厥宅心			

今本尚書文字	出土文獻尚書		傳抄著錄古尚書文字				隸古定尚書			構形異同說明	備　註	參　證		
	戰國楚簡	石經	汗簡	古文四聲韻	訂正六書通	說文所引	敦煌等古寫本	日本唐寫本	書古文訓晁刻古文尚書			出土資料文字	傳抄著錄文字	說文字形
宅							宅2	宔1		訛誤字	1 上圖本（八）太甲上厥辟宅. 2-P2748 洛誥來相宅其作周匹休			[illegible]
室									室					
								宮		同義字	內野本.上圖本（八）伊訓酣歌于室時謂巫風			
宣								宣 宣1 宣2		與宜混同				
嚮			寍 汗3.39	寍 四3.24				寍 宣 宣1 寍5 寍6 寍7	寍2 寍3 寍4	享之訛.借享爲嚮.與寍同形異字			亯 四3.24古孝經享 亯 亯 亯 亯 四3.24崔希裕纂古	
								向		向嚮古今字	岩崎本盤庚上若火之燎于原不可嚮邇			
								嚮1 嚮 嚮2 嚮3						
宇							寓	寓	寓	聲符更替	P2533			籀 寓

今本尚書文字	出土文獻尚書		傳抄著錄古尚書文字				隸古定尚書			構形異同說明	備註	參證		
	戰國楚簡	石經	汗簡	古文四聲韻	訂正六書通	說文所引	敦煌等古寫本	日本唐寫本	書古文訓晁刻古文尚書			出土資料文字	傳抄著錄文字	說文字形
宏								庅		義符更替宀广	岩崎本盤庚下用宏茲賁			
								厷		假厷爲宏	九條本酒誥若保宏父			
定							定 P3315		定			定 伯定盉 定 蔡侯鐘 定 中山王鼎 定 中山王壺 定 侯馬200.34 定 侯馬77.11		
									正	借古文正爲定				
								定1 定2 定3		篆文隸變				
寔								寔		偏旁訛變宀穴	九條本	寔 樊敏碑		
安		安 魏兩體										安 後1.9.13 安 乙4251反 安 哀成弔鼎 安 格伯簋		
								安						

今本尚書文字	出土文獻尚書		傳抄著錄古尚書文字				隸古定尚書			構形異同說明	備　註	參　證		
	戰國楚簡	石經	汗簡	古文四聲韻	訂正六書通	說文所引	敦煌等古寫本	日本唐寫本	書古文訓晁刻古文尚書			出土資料文字	傳抄著錄文字	說文字形
安								 女			上圖(元)盤庚上惰農自安	安 郭店.尊德義29		
察								 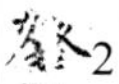 詧1 詧2 詧3	 詧4	音同義近				
實							 實1	 實2		偏旁訛變毌丗	P2516 九條本	 實 無極山碑 實 孫叔敖碑		
									 寔 寔	實寔同音通假		寔 鄭固碑 寔 劉熊碑		
容			容 汗3.3									公 郑公華鐘 公 虢文公鼎		古 容
							宏1	宏1 宏2	宊1			容 十一年车鼎		
								 客1 客2						
寶		 保 魏三體	保 保.汗3.41	保 四3.21						从玉保聲．寶字形聲異體	大誥寧王遺我大寶龜			

今本尚書文字	出土文獻尚書		傳抄著錄古尚書文字				隸古定尚書			構形異同說明	備註	參證		
	戰國楚簡	石經	汗簡	古文四聲韻	訂正六書通	說文所引	敦煌等古寫本	日本唐寫本	書古文訓晁刻古文尚書			出土資料文字	傳抄著錄文字	說文字形
寶			寚 汗3.39									寚 柞鐘 寚 格伯作晉姬簋 寚 貯子己父匜 宝 番君鬲		古寚
			珤 汗1.4	珤 四3.21			珤1 珤2	珤 珤2 珤 珤 珤3 珤4 珤5 珤6	珤1	4 偏旁訛混：缶匋 6 訛近瑤	6 島田本旅獒分寶玉于伯叔之國			
								宝1 宝2		古文寚省缶				
宰							宰	宰 宰		多一畫				
守								狩		狩爲本字	內野本舜典"五月南巡守"			
寵								竉1	竉2 竉3 寵4	从竉汗5.63龍之隸變	足利本、上圖本（影）、上圖本（八）	竉 隋董美人墓誌銘	竉 金石韻府引義雲章	
								寵		偏旁混用宀冖	內野本			
							竉			偏旁訛混宀穴	P2643 岩崎本、上圖本（元）	竉 西晉左傳注	廣韻上聲1董韻：竉	

今本尚書文字	出土文獻尚書		傳抄著錄古尚書文字				隸古定尚書			構形異同說明	備　註	參　證		
	戰國楚簡	石經	汗簡	古文四聲韻	訂正六書通	說文所引	敦煌等古寫本	日本唐寫本	書古文訓晁刻古文尚書			出土資料文字	傳抄著錄文字	說文字形
宜		 [illegible] 魏石經					 [illegible]2		 [illegible]1		P2748	[illegible] 宜陽右倉簋  [illegible] 螸壺  [illegible] 漢帛老子甲後345  [illegible] 永初鐘 [illegible] 長富貴鏡		古[illegible]
								 [illegible]			內野本			
								[illegible]		與宣字俗混	上圖本（八）			
宵			 [illegible] 汗3.33	[illegible] 四2.6					 睄1					
								[illegible]						
寬		 [illegible] 魏品式 [illegible] 魏品式篆											 [illegible] 汗4.54	篆[illegible] 
								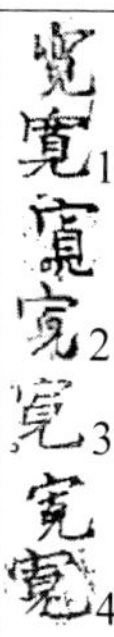 [illegible]1 [illegible]2 [illegible]3 [illegible]4		寛1				

今本尚書文字	出土文獻尚書		傳抄著錄古尚書文字				隸古定尚書			構形異同說明	備註	參證		
	戰國楚簡	石經	汗簡	古文四聲韻	訂正六書通	說文所引	敦煌等古寫本	日本唐寫本	書古文訓晁刻古文尚書			出土資料文字	傳抄著錄文字	說文字形
寡							 1 2	 3 4				中山王鼎 中山王壺 上博1緇衣12 郭店緇衣22		篆 
										偏旁訛混刀力				
										涉上文而誤作鰥	康誥不敢侮鰥寡		 汗5.63石經鰥	
寒	 上博1緇衣6										上博1緇衣6君牙句冬祁寒作晉冬耆寒			
												克鼎 寒姒鼎		篆 
	郭店緇衣9									移水於下滄爲楚地方言.寒意	郭店緇衣簡10引君牙冬祁寒作晉冬旨滄			滄

今本尚書文字	出土文獻尚書		傳抄著錄古尚書文字				隸古定尚書			構形異同說明	備　註	參　證		
	戰國楚簡	石經	汗簡	古文四聲韻	訂正六書通	說文所引	敦煌等古寫本	日本唐寫本	書古文訓晁刻古文尚書			出土資料文字	傳抄著錄文字	說文字形
害											S799	睡虎地 8.1 漢帛老子甲後 193 孫臏 167 淮源廟碑	四 4.12 古孝經	
宄			汗 6.78	究 四 4.37					1 2		四 4.37 列上聲宥韻第 49 下注究字讀爲宄	兮甲盤		古
			究 汗 4.59	究 四 4.37							四 4.37 列上聲宥韻第 49 下注究字讀爲宄 汗 4.59 爲古文寫訛	兮甲盤 舀鼎		古
							1	2 4	3					篆
		漢石經								假借字	康誥寇攘姦宄			軌
							究			訛誤字與汗．四注古尚書宄字作究同	敦煌本 P2643 盤庚中暫遇姦宄 岩崎本呂刑姦宄奪攘矯虔			究
宗		魏三體								从古文示				
								1 2		字形訛誤				

今本尚書文字	出土文獻尚書		傳抄著錄古尚書文字				隸古定尚書			構形異同說明	備註	參證		
	戰國楚簡	石經	汗簡	古文四聲韻	訂正六書通	說文所引	敦煌等古寫本	日本唐寫本	書古文訓晁刻古文尚書			出土資料文字	傳抄著錄文字	說文字形
宮							1	2			1 和闐本太甲上營于桐宮 2 上圖本（影）呂刑宮罰之屬三百			
營											足利本.上圖本（影）			
			㝗 汗2.16	藑 四2.20 㝗 四4.36		商書曰高宗夢得說使百宮㝗求得之傅巖					書序說命上作營求.說文段注本改㝗求作營求			㝗
·呂	郭店緇衣29										呂刑			
	郭店緇衣13									呂部古今字	呂刑			
呂·膂										象形				
								1 2		呂之形聲異體				篆
躳·或躬	上博緇衣3 郭店緇衣5						1	1	1					躳或躬

今本尚書文字	出土文獻尚書		傳抄著錄古尚書文字				隸古定尚書			構形異同說明	備註	參證		
	戰國楚簡	石經	汗簡	古文四聲韻	訂正六書通	說文所引	敦煌等古寫本	日本唐寫本	書古文訓晁刻古文尚書			出土資料文字	傳抄著錄文字	說文字形
躳・或躬	上博緇衣18 郭店緇衣37						身	身		同義字	敦煌本P2748.內野本.上圖本(八)君奭其集大命于厥躬 九條本.內野本.上圖本(八)文侯之命惟祖惟父其伊恤朕躬			
空		魏三體												
竄			汗3.39			𥨌下讀若虞書曰𥨌三苗之𥨌			𥨌	說文誤爲𥨌	舜典竄三苗于三危		集韻竄古作𥨌	
							竄1	竄1 竄 竄2						
							竄				P3462			
窮								窮1 窮2	窮1					篆
								窮		偏旁訛混穴雨				
疾								疾 疾2	疾1	偏旁訛混矢失				篆

今本尚書文字	出土文獻尚書		傳抄著錄古尚書文字				隸古定尚書			構形異同說明	備註	參證		
	戰國楚簡	石經	汗簡	古文四聲韻	訂正六書通	說文所引	敦煌等古寫本	日本唐寫本	書古文訓晁刻古文尚書			出土資料文字	傳抄著錄文字	說文字形
疾									[illegible] [illegible] [illegible] [illegible] [illegible] [illegible]1 [illegible] [illegible] [illegible]2			[illegible] 陶彙3.566 [illegible] 璽彙1433 [illegible] 包山220 [illegible] 包山207 [illegible] 郭店.語叢1.110		古[illegible]
									[illegible]	假智([illegible])為疾				籀[illegible]
疵								疵1 疵2		1 部件訛混：止山				
								呰1 呰2	呰1	假呰為疵				
瘳							[illegible]1 [illegible]3	[illegible]2 [illegible]3 [illegible] [illegible]4 [illegible] [illegible]5						
								[illegible] [illegible]		偏旁疒訛省訛誤字				瘳
·瘵									[illegible]	假借字				說文無瘵
								[illegible]1 [illegible]2						

今本尚書文字	出土文獻尚書		傳抄著錄古尚書文字				隸古定尚書			構形異同說明	備　註	參　證		
	戰國楚簡	石經	汗簡	古文四聲韻	訂正六書通	說文所引	敦煌等古寫本	日本唐寫本	書古文訓晁刻古文尚書			出土資料文字	傳抄著錄文字	說文字形
冕								冕 冕1 冕2 冕3 冕4		4 偏旁訛混：冃罒				
									絻					或絻
冒						目冒下周書曰武王惟目冒				假目冒爲冒 冒爲勖之假借	君奭惟茲四人昭武王惟冒丕單稱德			
							冒1	冒1 冒2 冒3 冒4 冒5		偏旁訛混 1.3 目日 2 目月 5 冃罒				
									娼	冒乃娼之假借字	秦誓人之有技冒疾以惡之			
								冒 冒1 冒2		偏旁訛混冃田.目日.目月				
兩		魏三體							㒳1 㒳2 㒳3			宅簋 盠駒尊 函皇父盤	汗3.40石經兩	篆

今本尚書文字	出土文獻尚書		傳抄著錄古尚書文字				隸古定尚書			構形異同說明	備　註	參　證		
	戰國楚簡	石經	汗簡	古文四聲韻	訂正六書通	說文所引	敦煌等古寫本	日本唐寫本	書古文訓晁刻古文尚書			出土資料文字	傳抄著錄文字	說文字形
兩								2 3	1			武威簡.泰射 武威醫簡.86甲 西狹頌		
罔或·罔		魏三體	汗3.39					1 2 3 4 5 6 7 8	1	5 與宅訛混偏旁宀冖隸定混同				古
								2	1	偏旁宀冖隸定混同				
								1 2				甲3112 戈网甗	汗3.39	
		漢石經 隸釋						1 2						或
		魏三體								音義相近而通	魏三體石經呂刑民之亂罔不中．罔作亡			

今本尚書文字	出土文獻尚書		傳抄著錄古尚書文字				隸古定尚書			構形異同說明	備　註	參　證		
	戰國楚簡	石經	汗簡	古文四聲韻	訂正六書通	說文所引	敦煌等古寫本	日本唐寫本	書古文訓晁刻古文尚書			出土資料文字	傳抄著錄文字	說文字形
网或·網								网1 冈2				甲3112 庫65 戈网甗	汗3.39	篆
									罔3			乙5329		籀
罪		魏三體	汗6.80				辠2 辠3	辠1 辠2 辠3 辠4 辠5 辠6	辠1					
		罪 漢石經 罪 隸釋												
								罰		義近字	上圖本（八）康誥"惟厥罪無在大亦無在多"			
罟		魏三體								冂爲网之訛				
·罹								罹2 罹3	罹1	偏旁訛混2忄十 3忄才				說文無罹
								羅		訛誤字	岩崎本洪範不協于極不罹于咎			
幣								幣		偏旁訛混敝敞		幣 孫叔敖碑		

今本尚書文字	出土文獻尚書		傳抄著錄古尚書文字				隸古定尚書			構形異同說明	備註	參證		
	戰國楚簡	石經	汗簡	古文四聲韻	訂正六書通	說文所引	敦煌等古寫本	日本唐寫本	書古文訓晁刻古文尚書			出土資料文字	傳抄著錄文字	說文字形
幣								[illegible]		訛誤字	九條本召誥出取幣乃復入錫周公．惟恭奉幣用供王能祈天永命			
常		[illegible] 魏三體									立政立政乃克立茲常事司牧人其惟克用常人	[illegible] 陶彙 3.428 [illegible] 陶彙 3.425 [illegible] 包山 203		
			[illegible] 汗 4.59	[illegible] 四 2.15	[illegible] 六 127			[illegible]1	[illegible]1 [illegible]2				玉篇[illegible]古常字	或[illegible]
								掌	掌	假借字	S2074.P2630 立政百司太史尹伯庶常吉士上圖本（影）立政乃克立茲常事			掌
常・裳									常	常裳義符更替	說命中惟衣裳在笥			常或・裳
席									[illegible]1 [illegible]2					古[illegible]
								席 [illegible]1 [illegible]2 [illegible]3 [illegible]4						

今本尚書文字	出土文獻尚書		傳抄著錄古尚書文字				隸古定尚書			構形異同說明	備　註	參　證		
	戰國楚簡	石經	汗簡	古文四聲韻	訂正六書通	說文所引	敦煌等古寫本	日本唐寫本	書古文訓晁刻古文尚書			出土資料文字	傳抄著錄文字	說文字形
布											伊訓布昭聖武	睡虎地33.23 睡虎地13.65 江陵十號墓木牘 6 一號墓木牌 5 居延簡甲 789 校官碑 孔宙碑陰 曹全碑		篆
									夆	訛誤字	仲虺之誥以布命于下			夆
								敷		陳字異體 敷．同義字	觀智院本康王之誥皆布乘黃朱			敷
白												京津4832 摭續 64 叔卣 楚帛書甲 郭店.老子乙 隨縣 46		古

今本尚書文字	出土文獻尚書		傳抄著錄古尚書文字				隸古定尚書			構形異同說明	備註	參證		
	戰國楚簡	石經	汗簡	古文四聲韻	訂正六書通	說文所引	敦煌等古寫本	日本唐寫本	書古文訓晁刻古文尚書			出土資料文字	傳抄著錄文字	說文字形
黼		黼 隸釋 黼 漢石經						黼 黼2 黼 黼 黼3 黼4	黼1					
								黼1 黼2 黼 黼 黼3		偏旁訛混黹蕭				
黻	黻 魏品式							黻2 黻 黻3	黻1					
卷 8														
人		民 隸釋					民2 𡰥3	𡰥1			漢石經洪範謀及庶人謀及卜筮 1 盤庚上無或敢伏小人之攸箴 P2748： 2 君奭 3 “武王惟茲四人”			

今本尚書文字	出土文獻尚書		傳抄著錄古尚書文字				隸古定尚書			構形異同說明	備　註	參　證		
	戰國楚簡	石經	汗簡	古文四聲韻	訂正六書通	說文所引	敦煌等古寫本	日本唐寫本	書古文訓晁刻古文尚書			出土資料文字	傳抄著錄文字	說文字形
保		寶.魏三體	汗3.41	寶.四3.21						从玉保聲寶字形聲異體.假寶爲保		叔卣 毛弔盤 齊侯敦 鈴鎛 作冊大鼎 齊侯敦	汗3.41石經寶 隸續石經.寶	
									1 2	古文保省形		中山王鼎		古
		魏三體無逸.君奭 魏三體君奭										甲936 甲3510 拾9.5 大保簋 格伯簋 司寇良父簋		
仁												郭店.忠信8		古
仞										假借字		無極山碑淩谷千△		

今本尚書文字	出土文獻尚書		傳抄著錄古尚書文字				隸古定尚書			構形異同說明	備　註	參　　證		
	戰國楚簡	石經	汗簡	古文四聲韻	訂正六書通	說文所引	敦煌等古寫本	日本唐寫本	書古文訓晁刻古文尚書			出土資料文字	傳抄著錄文字	說文字形
俊		俊 魏三體（隸）						俊1 俊2						
							畯1 畯2 畯3	畯1 畯3 畯4	畯1					
		會 隸釋									立政"灼見三有俊心"			
								畋		訛誤字	岩崎本立政"克用三宅三俊"			
伯						敀下周書曰常敀常任				借敀爲伯	立政常伯常任			
							柏 柏	柏	柏	柏音同通假				
		白 魏三體								借白爲伯	立政大都小伯	白 魯伯愈父鬲		
							拍			偏旁訛混木扌				
							栢	栢		聲符替換白百				
仲							中1	中1	中2	中仲古今字				
伊		𡿺 魏三體							𡿺 𡿺1 𡿺2 𡿺3 𡿺4 𡿺 𡿺 𡿺5					古 𡿺

今本尚書文字	出土文獻尚書		傳抄著錄古尚書文字				隸古定尚書			構形異同說明	備　註	參　證		
	戰國楚簡	石經	汗簡	古文四聲韻	訂正六書通	說文所引	敦煌等古寫本	日本唐寫本	書古文訓晁刻古文尚書			出土資料文字	傳抄著錄文字	說文字形
僚								 僚 僚 1 僚 2 僚 3				 僚 冀州從事郭君碑  僚 曹全碑  寮 劉寬碑公卿百△（僚）  尞 祝睦後碑△（僚）屬  尞 魏元丕碑群△（僚） 偏旁尞：  尞 魯峻碑  遼 楊君石門頌  遼 史晨碑遼遠	玉篇寮與僚同	
									尞	假尞爲僚	說命上惟暨乃僚罔不同心．多方尚爾事有服在大僚．冏命慎簡乃僚			

今本尚書文字	出土文獻尚書		傳抄著錄古尚書文字				隸古定尚書			構形異同說明	備　註	參　證		
	戰國楚簡	石經	汗簡	古文四聲韻	訂正六書通	說文所引	敦煌等古寫本	日本唐寫本	書古文訓晁刻古文尚書			出土資料文字	傳抄著錄文字	說文字形
㑹·僝						虞書曰旁救㑹功 述下虞書曰旁述孱功	[illegible]1	[illegible]2 [illegible]3		2.3 重複部件作=	堯典方鳩僝功			說文無僝
									孱	形旁更替	今文與漢書楊賜傳引同			
俟								[illegible]1 [illegible]2 [illegible]3 [illegible]4 [illegible]5						
								[illegible]		同義字	神田本武成俟天休命			
							竢		竢	立巳之寫誤 義符更替亻立 聲符更替矣巳	S799		集韻俟或立巳	
傲			[illegible] 汗4.47	[illegible] 四4.30	[illegible] 六303	奡下虞書曰若丹朱奡	奡1	[illegible]2 [illegible]3	奡1	音義相近傲之假借字	盤庚上"無傲從康"2上圖本(元) 3岩崎本. 奡字重見許：益稷無若丹朱傲			奡 [illegible]
			[illegible] 傲.汗4.54	[illegible] 驁 四4.30						今本無驁字.爲傲之假借				
仡						周書曰仡仡勇夫					秦誓仡仡勇夫			

今本尚書文字	出土文獻尚書		傳抄著錄古尚書文字				隸古定尚書			構形異同說明	備　註	參　證		
	戰國楚簡	石經	汗簡	古文四聲韻	訂正六書通	說文所引	敦煌等古寫本	日本唐寫本	書古文訓晁刻古文尚書			出土資料文字	傳抄著錄文字	說文字形
侗						詷下周書曰在后之詷					顧命在後之侗			
伾									岯	阫之異體．義符更替伾爲假借字				
儆								敬	 敬	敬儆相通增義符				
俶							  俶1 俶3	俶2		12　从說文叔或體尗寸之隸變		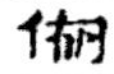 俶 武威簡.士相見9 俶 睡虎地12.43 俶 一號墓竹簡14 俶 武威簡.服傳41 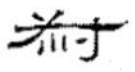 俶 禮器碑陰 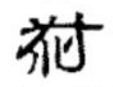 俶 漢石經春秋襄24		
供		 共 隸釋					 共	 共	共	共供古今字	無逸惟正之供漢石經作維共			

今本尚書文字	出土文獻尚書		傳抄著錄古尚書文字				隸古定尚書			構形異同說明	備註	參證		
	戰國楚簡	石經	汗簡	古文四聲韻	訂正六書通	說文所引	敦煌等古寫本	日本唐寫本	書古文訓晁刻古文尚書			出土資料文字	傳抄著錄文字	說文字形
備					六 251							[illegible]簋 泹子孟姜壺 中山王鼎 楚帛書 郭店.成之 7 包山 214 郭店.語叢 1.94 郭店.語叢 3.54 郭店.成之 3 甲		古
					六 251		俻1	俻1 俻2				睡虎地 23.1 漢帛老子乙前 18 上 西狹頌 無極山碑		篆

今本尚書文字	出土文獻尚書		傳抄著錄古尚書文字				隸古定尚書			構形異同說明	備　註	參　證		
	戰國楚簡	石經	汗簡	古文四聲韻	訂正六書通	說文所引	敦煌等古寫本	日本唐寫本	書古文訓晁刻古文尚書			出土資料文字	傳抄著錄文字	說文字形
備									葡1 葡2	葥爲本字今作備爲假借字		鐵 2.4 前 5.9.6 丙申角 毛公鼎 番生簋		葥篆 葡
									糒	假糒爲備	呂刑費誓			糒
依									衣1 𧘇2	2 爲篆形．假衣爲依				
仍								艿	艿	音同義通假艿爲仍				
傾								傾						
								頃1 頃2	頃	假借字				
側							仄	仄	仄	仄側音義皆同	仄字重見			
								庂		偏旁混用：厂广				
								文1 文2 文3 文4		庂形訛變				
仰							仰1	仰 仰 仰2 仰3 仰4 仰5 仰6						
									卬	印仰古今字				

今本尚書文字	出土文獻尚書：戰國楚簡	出土文獻尚書：石經	傳抄著錄古尚書文字：汗簡	傳抄著錄古尚書文字：古文四聲韻	傳抄著錄古尚書文字：訂正六書通	傳抄著錄古尚書文字：說文所引	隸古定尚書：敦煌等古寫本	隸古定尚書：日本唐寫本	隸古定尚書：書古文訓晁刻古文尚書	構形異同說明	備註	參證：出土資料文字	參證：傳抄著錄文字	參證：說文字形
作	郭店.緇衣26	魏三體							1	乍作古今字		乃孫作祖己鼎 頌簋 邾公華鐘 曾侯乙鐘 王子申盞盂 小子母己卣		
	上博1緇衣 郭店.成之38									增義符又		中山王壺 姞氏簋 郙王劍 欒書缶		
									1 2 3 4	義符替換		申鼎 驫羌鐘		迮
		魏三體（隸） 漢石經 隸釋						1 2 3 4						
										訛誤字	P2516說命上惟肖爰立作相			

今本尚書文字	出土文獻尚書		傳抄著錄古尚書文字				隸古定尚書			構形異同說明	備　註	參　　證		
	戰國楚簡	石經	汗簡	古文四聲韻	訂正六書通	說文所引	敦煌等古寫本	日本唐寫本	書古文訓晁刻古文尚書			出土資料文字	傳抄著錄文字	說文字形
代							代1	代 代1 代2						
儀									羲	義符更替			玉篇 羲古 儀字	
								儀1 儀2						
便									㑌					篆 便
任							任	任		偏旁訛混壬王		任 韓勑碑 任 夏承碑		
							壬			音義近同				
								任		訛誤字				
俗							俗	俗			P2533 九條本	俗 衡方碑 俗 池陽令張君殘碑		
俾							畀1		畀2畀3	卑俾古今字 2.3形與畀同形異字		畀 免簋 畀 余卑盤 畀 鞄氏鐘 畀 秦王鐘 畀 中山王鼎		
									畀	篆文卑卑之隸訛				
								俾1 俾2 俾3 俾 俾4		3.4形偏旁訛變				

今本尚書文字	出土文獻尚書		傳抄著錄古尚書文字				隸古定尚書			構形異同說明	備　註	參　證		
	戰國楚簡	石經	汗簡	古文四聲韻	訂正六書通	說文所引	敦煌等古寫本	日本唐寫本	書古文訓晁刻古文尚書			出土資料文字	傳抄著錄文字	說文字形
億			汗3.41	四5.27						偏旁假啻為意		楊統碑 譙敏碑		篆
使									1 2 3	事．使古同字		魏三體僖公．使 魏三體多士．事	汗3.31 使亦事字見石經	事古
							1 2	1		汗3.31 魏三體之訛變				
僭			汗2.16							僭之隸變僣				
			汗2.23					2	1	假朁為僭		偏旁朁：夏承碑．		朁篆
								1 2		僭之隸變僣				
										潛偏旁訛混亻氵訛誤字	岩崎本洪範人用側頗僻民用僭忒			
僻		隸釋 石經尚書殘碑						1	2	假借字	漢石經洪範人用側頗僻			
侈								1		訛誤字	上圖本（影）周官祿不期侈			
								2						

今本尚書文字	出土文獻尚書		傳抄著錄古尚書文字				隸古定尚書			構形異同說明	備　註	參　　證		
	戰國楚簡	石經	汗簡	古文四聲韻	訂正六書通	說文所引	敦煌等古寫本	日本唐寫本	書古文訓晁刻古文尚書			出土資料文字	傳抄著錄文字	說文字形
佚									佾	佾假借字	酒誥群飲汝勿佚		集韻佾古作佾	
								使		訛誤字	九條本酒誥群飲汝勿佚			
侮			[illegible] 汗3.41	[illegible] 四3.10					侮			[illegible] 粹1318 [illegible] 中山王鼎		古[illegible]
		侮 隸釋			[illegible] 六187			侮1 侮3	侮2	部件訛混母毋		侮 唐扶頌		篆[illegible]
偃								偃 偃1 偃2						
									匽	假借字				
								[illegible]		匽之訛偏旁匸之乚變辶	島田本			
傷							傷4	傷 傷1 傷 傷2 傷3 傷4		4 偏旁訛混：昜易		[illegible] 睡虎地10.2 [illegible] 武威醫簡24 [illegible] 武氏石闕銘 [illegible] 永安四年鏡		篆[illegible]
									[illegible]	假借字				
侉								侉1 侉2 侉3		侉爲夸之假借字				篆[illegible]
									夸	夸奢本字				夸

今本尚書文字	出土文獻尚書		傳抄著錄古尚書文字				隸古定尚書			構形異同說明	備　註	參　證		
	戰國楚簡	石經	汗簡	古文四聲韻	訂正六書通	說文所引	敦煌等古寫本	日本唐寫本	書古文訓晁刻古文尚書			出土資料文字	傳抄著錄文字	說文字形
伐								代		訛誤字	上圖本（八）湯誓"伊尹相湯伐桀升自陑"			
咎							咎$_1$	咎$_1$ 咎$_2$ [illegible]$_3$						
倦			汗6.75	四4.24					券$_1$	1 偏旁訛混力刀		孫臏116		券篆
								倦		偏旁部件作省略符號=	內野本.足利本.上圖本（影）.上圖本（八）			
偶									禺	假借字	君奭汝明勖偶王			
弔		魏三體					弔$_2$ 弔$_3$	弔$_2$	弔$_1$		魏三體君奭君奭弗弔	甲1870 後2.13.2 弔父丁簋 弔鼎 陳公子甗 毛弔盤		
								予		訛誤作予				予
								弗		訛誤作弗	上圖本（影）多士弗弔旻天大降喪于殷			弗

今本尚書文字	出土文獻尚書		傳抄著錄古尚書文字				隸古定尚書			構形異同說明	備　註	參　　證		
	戰國楚簡	石經	汗簡	古文四聲韻	訂正六書通	說文所引	敦煌等古寫本	日本唐寫本	書古文訓晁刻古文尚書			出土資料文字	傳抄著錄文字	說文字形
伻		漢石經								假借字	洛誥伻從王于周.伻來毖殷			
化		漢石經								化貨古今字	益稷懋遷有無化居			
										假借字				
從							$_1$ $_2$	$_1$ $_2$	$_1$ $_3$	从從古今字		彭史尊 宰椃角 陳喜壺 漢印徵		从篆
		漢石經						$_1$ $_2$				遽從角 從鼎 老子甲58 相馬經3上 武威簡.有司2		篆

今本尚書文字	出土文獻尚書		傳抄著錄古尚書文字				隸古定尚書			構形異同說明	備　註	參　　證		
	戰國楚簡	石經	汗簡	古文四聲韻	訂正六書通	說文所引	敦煌等古寫本	日本唐寫本	書古文訓晁刻古文尚書			出土資料文字	傳抄著錄文字	說文字形
比									1 2	2 偏旁訛變：大火		比簋 鬲攸比鼎 侯馬 璽彙3057 璽彙5377 璽彙3066 貨系4179	汗3.42 裴光遠集綴 四3.6 四4.7古老子玉篇比古文作芘	古
毖						周書曰無毖于卹					大誥無毖于			
冀			汗3.42	四4.6								冀簋 令簋		
								1 2				孫子133 漢印徵 曹全碑 禮器碑陰		
丘														篆

今本尚書文字	出土文獻尚書		傳抄著錄古尚書文字				隸古定尚書			構形異同說明	備　註	參　證		
	戰國楚簡	石經	汗簡	古文四聲韻	訂正六書通	說文所引	敦煌等古寫本	日本唐寫本	書古文訓晁刻古文尚書			出土資料文字	傳抄著錄文字	說文字形
邱						陶下夏書曰東至于陶丘		丘丘	𠀉	假丘爲邱	禹貢東出于陶邱北			
虛								虗1 虗2		1 从篆文丘𠀉隸定 2 从丘之隸變				
眾		衆 隸釋					衆1	衆1 衆2 衆3	衆2	偏旁目隸變多一畫似血形		甲2291 師旂鼎 中山王鼎 楚帛書丙 陶彙3.537 燕下都215.6 中山侯鉞 郭店.成之25	汗3.43說文 魏三體殘碑	篆
								眾		偏旁訛變㐺（𠂈）从				
								㐺		㐺爲初文	上圖本（影）大禹謨眾非元后何戴			㐺篆
								乑		假借字				中籀

今本尚書文字	出土文獻尚書		傳抄著錄古尚書文字				隸古定尚書			構形異同說明	備註	參證		
	戰國楚簡	石經	汗簡	古文四聲韻	訂正六書通	說文所引	敦煌等古寫本	日本唐寫本	書古文訓晁刻古文尚書			出土資料文字	傳抄著錄文字	說文字形
息						虞書曰息咎繇					舜典暨皋陶			
徵			微.汗1.14	微.四1.21			1 古			汗.四誤注微字	P3315	乙4658 乙4335反 隨縣石磬 隨縣鐘架 曾侯乙鐘 璽彙3530		古
			汗1.14							誤注徵當爲微(敚)				敚篆
									1 2	省彳				篆
										移山形於上				
									政	假借字	洪範八庶徵			
量														古

今本尚書文字	出土文獻尚書		傳抄著錄古尚書文字				隸古定尚書			構形異同說明	備　註	參　證		
	戰國楚簡	石經	汗簡	古文四聲韻	訂正六書通	說文所引	敦煌等古寫本	日本唐寫本	書古文訓晁刻古文尚書			出土資料文字	傳抄著錄文字	說文字形
監		監 魏三體 臨 漢石經					監1	监 监1 監2 監3				監 應監甗 監 頌簋 監 頌簋 監 鄧孟壺 監 攻吳王鑑		篆監
									譼1 譼2					古譼
								鑒 鑒 鍳2	鑒1	假借字				
								藍		訛誤字	九條本酒誥人無於水監			
身		命 隸釋								義近字	漢石經盤庚上汝悔身何及			命
殷		殷 魏三體										殷 保卣 殷 虢弔作弔殷 殷 仲殷父簋 殷 仲殷父鼎 殷 禹鼎 殷 格伯簋		

今本尚書文字	出土文獻尚書		傳抄著錄古尚書文字				隸古定尚書			構形異同說明	備註	參證		
	戰國楚簡	石經	汗簡	古文四聲韻	訂正六書通	說文所引	敦煌等古寫本	日本唐寫本	書古文訓晁刻古文尚書			出土資料文字	傳抄著錄文字	說文字形
殷		殷 漢石經 殷 隸釋						殷1 殷殷2 殷3 殷4 殷5	殷6 殷殷7					
									㱿	訛誤字				
								殷1 殷2 殷3 殷4 殷5						
衣									衣衣 衣1 衣2			衣 甲337 衣 粹85		篆 衣
								服 服		衣爲殷之假借誤改爲服	內野本.上圖本（八）康誥紹聞衣德言			
表			表 汗3.44	表 四3.19					襮	移衣於下古文隸古定訛變				古 表
		表 魏三體	表 汗3.44	表 四3.19	表 六211		表1 表2		表3					篆 表
衽								衽		偏旁訛混衤礻	岩崎本.上圖本（影）			
襲							襲1	襲1						

今本尚書文字	出土文獻尚書		傳抄著錄古尚書文字				隸古定尚書			構形異同說明	備　註	參　　證		
	戰國楚簡	石經	汗簡	古文四聲韻	訂正六書通	說文所引	敦煌等古寫本	日本唐寫本	書古文訓晁刻古文尚書			出土資料文字	傳抄著錄文字	說文字形
襲									⿰習戈2	从戈習聲後世別造侵襲人國字			汗5.68義雲章 四5.22古老子 四5.22義雲章 玉篇古襲作⿰習戈一切經音義襲古文⿰習戈褶二形	
襄			汗5.66	四2.1						借[illegible]爲襄		散盤 璽彙0195 璽彙5706		古
	郭店成之29									增土借[illegible]爲襄		鄂君啓舟節 楚帛書甲2.16. 包山103		

今本尚書文字	出土文獻尚書		傳抄著錄古尚書文字				隸古定尚書			構形異同說明	備註	參證		
	戰國楚簡	石經	汗簡	古文四聲韻	訂正六書通	說文所引	敦煌等古寫本	日本唐寫本	書古文訓晁刻古文尚書			出土資料文字	傳抄著錄文字	說文字形
襄			汗3.44	四2.1			1	4	2 3			鮇甫人匜 鮇甫人盤		篆
								1 2 3						
被									1 2	偏旁訛誤		包山214 包山199		
衷										少一直筆誤爲哀	上圖本（八）湯誥衷于下民			
裕		魏三體 魏三體隸					1 2	1	3	移谷於中	君奭告君乃猷裕	十六年戟 敔簋		篆
								2 3	1	移谷於中．谷作公．从公之裕字				
										移公於中之裕字省厶		郭店.六德10 “以△六德”		
							裕	裕		偏旁訛混：衤 礻				
裘・求		隸釋								救．偏旁相通 攴 攵．假借字	盤庚上漢石經器非（缺字）求舊			古求

今本尚書文字	出土文獻尚書		傳抄著錄古尚書文字				隸古定尚書			構形異同說明	備　註	參　證		
	戰國楚簡	石經	汗簡	古文四聲韻	訂正六書通	說文所引	敦煌等古寫本	日本唐寫本	書古文訓晁刻古文尚書			出土資料文字	傳抄著錄文字	說文字形
老								耇		義近字	岩崎本泰誓中播棄犁老			耇
耄				𦒻 四 4.30					薹1		微子吾家耄遜于荒			篆 𦒻
			𦒻 汗 3.43	𦒻 四 4.30						从毛从蒿省			集韻古作薹	
				耄 四 4.30				耄	从老省		上圖本（八）呂刑惟呂命王享國百年耄荒		集韻薹或作耄	
						眊下虞書耄字从此			眊	假借字	大禹謨耄期倦于勤			
							旄1	旄1 秏2 秏3	旄1	假借字.部件訛誤方木禾			集韻薹通作旄	
耆								耆1 耆2		1 偏旁訛混日目 2 偏旁俗混匕工				
耇							耇2	耇2 耇3	耇1 耇4 耇5					
							耇1	耇2		上形由偏旁老省訛				

今本尚書文字	出土文獻尚書		傳抄著錄古尚書文字				隸古定尚書			構形異同說明	備註	參證		
	戰國楚簡	石經	汗簡	古文四聲韻	訂正六書通	說文所引	敦煌等古寫本	日本唐寫本	書古文訓晁刻古文尚書			出土資料文字	傳抄著錄文字	說文字形
壽		魏三體							1			豆閉簋 陳伯元匜 寰鼎 曾伯陭壺 王子申盞盂		
							3 4	1 2 3				蔡大師鼎 頌簋 秦公鎛 龜簋 邵鐘		篆
								1 2 3				對罍 刂尊 善夫克鼎 武威簡.少牢 33 鼎胡延壽瓦當		
								老		義近字	九條本召誥今沖子嗣則無遺壽者			

今本尚書文字	出土文獻尚書		傳抄著錄古尚書文字				隸古定尚書			構形異同說明	備　註	參　　證		
	戰國楚簡	石經	汗簡	古文四聲韻	訂正六書通	說文所引	敦煌等古寫本	日本唐寫本	書古文訓晁刻古文尚書			出土資料文字	傳抄著錄文字	說文字形
壽								1 2		假𠷎（或疇）爲壽				
考										丂考古今字		司土司簋	集韻考通作丂	
考								1				乙 8712 前 2.2.6 沈子它簋 井侯簋 頌簋 仲師父鼎		篆
考										訛誤字	足利本．上圖本（八）泰誓下"惟我文考若日月之照臨"			
孝		魏三體										虞司寇壺 弔咢父簋		
孝										訛誤字	上圖本（影）．上圖本（八）"克諧以孝"上圖本（八）文侯之命"追孝于前文人"			

今本尚書文字	出土文獻尚書		傳抄著錄古尚書文字				隸古定尚書			構形異同說明	備註	參證		
	戰國楚簡	石經	汗簡	古文四聲韻	訂正六書通	說文所引	敦煌等古寫本	日本唐寫本	書古文訓晁刻古文尚書			出土資料文字	傳抄著錄文字	說文字形
䎝·氄						虞書曰鳥獸䎝髦			䎝		堯典鳥獸氄毛			
							[illegible]			[illegible]篆文隸變				[illegible]篆[illegible]
						褎下虞書曰鳥獸褎毛.				褎爲䎝.之假借字.	撰異：壁中本作䎝.今本作氄.今文尚書作褎			[illegible]或[illegible]
			[illegible]氄 汗1.14	[illegible] 四3.3						褎字省衣.借朕爲氄		[illegible]孟簋 [illegible]井侯簋 [illegible]彔伯簋 [illegible]魯伯愈父鬲 [illegible]齊侯敦 [illegible]陳侯壺		朕
								氄		䎝氄聲符更替	上圖本（影）·說文無氄			氄
毛						䎝下:虞書曰鳥獸䎝髦			髦		堯典鳥獸氄毛			
									旄		禹貢齒革羽毛惟木.厥貢羽毛齒革			

今本尚書文字	出土文獻尚書		傳抄著錄古尚書文字				隸古定尚書			構形異同說明	備　註	參　　證		
	戰國楚簡	石經	汗簡	古文四聲韻	訂正六書通	說文所引	敦煌等古寫本	日本唐寫本	書古文訓晁刻古文尚書			出土資料文字	傳抄著錄文字	說文字形
居								凥	凥			師虎簋 揚簋 農卣 舀鼎	汗3.43說文 四1.22說文	
							立			立居義近字	P2748 多士今爾惟時宅爾邑繼爾居			
尾			汗3.44									乙4293 隨縣34		
							尾$_1$	尾$_2$	尾$_3$					
屬						嫋下周書曰至于嫋婦			嫋	屬爲嫋之假借字	梓材至于屬婦			
							屬	屬	屬					篆
								屬$_1$ 屬$_2$ 屬$_3$	屬$_3$	篆文隸變		睡虎地25.53 漢帛老子甲24 居延簡甲763 石門頌 淮源廟碑		篆

今本尚書文字	出土文獻尚書		傳抄著錄古尚書文字				隸古定尚書			構形異同說明	備註	參證		
	戰國楚簡	石經	汗簡	古文四聲韻	訂正六書通	說文所引	敦煌等古寫本	日本唐寫本	書古文訓晁刻古文尚書			出土資料文字	傳抄著錄文字	說文字形
屛		 魏三體									君奭小臣屛侯甸.屛古文作并.篆隸作屛			
新附屢								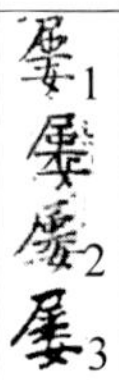 1 2 3				 武威簡.士相見		
			婁 汗5.66	婁 四2.25			 2 3	 2 3	 1 2	婁屢古今字	P3605.S2074.書古文訓皆作婁九條本.內野本.足利本.上圖本（影）.上圖本（八）多方爾乃迪屢不靜	 汝陰侯墓六壬栻杯  史晨碑  婁壽碑		婁篆
舟		 漢石經									益稷罔水行舟漢石經作罔水舟行	 縱橫家書169  孫臏112  周慖功勳銘		
俞														
										偏旁訛混月日				

今本尚書文字	出土文獻尚書		傳抄著錄古尚書文字				隸古定尚書			構形異同說明	備　註	參　證		
	戰國楚簡	石經	汗簡	古文四聲韻	訂正六書通	說文所引	敦煌等古寫本	日本唐寫本	書古文訓晁刻古文尚書			出土資料文字	傳抄著錄文字	說文字形
										篆文隸變		盂鼎 彔伯簋 封孫宅盤 中山王鼎 魯伯愈父鬲 陳侯壺		篆 
朕										篆文隸訛	S799		 四 3.28 崔希裕纂古	
								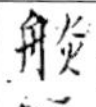 1  2 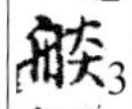 3 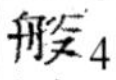 4  5  6 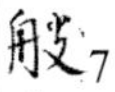 7 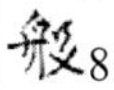 8		篆文隸訛				
								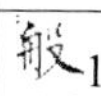 1  2		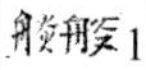 1 形訛變				

今本尚書文字	出土文獻尚書		傳抄著錄古尚書文字				隸古定尚書			構形異同說明	備註	參證		
	戰國楚簡	石經	汗簡	古文四聲韻	訂正六書通	說文所引	敦煌等古寫本	日本唐寫本	書古文訓晁刻古文尚書			出土資料文字	傳抄著錄文字	說文字形
服		魏三體								葡字之寫訛借葡爲服字	無逸文王卑服	鐵 2.4 前 5.9.6 丙申角 毛公鼎 郭店.語叢 3.39		葡篆
							4		1 2 3		P3315			古
											P2533	盂鼎 駒父盨 秦公鎛		
											S11399 .P2516			
方		魏三體												
			汗 6.82	四 2.15	六 114				1 2	匚字籀文省變．假匚爲方				
							1		2		P3315			

今本尚書文字	出土文獻尚書		傳抄著錄古尚書文字				隸古定尚書			構形異同說明	備　註	參　證		
	戰國楚簡	石經	汗簡	古文四聲韻	訂正六書通	說文所引	敦煌等古寫本	日本唐寫本	書古文訓晁刻古文尚書			出土資料文字	傳抄著錄文字	說文字形
允								1 2 3 4 5				甲 2915 甲 2815 班簋 不𣪘簋 中山王壺		
								[illegible]						兊
		魏三體								兄訛誤字	無逸朕之愆允若時不啻不敢含怒．君奭予不允惟若茲誥			
亮								3	1 2			漢印徵 孔彪碑		
								高		形近而誤	上圖本（八）舜典“亮采惠疇”			
兢			汗 4.46	四 2.28					兢			鬲比盨		
皃・貌			汗 5.70	貊 四 5.18		緢下周書曰惟緢有稽		緢	緢	緢乃貌之假借字 四 5.18 誤注貊	呂刑惟貌有稽岩崎本 段注：按許所據壁中文		玉篇殘卷周書曰惟緢有稽	
								皃1 2 3	皃1					皃篆
								1 2						籀

今本尚書文字	出土文獻尚書		傳抄著錄古尚書文字				隸古定尚書			構形異同說明	備註	參證		
	戰國楚簡	石經	汗簡	古文四聲韻	訂正六書通	說文所引	敦煌等古寫本	日本唐寫本	書古文訓晁刻古文尚書			出土資料文字	傳抄著錄文字	說文字形
兒·弁								辨		假借字	足利本.上圖本（影）.上圖本（八）			兒或弁
·卞								辨		卞爲弁隸體之變假借字	足利本.上圖本（影）.上圖本（八）		校勘記古本作帥修大辨	
							法			訓詁字	P4509			
兕			吺 汗 1.6	吺 四 2.25			吺1		吺1	兕爲假借字	吺字重見			
								吺1 吺2 吺3		吺之訛變				
								兕						
視				眂 四 4.5			眎2 眎3 眎4 眎5	眎2 眎3 眎4 眎5 眎6 眎7 眎8 眎9	眂1 眎2			[illegible] 前 2.7.2		古 眂
		眡 魏三體							眡1		魏三體文侯之命其歸視爾師洛誥汝受命篤弼丕視功載	[illegible] 員鼎 [illegible] 侯馬 [illegible] 中山王兆域圖	眡 汗 2.16 石經	古 眡
									[illegible]	偏旁訛混目身	五子之歌予視天下愚夫愚婦			

今本尚書文字	出土文獻尚書		傳抄著錄古尚書文字				隸古定尚書			構形異同說明	備　註	參　　證		
	戰國楚簡	石經	汗簡	古文四聲韻	訂正六書通	說文所引	敦煌等古寫本	日本唐寫本	書古文訓晁刻古文尚書			出土資料文字	傳抄著錄文字	說文字形
觀								觀1 觀2 觀3 觀4		隸變		觀 銅華鏡		
親			親 汗3.39	親 四1.32					寴	累增義符宀		親 克鐘 寴 史懋壺△令史懋	集韻親古作寴	
覲								覲 覲					偏旁堇 集韻堇字古文𡎸	
欽									欽1 欽 欽2					
								欽2 欽3 欽4	欽1 欽 欽 欽					
								欽		訛誤字				
歌							哥1	哥1 哥2	哥1	說文哥.聲也.古文以爲謌（歌）古今字				
								歌						
卷9														
顏								顏1 顏2 顏3 顏4				顏 史晨碑		

今本尚書文字	出土文獻尚書		傳抄著錄古尚書文字				隸古定尚書			構形異同說明	備註	參證		
	戰國楚簡	石經	汗簡	古文四聲韻	訂正六書通	說文所引	敦煌等古寫本	日本唐寫本	書古文訓晁刻古文尚書			出土資料文字	傳抄著錄文字	說文字形
願									 顯	顯爲願之假借		 顯 楊統碑  顯 夏承碑	玉篇願與顯同	顯篆  顯
							 願1	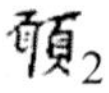 願2		S801		願 睡虎地53.23 願 縱橫家書8  願 流沙簡.簡牘1.9 願 武威簡.士相見1 願 夏承碑  願 唐公房碑		
								願				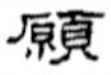 願 定縣竹簡93		
顛								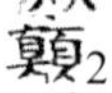  顛1 顛 顛2 顛3 顛4	顛1			 顛 漢石經論語殘碑顛字 顛 鄭固碑		篆  顛
							顛2	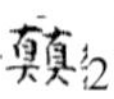 顛2	 顛1	偏旁類化				
								 顛		偏旁類化	九條本			
頟			頟 汗4.47	頟 四5.19										
								額		聲符更替	上圖本（影）			
		 頟 漢石經								假借字	益稷罔晝夜頟頟			鄂

今本尚書文字	出土文獻尚書		傳抄著錄古尚書文字				隸古定尚書			構形異同說明	備　註	參　證		
	戰國楚簡	石經	汗簡	古文四聲韻	訂正六書通	說文所引	敦煌等古寫本	日本唐寫本	書古文訓晁刻古文尚書			出土資料文字	傳抄著錄文字	說文字形
頒						攽下周書曰乃惟孺子攽	攽1 攽2		攽1	攽爲分義之本字	洛誥乃惟孺子頒			攽
頏								頏1 頏2			上圖本（影）．上圖本（八）			
									頏	偏旁隸古訛變	益稷"庶頏讒說"			
顧		顧魏三體						雇1		1 偏旁頁省形				篆顧
								頋1 顧2		俗省字		頋街談碑 頋樊敏碑	玉篇顧俗作頋	
									鴡	假借字			集韻顧古作雽鳥	雇或鴡
順								川		偏旁頁省形	上圖本（影）			
籲						商書曰率籲眾戚	籲2	籲1 籲2 籲3 籲4		2 偏旁訛混：竹艹皆省口	盤庚上率籲眾𢓊感			
							喻			假借字	P2630 立政籲俊尊上帝			喻

今本尚書文字	出土文獻尚書		傳抄著錄古尚書文字				隸古定尚書			構形異同說明	備　註	參　證		
	戰國楚簡	石經	汗簡	古文四聲韻	訂正六書通	說文所引	敦煌等古寫本	日本唐寫本	書古文訓晁刻古文尚書			出土資料文字	傳抄著錄文字	說文字形
顯			㬎 汗5.71	㬎 四3.17					㬎1	說文㬎古文以爲顯字古今字		侯馬67.6 侯馬67.18 侯馬67.3 侯馬67.36		㬎
							顕1	顯1 顕2 3		3偏旁頁省形				
面		面 隸釋 面 漢石經										面 漢帛老子乙前31上 面 武威簡9 面 武威簡有司7 面 東海廟碑		篆 面
								靣			內野本.上圖本（八）	面 朱爵玄武鏡		
首							𩠐1 𩠐3	𩠐1 𩠐2 𩠐4	𩠐1			農卣 令鼎 兮甲盤		篆 𩠐

今本尚書文字	出土文獻尚書 戰國楚簡	出土文獻尚書 石經	傳抄著錄古尚書文字 汗簡	傳抄著錄古尚書文字 古文四聲韻	傳抄著錄古尚書文字 訂正六書通	傳抄著錄古尚書文字 說文所引	隸古定尚書 敦煌等古寫本	隸古定尚書 日本唐寫本	隸古定尚書 書古文訓晁刻古文尚書	構形異同說明	備　註	參證 出土資料文字	參證 傳抄著錄文字	參證 說文字形
首								𩠐		下訛似旨字俗體𩠐	上圖本（影）舜典"共工垂拜稽首"			
須			汗4.47	四1.24	六36			頿2	頿1	須爲頿之假借字				
須								湏		偏旁訛變：彡氵				
形								刑		假刑爲形	岩崎本		四2.21崔希裕纂古刑	
修									攸	攸修古今字		毛公鼎 無叀鼎		
修		魏三體						修 修1 修2 修3						
修								修1 修2 修3 修4		偏旁訛混亻彳				
修		魏三體（隸）						脩 脩1		假借字	魏三體梓材惟其陳修爲厥疆畎.存隸體	脩:脩 北海相景君碑		脩
彰							彰1 彰3	彰1 彰2 彰3 彰4				彰 孔宙碑 彰 戚伯著碑		
彰								章2	章1	章彰古今字				

今本尚書文字	出土文獻尚書		傳抄著錄古尚書文字				隸古定尚書			構形異同說明	備註	參證		
	戰國楚簡	石經	汗簡	古文四聲韻	訂正六書通	說文所引	敦煌等古寫本	日本唐寫本	書古文訓晁刻古文尚書			出土資料文字	傳抄著錄文字	說文字形
弱											P3169	睡虎地17.141		
							1	2		手寫變體．俗字				
		隸釋								假借字	漢石經殘碑盤庚上無弱孤有幼			
彥								1 2 3 4				孟孝琚碑 范式碑		
										訛誤字	上圖本（影）	偏旁彥：漢帛老子甲後315 漢帛老子甲後190 扶風出土漢印		
·彤							1	2			P2516 上圖本（元）．足利本			說文無彤
							3			偏旁隸變：月舟	P2643			
文	郭店緇衣37	魏三體	汗4.51	四1.33			1							

今本尚書文字	出土文獻尚書		傳抄著錄古尚書文字				隸古定尚書			構形異同說明	備註	參證		
	戰國楚簡	石經	汗簡	古文四聲韻	訂正六書通	說文所引	敦煌等古寫本	日本唐寫本	書古文訓晁刻古文尚書			出土資料文字	傳抄著錄文字	說文字形
文								3 4	1 2			包山203 雨臺山竹律管 雨臺山竹律管 包山203 戰國玉印		彣
							1	2		金文文字〔師酉簋〕之誤	.P2748	甲3490 乙6821反 鄴二下.35.2 君夫簋 師酉簋 史喜鼎		
								3	4					
髳							3	2 4	1	偏旁訛混 2 矛予 3 矛方 4 髟訛省				或
后							1 2							

今本尚書文字	出土文獻尚書		傳抄著錄古尚書文字				隸古定尚書			構形異同說明	備　註	參　證		
	戰國楚簡	石經	汗簡	古文四聲韻	訂正六書通	說文所引	敦煌等古寫本	日本唐寫本	書古文訓晁刻古文尚書			出土資料文字	傳抄著錄文字	說文字形
后								𠯑			足利本	𠯑 武威簡.泰射 95		
							王			同義字	P2643 盤庚中"古我先后既勞乃祖乃父"			
							𢩏1 君2			同義字	P2643：1 說命上"后從諫則聖"2"后克聖臣不命其承"			
								𣦸		說文殂字古文𣦸之隸古定.與上文相涉而誤作	伊訓"肆命徂后"			
司		魏三體					司		司2		P2630	司 司母戊鼎 司 司母姒康鼎 司 𧊒壺		
								司 司			足利本.上圖本（影）胤征"俶擾天紀遐棄厥司"			
卿 𡕥							卿			偏旁訛混卩阝	P5543			
								卿 卿						
						虞書曰有能俾𡕥					堯典有能俾乂			

今本尚書文字	出土文獻尚書		傳抄著錄古尚書文字				隸古定尚書			構形異同說明	備　註	參　證		
	戰國楚簡	石經	汗簡	古文四聲韻	訂正六書通	說文所引	敦煌等古寫本	日本唐寫本	書古文訓晁刻古文尚書			出土資料文字	傳抄著錄文字	說文字形
旬			汗4.50						旬$_1$ 旬$_2$			王孫鐘	汗4.34 石經	古
										形體訛變				
冢								冢				睡虎地42.190 倉頡篇 史晨碑		
包						蔪下書曰艸木蔪苞.繫傳苞下:尚書草木漸苞		苞$_2$	苞$_1$		2岩崎本禹貢草木漸包			
敬	上博1緇衣15	魏三體							$_1$ $_2$	說文當補古文敬作		吳王光鑑 楚帛書乙		篆
	郭店緇衣29									省口作=		中山王鼎 中山侯鉞		
										隸訛與（从老省）隸變作混同				

今本尚書文字	出土文獻尚書		傳抄著錄古尚書文字				隸古定尚書			構形異同說明	備　註	參　　證		
	戰國楚簡	石經	汗簡	古文四聲韻	訂正六書通	說文所引	敦煌等古寫本	日本唐寫本	書古文訓晁刻古文尚書			出土資料文字	傳抄著錄文字	說文字形
鬼								[illegible]2	䰟1	偏旁古文示訛變				古[illegible]
								鬼2	鬼1					篆[illegible]
									䄛	與稷作䄛混同．偏旁訛混礻亓禾	太甲下鬼神無常享			
魄							皛1	皛1 皛2 [illegible]3		3 白訛作自移於上	3 岩崎本		釋文魄又作𩲸	篆魄
			[illegible]汗3.35	[illegible]四4.33		霸下周書曰哉生霸				月霸本字魄爲霸假借字	康誥哉生魄尚書無霸字	[illegible]鄭號仲簋 [illegible]令簋 [illegible]霸姞簋 [illegible]衛簋 [illegible]史懋壺	集韻霸古作[illegible]	霸古[illegible]
									霸		康誥惟三月哉生魄			
									𠂢	霸古文[illegible]訛變	武成顧命		集韻霸古作𠂢	
醜								醜1 醜2	2 部件省形：厶丶					

今本尚書文字	出土文獻尚書		傳抄著錄古尚書文字				隸古定尚書			構形異同說明	備　註	參　證		
	戰國楚簡	石經	汗簡	古文四聲韻	訂正六書通	說文所引	敦煌等古寫本	日本唐寫本	書古文訓晁刻古文尚書			出土資料文字	傳抄著錄文字	說文字形
畏							[glyph]4		[glyph]1 [glyph]2 [glyph]3	4 下訛作衣	4-P3767	[glyph] 乙 669 [glyph] 盂鼎 [glyph] 沇兒鐘 [glyph] 江陵.秦家 13 [glyph] 郭店.成之 5		古 [glyph]
山		[glyph] 魏二體										[glyph] 璽彙 2556 [glyph] 郭店.唐虞 4 [glyph] 包山 121		
嶽．岳			[glyph] 汗 4.51	[glyph] 四 5.6				[glyph]1 [glyph]2 [glyph]3						古 [glyph]
									[glyph] [glyph]1 [glyph]2	隸體之隸古定		[glyph] 魯峻碑 [glyph] 耿勳碑		
							[glyph]1	[glyph]2			P3315			
									嶽	偏旁訛誤				
岱								[glyph]1 [glyph]2		偏旁訛混代戌		[glyph] 孔宙碑 [glyph] 華山廟碑		
									代	假借字	岱畎絲枲鈆松怪石			代

今本尚書文字	出土文獻尚書		傳抄著錄古尚書文字				隸古定尚書			構形異同說明	備註	參證		
	戰國楚簡	石經	汗簡	古文四聲韻	訂正六書通	說文所引	敦煌等古寫本	日本唐寫本	書古文訓晁刻古文尚書			出土資料文字	傳抄著錄文字	說文字形
島							 島2		 島1		P3615			篆 
								 嶋		移山於左	上圖本（影）		集韻島亦作嶋	
								鳥		以鳥爲島	岩崎本禹貢島夷卉服		集韻島古作鳥	
嶧						夏書曰嶧陽孤桐		嶧			岩崎本禹貢嶧陽孤桐			
嵎									 堣	形旁更替				
岡							岡				P2533			篆 
								罡		偏旁訛混山止		罡 華芳墓誌側	六書正訛岡別爲罡	
								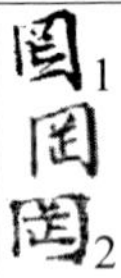 罔1 罔2		訛誤字偏旁訛混亡止				
密								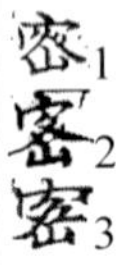 峦1 峦2 峦3				 相馬經67上  武威醫簡80		
							 峦 和闐本	 峦1 峦2		假借字	和闐本.足利本.上圖本（影）太甲上"密邇先王其訓"2上圖本(八)畢命"密邇王室"			
崇			汗4.51	四1.11			 崈1	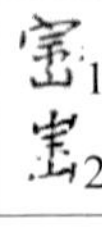 崈1 崈2	崈1			袁良碑崇作崈		

今本尚書文字	出土文獻尚書		傳抄著錄古尚書文字				隸古定尚書			構形異同說明	備　註	參　證		
	戰國楚簡	石經	汗簡	古文四聲韻	訂正六書通	說文所引	敦煌等古寫本	日本唐寫本	書古文訓晁刻古文尚書			出土資料文字	傳抄著錄文字	說文字形
崇		𡻮 魏三體								義符更替木山	君奭其終出于不祥魏三體終作崇		𡻮 四1.15王存乂切韻	
		知 隸釋									盤庚中"高后丕乃崇降罪疾"			知
		興 隸釋									盤庚中"迪高后丕乃崇降弗祥"			興
								重		音義近同	內野本多方"崇亂有夏"			重
								崇		偏旁訛誤宗宋				
巖									巖					
							巖1 巖2	巖1 巖3				巖 華山廟碑		
								岩		聲符更替				
·崑								昆	昆		禹貢崑崙			說文無崑
								崐		移山於左				
·崐							崐1	崐2		部件上下錯置	P5557 胤征火炎崐岡·說文無崐			
·崙									侖		禹貢崑崙			侖
								崘		移山於左	·說文無崙			崘
峙						餱下周書曰峙乃餱粻.段改:峙作峙		峙 峙1	峙2	今本作峙爲峙之訛	九條本.上圖本(八)費誓峙乃糗糧			

今本尚書文字	出土文獻尚書		傳抄著錄古尚書文字				隸古定尚書			構形異同說明	備　註	參　證		
	戰國楚簡	石經	汗簡	古文四聲韻	訂正六書通	說文所引	敦煌等古寫本	日本唐寫本	書古文訓晁刻古文尚書			出土資料文字	傳抄著錄文字	說文字形
岷									汶	本作崏．汶假借字	岷嶓今文作汶			
								岷 岷		多飾點				
								崏2 崏3	崏1	崏之省形3移山於上	・說文無岷			
								峨		訛誤字	上圖本（影）禹貢岷山導江			
嵞						虞書曰予娶嵞山					益稷娶于塗山			
庭							𨑼2	庭1 庭2 𨑼3		部件混同廴辶		庭 武威簡.泰射39 庭 西狹頌 庭 曹全碑		
								廷	廷	廷		𠀥 盂鼎二		
廡			汗4.51	四3.10		橆下商書曰庶草蕃橆		庑2 庑3	庑1	3訛誤字 廡庑聲符更替	洪範庶草蕃廡			
廣								庿		訛誤作廟古文庿	上圖本（影）			
廉			㯬 汗3.30	稴 四2.27						假借字			集韻廉古作木兼	木兼 禾廉
			兼 汗3.37							假借字				兼
									廉	聲符繁化		廉 袁良碑	集韻廉古作廉	

今本尚書文字	出土文獻尚書		傳抄著錄古尚書文字				隸古定尚書			構形異同說明	備　註	參　　證		
	戰國楚簡	石經	汗簡	古文四聲韻	訂正六書通	說文所引	敦煌等古寫本	日本唐寫本	書古文訓晁刻古文尚書			出土資料文字	傳抄著錄文字	說文字形
廉								廉1 廉2				廉 武威簡.有司6 廉 曹全碑		
庶		庶 魏品式							庻1 庻 庻2 庻3 庻 庻4 庻5 庻 庻6 庻 庻 庻 庻7			庶 沇兒鐘 庶 蔡侯鐘 庶 中山王鼎 庶 伯庶父盨 庶 子仲匜		
	庶 郭店緇衣40						庶1 庶3 庶4 庶5	庶 庶2 庶3 庶 庶4 庶5	庻 庻1			庶 珠979 庶 周甲153 庶 矢簋 庶 毛公鼎 庶 伯庶父簋		
		庶 隸釋					庶1	庶1 庶2		偏旁隸變訛誤：火从				

今本尚書文字	出土文獻尚書		傳抄著錄古尚書文字				隸古定尚書			構形異同說明	備註	參證		
	戰國楚簡	石經	汗簡	古文四聲韻	訂正六書通	說文所引	敦煌等古寫本	日本唐寫本	書古文訓晁刻古文尚書			出土資料文字	傳抄著錄文字	說文字形
庶	上博1緇衣20											璽彙3198 包山258 九店56.47		
庶								試		此處今本作庶爲試之假借	內野本.足利本.上圖本（影）.上圖本（八）益稷“明庶以功車服以庸”			
廢								廢1 廢2 廢3						
廢								癈 癈1 癈 癈2 癈3 癈4		假癈疾字爲興廢字				癈
廟							庿2 庴3	庿1 庿2 庴3	庿1			中山王壺 郭店.性自20		古庿
斥				四5.17			㡿2	㡿2	㡿1		P3615			篆
斥								仟1 仟2		篆文隸訛.2 訛从亻				

今本尚書文字	出土文獻尚書		傳抄著錄古尚書文字				隸古定尚書			構形異同說明	備　註	參　證		
	戰國楚簡	石經	汗簡	古文四聲韻	訂正六書通	說文所引	敦煌等古寫本	日本唐寫本	書古文訓晁刻古文尚書			出土資料文字	傳抄著錄文字	說文字形
底							厎			偏旁厂广隸變或混同．二字形音畢近古或通			厎 四3.12崔希裕纂古底	或砥
							底2 庢 底3 底4	底1 底 底3 底 底5		底字之隸變				
								祗		涉上文祖之偏旁而誤	岩崎本微子"我祖底遂陳于上"			
								致1 致2		訓詁字	上圖本（元）．足利本．上圖本（影）			
砥								砥		加飾點				
								砥 砥1 砥2						
									[illegible]	累增聲符旨				
厲砥·厲								厲1 厉2		1偏旁訛混厂广 2从萬俗字万				或厲
厥	厥 魏三體 厥 隸釋						厥2	厥1 厥 厥2 厥3 厥4						

今本尚書文字	出土文獻尚書		傳抄著錄古尚書文字				隸古定尚書			構形異同說明	備註	參證		
	戰國楚簡	石經	汗簡	古文四聲韻	訂正六書通	說文所引	敦煌等古寫本	日本唐寫本	書古文訓晁刻古文尚書			出土資料文字	傳抄著錄文字	說文字形
	[glyph] 郭店.緇衣37		[glyph] 汗5.67	[glyph] 四5.9			[glyph] [glyph]1 [glyph]3	[glyph] [glyph] [glyph]2 [glyph] [glyph]3 [glyph]4 [glyph] [glyph]5 [glyph]7	[glyph] [glyph]1 [glyph]5 [glyph]6			[glyph] 甲3249 [glyph] 甲2908 [glyph] 盂鼎 [glyph] 克鼎 [glyph] 攻吳王監 [glyph] 中山侯鉞		氒篆[glyph]
			[glyph] 四5.9 [glyph] 四5.10											
厥	[glyph] 上博1緇衣18										君奭"其集大命于厥躬"			
								[glyph] [glyph]1 [glyph] [glyph]2 [glyph]3 [glyph]4		厥其相通．又厥(氒)氒7形其(亓)亓2形近				
								[glyph]		[glyph]8形訛誤	岩崎本洪範"相協厥居"			
								[glyph]		俗訛字	觀智院本周官"無以利口亂厥官"			
								[glyph] [glyph]1 [glyph]2 [glyph]3 [glyph]4		俗訛字				

今本尚書文字	出土文獻尚書		傳抄著錄古尚書文字				隸古定尚書			構形異同說明	備　註	參　證		
	戰國楚簡	石經	汗簡	古文四聲韻	訂正六書通	說文所引	敦煌等古寫本	日本唐寫本	書古文訓晁刻古文尚書			出土資料文字	傳抄著錄文字	說文字形
厖								[illegible]2 [illegible]3	[illegible]1	偏旁混用厂广				篆[illegible]
厭							[illegible]	[illegible]		假猒爲厭	P2748 內野本.上圖本(八)			
危			[illegible] 汗 4.51	[illegible] 四 1.17					[illegible]			[illegible] 郭店.六德 17 [illegible] 璽彙 0122 [illegible] 璽彙 3171 [illegible] 璽彙 3335	玉篇 [illegible] 人在山上.今作危	
								[illegible] [illegible]1 [illegible]2 [illegible]3				[illegible] 相馬經 23 上		
石							[illegible]2 古		[illegible]1 [illegible]2	2 少一畫	P3315	[illegible] 包山 203 [illegible] 包山 150 [illegible] 郭店.性自 5	[illegible] 汗 4.52	
砮						夏書曰梁州貢砮丹				段注：貢厲砥砮丹．梁州貢厲砮磬此乃許君筆誤	禹貢礪砥砮丹			
磶									[illegible]1 [illegible]2	从古文石[illegible]			[illegible] 汗 4.52 義雲章	古[illegible]
								[illegible]1 [illegible]2		偏旁訛變				

今本尚書文字	出土文獻尚書		傳抄著錄古尚書文字				隸古定尚書			構形異同說明	備註	參證		
	戰國楚簡	石經	汗簡	古文四聲韻	訂正六書通	說文所引	敦煌等古寫本	日本唐寫本	書古文訓晁刻古文尚書			出土資料文字	傳抄著錄文字	說文字形
嵒						周書曰畏于民品.段改品作嵒				段注：各本嵒作品誤今集韻類篇正	召誥畏於民嵒			
新附礪							砅	砅	砅	砅厲音同假借			集韻砅礪厲通用	
							礪			厲之繁文	P5522	[illegible] 子仲匜		
								砺		从萬俗字万				
長			[illegible] 汗4.52	[illegible] 四2.14					[illegible]1 [illegible]2			[illegible] 長子鼎 [illegible] 中山王兆域圖 [illegible] 璽彙0798 [illegible] 璽彙0740		古[illegible]
							[illegible]3 [illegible]6 [illegible]8	[illegible]3 [illegible]4 [illegible]5 [illegible]6 [illegible]7	[illegible]1 [illegible]2			[illegible] 䣄長鼎 [illegible] 長日戊鼎 [illegible] 長湯匜 [illegible] 臣諫簋 [illegible] 楚帛書丙1.1 [illegible] 璽彙0022 [illegible] 郭店.老子甲8		古[illegible]

今本尚書文字	出土文獻尚書		傳抄著錄古尚書文字				隸古定尚書			構形異同說明	備　註	參　證		
	戰國楚簡	石經	汗簡	古文四聲韻	訂正六書通	說文所引	敦煌等古寫本	日本唐寫本	書古文訓晁刻古文尚書			出土資料文字	傳抄著錄文字	說文字形
肆		魏三體											汗 4.53 說文肆 汗 6.82 石經 四 4.7 石經	古
						𧰨下虞書曰𧰨類于上帝					舜典肆類于上帝	天亡簋 萳簋 召卣		篆
							肆1 肆2			2 偏旁訛混聿.隶				
豕・豬										都爲假借本字				
								豬		偏旁豕訛省				
								猪		偏旁訛變：豕犭				
貔						周書曰如虎如貔					牧誓如虎如貔			
貍			汗 4.55	四 1.20					猍1	豸來之俗字聲符更替				猍
							狸	狸		偏旁俗作：豸犭	P3169			貍
貉・貊			貌.汗 4.70	貊 四 5.18						貓乃貌之假借字 四 5.18 注貊爲貌之誤				

今本尚書文字	出土文獻尚書		傳抄著錄古尚書文字				隸古定尚書			構形異同說明	備註	參證		
	戰國楚簡	石經	汗簡	古文四聲韻	訂正六書通	說文所引	敦煌等古寫本	日本唐寫本	書古文訓晁刻古文尚書			出土資料文字	傳抄著錄文字	說文字形
貉·貊									貉	貊爲貉字異體聲符更替			集韻貉或作貊	
貉·貊								貊		偏旁訛誤	S799			
易		魏三體					易1	易易2	2與昜訛混			中山王鼎		
易												中山王壺 信陽1.1 郭店.尊德6 郭店.語叢1.36	四5.17古老子	
象							爲5 爲6	爲2 爲 爲3 爲4 爲6 爲7	爲爲1 爲6			前3.31.3 師湯父鼎 睡虎地52.17 精白鏡		
象							象1 象4	象1 象 象2 象3						

今本尚書文字	出土文獻尚書		傳抄著錄古尚書文字				隸古定尚書			構形異同說明	備　註	參　證		
	戰國楚簡	石經	汗簡	古文四聲韻	訂正六書通	說文所引	敦煌等古寫本	日本唐寫本	書古文訓晁刻古文尚書			出土資料文字	傳抄著錄文字	說文字形
豫			汗4.59	四4.10		悆下周書曰有疾不悆	悆1	悆1	悆1	假豫爲悆	金縢王有疾弗豫段注：許所據者壁中古文	季悆鼎 鄭虢仲悆鼎 曹公媵孟姬悆母盤		
								1 2		借裕爲豫	內野本康誥無康好逸豫	魏三體君奭裕		
										借預爲豫	上圖本（影）洪範曰豫恆燠若			
卷10														
馬		魏三體										宅簋 盂鼎 吳方彝 鄂君啓舟節 蚉壺		古 籀
騭							2	1		2步省訛作山				
駱			又佗 汗4.54								今本無駱字.注云尚書當是史書之誤			
驁			傲.汗4.54	四4.30							今本無驁字.爲傲之假借			
駿								駿 駿				駿 徐氏紀產碑		

今本尚書文字	出土文獻尚書		傳抄著錄古尚書文字				隸古定尚書			構形異同說明	備註	參證		
	戰國楚簡	石經	汗簡	古文四聲韻	訂正六書通	說文所引	敦煌等古寫本	日本唐寫本	書古文訓晁刻古文尚書			出土資料文字	傳抄著錄文字	說文字形
驕								憍 憍2 撟3 憍	憍1	說文無憍偏旁訛混：忄字十			集韻憍通作驕	
驩			汗2.18	四1.38			鴅2		鴅1 鴅2 鴅3	2.3 形偏旁訛誤				
								鳴		偏旁訛誤				
								驩1 驩2						
篤		篤 漢石經					篤1			偏旁訛混竹⺾	漢石經洛誥越御事篤前人成烈			
							竺1	竺1 竺2	竺1	爲篤厚本字				竺
								厚		同義字	上圖本（八）盤庚下朕及篤敬恭承民命			厚
馳									馳	从古文馬			汗4.54石經 四5.4石經	
縶			汗4.54	四5.22							今本無馽或縶字．注云尚書當是史書之誤			馽或縶
驛								驛		圛之假借字				
								圛1 圛2	圛1					

今本尚書文字	出土文獻尚書		傳抄著錄古尚書文字				隸古定尚書			構形異同說明	備　註	參　證		
	戰國楚簡	石經	汗簡	古文四聲韻	訂正六書通	說文所引	敦煌等古寫本	日本唐寫本	書古文訓晁刻古文尚書			出土資料文字	傳抄著錄文字	說文字形
	上博1緇衣14		汗2.26						金 金1		呂刑惟作五虐之刑曰法		汗1.8 四5.29樊先生碑	古
灋・法	魏石經							灋1	灋 灋1			盂鼎 克鼎 師寰簋 中山王壺 郭店.老子甲31 包山18 郭店緇衣27		篆
										說文篆文灋省去				
鹿							1	2		2 與庶作訛混	S799上圖本(影)	武威簡.泰射36 禮器碑 漢石經.春秋.僖21		

今本尚書文字	出土文獻尚書		傳抄著錄古尚書文字				隸古定尚書			構形異同說明	備註	參證		
	戰國楚簡	石經	汗簡	古文四聲韻	訂正六書通	說文所引	敦煌等古寫本	日本唐寫本	書古文訓晁刻古文尚書			出土資料文字	傳抄著錄文字	說文字形
麗		麗 魏三體					麗1	麗1 麗2 麗 麗3 麗4 麗5				麗 元年師旋簋 麗 取膚匜 麗 隨縣193 麗 陶彙5.193 麗 張遷碑 麗 張納功德敘		
									丽丽1			丽 陳麗子戈		籀 丽
									丽2			丽 陳麗子戈		古 丽
									丽3					繫傳古 丽
逸		逸 魏三體											集韻逸古作[illegible] 類篇逸古作[illegible]	
							逸2	逸 逸 逸 逸1 逸3						
								佾1 佾2	佾1	逸佾音同通用	酒誥爾乃自介用逸			佾

今本尚書文字	出土文獻尚書		傳抄著錄古尚書文字				隸古定尚書			構形異同說明	備註	參證		
	戰國楚簡	石經	汗簡	古文四聲韻	訂正六書通	說文所引	敦煌等古寫本	日本唐寫本	書古文訓晁刻古文尚書			出土資料文字	傳抄著錄文字	說文字形
逸								佾2 佾3	佾晁 佾1				集韻佾古作佾	
								佾2 佾3 佾4	佾1	23 偏旁訛混月日 4 訛與脩混同				
		劮 隸釋								逸劮音同通用	無逸乃逸乃諺.則其無淫于觀于逸于遊于田隸釋錄漢石經作乃劮乃憲.毋劮于遊田		集韻逸古作䢊.通作劮	
								佾 佾		訛誤字	足利本.爾上圖本（影）乃惟逸惟頗多方			
犬								大		與大訛混	內野本.上圖本（影）			
猗								猗 猗	倚	假借字	內野本.古梓堂本			
默							默			偏旁訛混犬大	P2516			
									嘿	假借字				
獒								敖	敖	古文尚書省作敖	島田本			
								獒		偏旁訛混犬火	上圖本（八）			
猛							猛1	猛2		1 部件隸變省訛：子口	P2533 九條本			
戾		魏三體								假立犬爲戾	多士予亦念天即于殷大戾	後2.42.8		

今本尚書文字	出土文獻尚書		傳抄著錄古尚書文字				隸古定尚書			構形異同說明	備註	參證		
	戰國楚簡	石經	汗簡	古文四聲韻	訂正六書通	說文所引	敦煌等古寫本	日本唐寫本	書古文訓晁刻古文尚書			出土資料文字	傳抄著錄文字	說文字形
戾													玉篇集韻戾古作雇犬	
							3	1 2 3						
獨								1 2		俗字				
獲		 魏三體								偏旁犭訛變．蒦省又	微子乃罔恆獲	 秦代印風 86 偏旁犭： 璽彙 0289 璽彙 1013		篆 
							1 2	1 3						
										與下文戾相涉而誤作其古文	內野本．足利本．上圖本（影）湯誥茲朕未知獲戾于上下		玉篇．集韻戾古作雇犬	
獻							1 3 4	1 2		偏旁訛混 2 鬳庯 3 犬犮		滿城漢墓銅甗銘 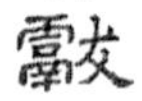 張公神碑  李翊碑		

今本尚書文字	出土文獻尚書		傳抄著錄古尚書文字				隸古定尚書			構形異同說明	備　註	參　證		
	戰國楚簡	石經	汗簡	古文四聲韻	訂正六書通	說文所引	敦煌等古寫本	日本唐寫本	書古文訓晁刻古文尚書			出土資料文字	傳抄著錄文字	說文字形
獻												武威簡.有司8 武威簡.有司52 流沙簡.屯戍18.4		
狂		魏三體	汗4.55書經	四2.16						偏旁訛混犬火	魏三體多方惟聖罔念作狂	璽彙0829 璽彙0827		
											微子.多方	天星觀 包山22 郭店.語叢2.3		古
												後1.14.8 璽彙0829 璽彙0827		篆
類			汗2.20	四4.5		𦇢下 虞書曰𦇢類于上帝	2	1 2 3 4 5	1	爲禷祭字之假借隸訛	5神田本 許：舜典肆類于上帝			篆
										偏旁訛變	天理本			

今本尚書文字	出土文獻尚書		傳抄著錄古尚書文字				隸古定尚書			構形異同說明	備註	參證		
	戰國楚簡	石經	汗簡	古文四聲韻	訂正六書通	說文所引	敦煌等古寫本	日本唐寫本	書古文訓晁刻古文尚書			出土資料文字	傳抄著錄文字	說文字形
狐							[illegible]	[illegible]			P3169 九條本．內野本．上圖本(影)			
能		[illegible] 魏三體 [illegible] 魏三體(隸) 能能 隸釋						能 能1 能2 能3 能4 能5 能能6				[illegible] 能匋尊 [illegible] 能匋尊 [illegible] 哀成弔鼎 [illegible] 中山王鼎		
							耐		耐		P3315			
									耏					
								[illegible]						
罷							[illegible]5 古		[illegible]1 [illegible]2 [illegible]3 [illegible]4	3 訛加卜	P3315		[illegible] 四1.15 說文	古 [illegible]
然				[illegible] 四 2.4										
烈							劉1		劉 劉1 [illegible]2	假借字	P3315	[illegible] 夏承碑 [illegible] 楊叔恭殘碑		列 [illegible]
								列		假借字	足利本微子之命“以蕃王室弘乃烈祖”			
								[illegible]1	[illegible] [illegible]1 [illegible]2					篆 [illegible]
炪						商書曰予亦炪謀				炪爲拙之假借字	盤庚上予亦拙謀			

今本尚書文字	出土文獻尚書		傳抄著錄古尚書文字				隸古定尚書			構形異同說明	備　註	參　證		
	戰國楚簡	石經	汗簡	古文四聲韻	訂正六書通	說文所引	敦煌等古寫本	日本唐寫本	書古文訓晁刻古文尚書			出土資料文字	傳抄著錄文字	說文字形
灼			汗 4.55 書經	四 5.23		焯下周書曰焯見三有俊心	焯	焯	焯		立政灼見三有俊心	偏旁卓：粹 1160 蔡姞簋 善夫山鼎		焯
尞・燎							尞1		尞2	尞燎古今字 2偏旁隸變：火-灬小		魏元丕碑		篆
烖・災			汗 4.55 書經	四 1.30			古				P3315	後 2.8.18		古
			汗 4.55 書經	四 1.30					烖	聲符更替				篆
								灾		會意字		乙 959		或灾
							1	1 2	1	之訛變			集韻烖（災）或作𤆎火字古作𤆎	
							1	2		偏旁訛混火大				籀災
焯						周書曰焯見三有俊心					立政灼見三有俊心			

今本尚書文字	出土文獻尚書		傳抄著錄古尚書文字				隸古定尚書			構形異同說明	備註	參證		
	戰國楚簡	石經	汗簡	古文四聲韻	訂正六書通	說文所引	敦煌等古寫本	日本唐寫本	書古文訓晁刻古文尚書			出土資料文字	傳抄著錄文字	說文字形
光			[illegible] 汗 4.55 書經	[illegible] 四 2.17					炗1 炗2 [illegible]3			[illegible] 明藏 258 [illegible] 甲 391 [illegible] 啓尊 [illegible] 召尊 [illegible] 虢季子白盤 [illegible] 攻敔王光戈		古 [illegible]
								[illegible]						篆 [illegible]
		橫 漢石經								尙書古文作光．今文作橫皆桄之假借	益稷帝光天之下			
燠				奥 四 5.5						奧燠古今字				
				[illegible] [illegible] 墺 四 5.5						借墺爲燠 義符更替				
			[illegible] 汗 4.55 書經	[illegible] [illegible] 四 5.5 [illegible] 四 5.5					[illegible]	偏旁奧訛變				
								[illegible]		[illegible] 形訛變	內野本			
熙			[illegible] 汗 4.55 書經	[illegible] 四 1.21				[illegible]1 [illegible]2 [illegible]3						

今本尚書文字	出土文獻尚書		傳抄著錄古尚書文字				隸古定尚書			構形異同說明	備　註	參　證		
	戰國楚簡	石經	汗簡	古文四聲韻	訂正六書通	說文所引	敦煌等古寫本	日本唐寫本	書古文訓晁刻古文尚書			出土資料文字	傳抄著錄文字	說文字形
熙							1	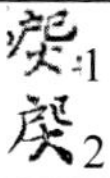1 2	1	偏旁古文巸				
			 戺 汗 5.65	 四 1.21						巸(戺)熙古今字		 齊侯敦  夆弔匜  郐王子鐘  高奴權		
										巸字古文				
炎										訛誤字	胤征火炎崐岡			赤古
錟								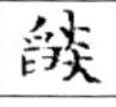			P2748			
黨									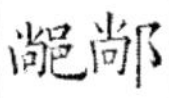	假借字		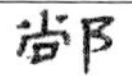 婁壽碑 鄉△州鄰	玉篇郶今作黨	
黥								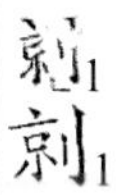1 1		剠黥義符更替形聲字	內野本	偏旁京： 華山廟碑  孔霝碑	集韻黥或作剠	
										會意字				或
赤			 汗 6.73	 四 5.17										古
大	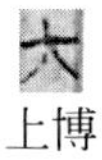 上博1緇衣19  郭店緇衣37	 魏二體  魏三體										 甲2015  大禾方鼎  大保鼎  頌鼎		

今本尚書文字	出土文獻尚書		傳抄著錄古尚書文字				隸古定尚書			構形異同說明	備　註	參　證		
	戰國楚簡	石經	汗簡	古文四聲韻	訂正六書通	說文所引	敦煌等古寫本	日本唐寫本	書古文訓晁刻古文尚書			出土資料文字	傳抄著錄文字	說文字形
大								太	太	假借字	上圖本（八）泰誓上大會于孟津說命上若歲大旱			
夾			 汗 4.56	 四 5.20								 河 669  盂鼎		
										省變				
奄			 汗 3.39	 四 3.29						借弇古文字爲奄．弇奄音近義通		 隨縣 60  望山 2.38  郭店.成之 16  中山王鼎		弇古
								弇	弇	借弇爲奄	立政奄甸萬姓			弇
								奄		訛誤字				
契			 汗 6.78	 四 5.13			1	3  4 5 6	2					
			 汗 6.78	 四 5.13						說文卨字古文				

今本尚書文字	出土文獻尚書		傳抄著錄古尚書文字				隸古定尚書			構形異同說明	備註	參證		
	戰國楚簡	石經	汗簡	古文四聲韻	訂正六書通	說文所引	敦煌等古寫本	日本唐寫本	書古文訓晁刻古文尚書			出土資料文字	傳抄著錄文字	說文字形
夷		魏三體	汗3.43	四1.17				2 3	1	3 訛誤字與說文仁字古文𡰥同	魏三體立政夷微盧烝三亳阪尹	仁： 前2.19.1 中山王鼎 包山180		
		漢石經						1 2 3 4						
								1 2		古文夷作𡰥與尼作形近混同		尼： 衡方碑		
亦	上博1緇衣6 郭店緇衣10	魏三體					1 2	1 2				毛公旅鼎 效卣 華山廟碑 郙閣頌		
											上圖本（影）湯誥乃亦有終．上圖本（八）召誥亦敢殄戮用乂			亣（其）

今本尚書文字	出土文獻尚書		傳抄著錄古尚書文字				隸古定尚書			構形異同說明	備註	參證		
	戰國楚簡	石經	汗簡	古文四聲韻	訂正六書通	說文所引	敦煌等古寫本	日本唐寫本	書古文訓晁刻古文尚書			出土資料文字	傳抄著錄文字	說文字形
天		魏三體										後 2.4.13 璽彙 0911 璽彙 3774 楚帛書		篆
							1 3	2 3 4				漢帛老子甲後 346 夏承碑 石門頌		
喬			簥 汗 2.21	四 2.8	六 98				簥	增義符竹				
											岩崎本			
奔		魏三體								止訛作屮		盂鼎 井侯簋 克鼎 中山王鼎		篆
										會意之異體		包山 6 天星觀.策		

今本尚書文字	出土文獻尚書		傳抄著錄古尚書文字				隸古定尚書			構形異同說明	備　註	參　證		
	戰國楚簡	石經	汗簡	古文四聲韻	訂正六書通	說文所引	敦煌等古寫本	日本唐寫本	書古文訓晁刻古文尚書			出土資料文字	傳抄著錄文字	說文字形
壺							4	2 3	1		P3615	乙 2924 佳壺爵 史懋壺 睡虎地 10.13 武威簡.泰射 4		篆
懿										訛誤字	P2748			
圉										聲符更替				
奏			汗 1.14	四 4.39			4 古		1 2 3		P3315			古
			汗 1.13	四 4.39										古
			汗 1.13	四 4.39			1 又	2 3 4						篆
皋		漢石經	汗 4.58	四 2.8	六 101			1						篆
						謨下虞書曰咎繇謨	1 2	4	1 3	段注：此蓋壁中尚書古文如此作	皋陶謨			
畀						周書曰伯畀					書序曰穆王命伯冏爲太僕正作冏命			
奚										偏旁訛變：大女	上圖本（影）			

今本尚書文字	出土文獻尚書		傳抄著錄古尚書文字				隸古定尚書			構形異同說明	備註	參證		
	戰國楚簡	石經	汗簡	古文四聲韻	訂正六書通	說文所引	敦煌等古寫本	日本唐寫本	書古文訓晁刻古文尚書			出土資料文字	傳抄著錄文字	說文字形
夫								人		同義字	內野本．上圖本（八）君陳無求備于一夫			
規							規2	規 規1		偏旁隸變：夫矢失	P5557	規 漢帛老子甲20 規 孫子50		
端								耑		假借字				
並								竝	竝		內野本．足利本．上圖本（影）．上圖本（八）			篆 竝
替		暜 魏三體篆								假暜爲僭 今本作替爲暜之誤 暜篆暜與替或作朁訛混	大誥不敢替上帝命			暜篆 暜
		魏三體									大誥不敢替上帝命		朁 汗2.23古尚書僭	僭
							替1	替1 替2				替 帝堯碑 替 楊震碑		或替
思							恖2	恖2 恖3 恖4 恖5 恖6	恖1					篆 恖
								臭						
								恩		訛誤字				

今本尚書文字	出土文獻尚書		傳抄著錄古尚書文字				隸古定尚書			構形異同說明	備註	參證		
	戰國楚簡	石經	汗簡	古文四聲韻	訂正六書通	說文所引	敦煌等古寫本	日本唐寫本	書古文訓晁刻古文尚書			出土資料文字	傳抄著錄文字	說文字形
性										偏旁訛混忄十	內野本			
										假借字	內野本.上圖本（八）旅獒犬馬非其土性不畜			
志														篆
								志		偏旁隸變之土				
悆·恪			汗 4.59							聲符更替：悆恪	・說文無恪	古璽.字表 10.18 漢印徵	一切經音義恪古文悆	
										之訛誤 偏旁訛誤：各文				
											微子之命恪慎克孝	孔羨碑		悆篆
應											足利本.上圖本（影）			
慎		魏三體	汗 3.34	四 4.18			1 4	1 2 3	1 5	2.3.4.5上形隸訛		邾公華鐘 郭店.語叢 1.46		古
					六 281					偏旁訛誤 - 日口				
										偏旁訛誤 - 日目				

今本尚書文字	出土文獻尚書		傳抄著錄古尚書文字				隸古定尚書			構形異同說明	備註	參證		
	戰國楚簡	石經	汗簡	古文四聲韻	訂正六書通	說文所引	敦煌等古寫本	日本唐寫本	書古文訓晁刻古文尚書			出土資料文字	傳抄著錄文字	說文字形
慎								睿		形訛增偏旁宀	內野本．上圖本（八）“康誥克明德慎罰”			
								1 2		1 偏旁訛省. 2 偏旁訛省而誤.	上圖本（影）			
忠								仲		假仲爲忠	上圖本（八）仲虺之誥顯忠遂良			
念		魏三體 念 隸釋	汗 4.59	四 4.40 古孝經古尚書			念 高昌本	念	念1 忘2			段簋 者沪鐘 蔡侯殘鐘		
			汗 4.59						忘1 忘2					篆
憲							憲2 憲3	憲2 憲3	憲	隸變混用宀冖		憲 孔龢碑 憲 孔龢碑 憲 夏承碑		
惇			汗 4.59				惇3 惇4 惇5		惇1 惇2	篆文隸古定訛變				篆
							惇1	惇1 惇2	惇1	偏旁訛混忄十		惇 孔彪碑		
								敦			上圖本（八）洛誥“惇宗將禮稱秩元祀”			

今本尚書文字	出土文獻尚書		傳抄著錄古尚書文字				隸古定尚書			構形異同說明	備　註	參　證		
	戰國楚簡	石經	汗簡	古文四聲韻	訂正六書通	說文所引	敦煌等古寫本	日本唐寫本	書古文訓晁刻古文尚書			出土資料文字	傳抄著錄文字	說文字形
愿		[illegible] 魏品式							原1	1 假原爲愿	魏品式皋陶謨愿而恭			
恭							恭1 恭3	恭1 恭2 恭3						
		[illegible] 魏三體（古） [illegible] 魏三體（篆）					龔2 龔3	龔 龔1 龔4	龔1		魏三體．三體皆作龔	[illegible] 拾 6.4 [illegible] 五祀衛鼎 [illegible] 克鼎 [illegible] 曼龔父盨 [illegible] 邾公華鐘 [illegible] 秦公簋 [illegible] 陳侯因資錞		龔
		共 隸釋					共				無逸即康功田功徽柔懿恭．隸釋漢石經 P3767 .P2748			共
								龔						

今本尚書文字	出土文獻尚書		傳抄著錄古尚書文字				隸古定尚書			構形異同說明	備註	參證		
	戰國楚簡	石經	汗簡	古文四聲韻	訂正六書通	說文所引	敦煌等古寫本	日本唐寫本	書古文訓晁刻古文尚書			出土資料文字	傳抄著錄文字	說文字形
慶	上博1緇衣8 郭店緇衣13		汗4.59	四4.35					1 2 3 4			秦公簋 伯其父 五祀衛鼎 弔慶父鬲 璽彙2557 包山136 璽彙3071		
								慶			上圖本（影）			
忱		魏三體篆隸					忼1	忱2 忱3 忱4 忱5		2 偏旁訛混：忄十	君奭天命不易天難諶			
惟	上博1緇衣3 郭店緇衣10	魏三體												
		魏三體大誥 魏三體康誥						推1 推2 惟4	惟3					
								唯						
		維 隸釋												

今本尚書文字	出土文獻尚書		傳抄著錄古尚書文字				隸古定尚書			構形異同說明	備　註	參　證		
	戰國楚簡	石經	汗簡	古文四聲韻	訂正六書通	說文所引	敦煌等古寫本	日本唐寫本	書古文訓晁刻古文尚書			出土資料文字	傳抄著錄文字	說文字形
懷			[illegible] 汗 3.44	[illegible] 四 1.29			褱褱2 褱3	褱3 褱4 褱5	褱1	褱懷古今字				
							褱1	褱1 褱2 褱3		褱俗寫訛省		[illegible] 西陲簡 51.11 [illegible] 漢印徵		
								[illegible]		褱訛作襄	九條本文侯之命"肆先祖懷在位"			
		懷 隸釋					懷1	懷2 懷3 懷4 懷5		偏旁褱俗寫訛省				
懼			[illegible] 汗 4.59	[illegible] 四 4.10				愳3	愳1 愳2			[illegible] 中山王鼎 [illegible] 璽彙 3413 [illegible] 璽彙 2813 [illegible] 陶彙 3.234 [illegible] 玉印 26	集韻懼古作愳愳	古[illegible]
								懼1 懼2 懼3		1 偏旁訛混：忄十				

今本尚書文字	出土文獻尚書		傳抄著錄古尚書文字				隸古定尚書			構形異同說明	備註	參證		
	戰國楚簡	石經	汗簡	古文四聲韻	訂正六書通	說文所引	敦煌等古寫本	日本唐寫本	書古文訓晁刻古文尚書			出土資料文字	傳抄著錄文字	說文字形
悟			汗 4.59	四 4.11					[illegible]1			偏旁吾：幺兒鐘 璽彙3083 中山王鼎 璽彙3193		古
								悟		偏旁訛混忄十				
慰								慰1 慰2						
								尉		以尉爲慰	岩崎本			
懋							楙 楙2	楙1 楙2 楙3 楙4 楙5	楙1	楙茂懋古相通用 .45 木訛作扌寸				楙
						虞書曰時惟懋哉		懋1 懋2 懋3 懋4 懋5			今本堯典作惟時懋哉			
		勖 隸釋									盤庚下“無戲怠懋建大命”“予其懋簡相爾”			勖
		漢石經								懋茂通用	康誥“惟民其敕懋和”			

今本尚書文字	出土文獻尚書		傳抄著錄古尚書文字				隸古定尚書			構形異同說明	備　註	參　證		
	戰國楚簡	石經	汗簡	古文四聲韻	訂正六書通	說文所引	敦煌等古寫本	日本唐寫本	書古文訓晁刻古文尚書			出土資料文字	傳抄著錄文字	說文字形
慆								慆1 搯2		2 偏旁訛混：忄十				
恤		魏三體						卹2	卹1	2 偏旁訛混卩刀	魏三體君奭罔不秉德明恤	追簋 邾公華鐘 曹卹父鼎	汗4.49 卹.見石經	
							𨚔2	邱2 郵3	卹1	3 偏旁訛混：血面		睡虎地53.26 耿勳碑		
儉		散 隸釋								同義字	漢石經盤庚上相時儉民			散
			儉.汗4.59	四2.27	六159	𢝓下詩曰相時𢝓民	𢝓3	思1 𢝓3 思4 悳5	𢝓1 𢝓2	汗誤注儉 儉 𢝓 聲符更替 345 偏旁冊訛誤	盤庚上相時儉民．說文引詩乃商書之誤	偏旁冊：般甗 頌鼎 師虎簋 師酉簋	韻會十四儉下:古𢝓	𢝓 篆
								儉1 儉2 撿3 撿4		34 偏旁訛混：忄十				
						譣下周書曰勿以譣人				儉之假借字	立政其勿以儉人			
忒								戓		偏旁訛混弋戈	島田本			

今本尚書文字	出土文獻尚書		傳抄著錄古尚書文字				隸古定尚書			構形異同說明	備註	參證		
	戰國楚簡	石經	汗簡	古文四聲韻	訂正六書通	說文所引	敦煌等古寫本	日本唐寫本	書古文訓晁刻古文尚書			出土資料文字	傳抄著錄文字	說文字形
#懱						商書曰以相陵懱					今商書無此文			
怪								恠 恠		聲符替換				篆 [glyph]
慢								慢1 慢2 慢3		3 偏旁訛混：忄十				
							嫚2	嫚2	嫚1	假嫚爲慢	S801 大禹謨侮慢自賢.上圖本(元)咸有一德慢神虐民			
嫷·惰				[glyph] 四 3.21	[glyph] 六 217									古 [glyph]
							惰 P3605							或 惰
									㥲	聲符更替			集韻嫷或省作惰古作媠 㥲	
								焴		偏旁訛混忄火偏旁省變				
忽		[glyph] 魏品式(隸)						曶1	㫚2	假借字	魏品式內野本.益稷在治忽書古文訓.周官怠忽荒政	[glyph] 克鐘		曶 篆 [glyph]
									曶	假借字	書古文訓益稷在治忽	[glyph] 曶尊 [glyph] 師害簋		籀 [glyph]
		[glyph] 漢石經								假借字	益稷在治忽			

<table>
<tr><td rowspan="2">今本尚書文字</td><td colspan="2">出土文獻尚書</td><td colspan="4">傳抄著錄古尚書文字</td><td colspan="3">隸古定尚書</td><td rowspan="2">構形異同說明</td><td rowspan="2">備　註</td><td colspan="3">參　證</td></tr>
<tr><td>戰國楚簡</td><td>石經</td><td>汗簡</td><td>古文四聲韻</td><td>訂正六書通</td><td>說文所引</td><td>敦煌等古寫本</td><td>日本唐寫本</td><td>書古文訓晁刻古文尚書</td><td>出土資料文字</td><td>傳抄著錄文字</td><td>說文字形</td></tr>
<tr><td rowspan="3">愆</td><td></td><td>魏三體隸</td><td>汗1.12</td><td>四2.6</td><td></td><td></td><td>4</td><td>1 2 3 4 5</td><td>1</td><td>45 訛變</td><td>魏三體無逸厥愆曰</td><td>侯馬 侯馬</td><td></td><td>籀</td></tr>
<tr><td></td><td></td><td></td><td></td><td></td><td></td><td></td><td></td><td></td><td>籀文愆省口</td><td>S799 P2748</td><td></td><td></td><td></td></tr>
<tr><td></td><td>隸釋</td><td></td><td></td><td></td><td></td><td>3</td><td>1 2</td><td></td><td></td><td>S5745</td><td></td><td></td><td>篆</td></tr>
<tr><td rowspan="3">忌</td><td></td><td></td><td>汗1.12</td><td></td><td></td><td>諅下周書曰爾尚不諅于凶德</td><td>2</td><td>3</td><td>1</td><td>忌諅音義皆通同．偏旁言心相通．己其音近</td><td>S2074. 九條本多方爾尚不忌于凶德</td><td>子諅盆</td><td></td><td></td></tr>
<tr><td></td><td></td><td></td><td></td><td></td><td>周書曰來就惎惎</td><td>1 2</td><td>2 3</td><td>1</td><td>惎忌音同義相近　惎　聲符更替</td><td>說文所引爲秦誓未就予忌</td><td>璽彙5289 郭店.忠信1 陶彙3.274 郭店.語叢4.13</td><td>玉篇古惎</td><td>惎</td></tr>
<tr><td></td><td></td><td></td><td></td><td></td><td></td><td></td><td></td><td></td><td>偏旁訛混己巳</td><td></td><td></td><td></td><td></td></tr>
<tr><td rowspan="2">怨</td><td></td><td>魏三體</td><td>汗3.40</td><td>四4.19</td><td></td><td></td><td></td><td></td><td>1 2 3 4</td><td></td><td>無逸魏三體</td><td></td><td></td><td>古</td></tr>
<tr><td>上博緇衣6</td><td></td><td></td><td></td><td></td><td></td><td></td><td></td><td></td><td>借夗爲怨</td><td>上博緇衣君牙小民亦惟曰怨咨</td><td></td><td></td><td></td></tr>
</table>

今本尚書文字	出土文獻尚書		傳抄著錄古尚書文字				隸古定尚書			構形異同說明	備註	參證		
	戰國楚簡	石經	汗簡	古文四聲韻	訂正六書通	說文所引	敦煌等古寫本	日本唐寫本	書古文訓晁刻古文尚書			出土資料文字	傳抄著錄文字	說文字形
怨	[illegible] 郭店緇衣10									假悁爲怨				
		[illegible] 隸釋					[illegible]1 [illegible]3 [illegible]4 [illegible]5	[illegible]1 [illegible]2 [illegible]3 [illegible]4						
怒		[illegible] 魏三體					[illegible]	[illegible]	[illegible]	[illegible]爲怒字古文.說文誤入恕字	魏三體無逸不啻不敢含怒	[illegible] 蚉壺 [illegible] 郭店.性自2 [illegible] 郭店.老子甲34	[illegible] 四4.11 籀韻怒集韻怒古作悠忞	恕古[illegible]
			[illegible]恕 汗4.59	[illegible]恕 四4.10					悠	从奴古文[illegible].聲符更替 汗.四誤注恕字				
		怨 隸釋								怨.義近字	盤庚中自怒曷瘳			
愍						周書曰凡民罔不愍		[illegible]2 [illegible]3	[illegible]1	3 訛誤字	康誥凡民自得罪寇攘姦宄殺越人于貨暋不畏死罔弗愍			篆[illegible]

今本尚書文字	出土文獻尚書		傳抄著錄古尚書文字				隸古定尚書			構形異同說明	備　註	參　證		
	戰國楚簡	石經	汗簡	古文四聲韻	訂正六書通	說文所引	敦煌等古寫本	日本唐寫本	書古文訓晁刻古文尚書			出土資料文字	傳抄著錄文字	說文字形
惡		[illegible] 漢石經					[illegible]1				漢石經康誥時乃引惡 P2643	[illegible] 睡虎地 13.65 [illegible] 漢帛老子甲 13 [illegible] 武威簡.少牢 20 [illegible] 孫子 96		篆[illegible]
							悪1	悪1 [illegible]2		俗字			干祿字書悪惡上俗下正	
								[illegible]			岩崎本	[illegible] 居延簡乙 16.11 [illegible] 徐美人墓志 [illegible] 武威簡.服傳 59		
									亞	假亞爲惡音同義類通				
									弫	亞訛誤與弗作弫混	泰誓下除惡務本			
悔							[illegible]	[illegible]	[illegible]	移心於下	P2533	[illegible] 侯馬	[illegible] 汗 4.59 [illegible] 四 4.17 王庶子碑 [illegible] 四 4.17 古文	

今本尚書文字	出土文獻尚書		傳抄著錄古尚書文字				隸古定尚書			構形異同說明	備註	參證		
	戰國楚簡	石經	汗簡	古文四聲韻	訂正六書通	說文所引	敦煌等古寫本	日本唐寫本	書古文訓晁刻古文尚書			出土資料文字	傳抄著錄文字	說文字形
悔						𠧪下商書曰曰貞曰𠧪				今本作悔𠧪字之假借	洪範曰貞曰悔		集韻𠧪下引書同.通作悔今本作悔	
恫								恫	侗	假侗爲恫				
慽・慼患恐惕甚恥忝慙懲新附怩							慼1	慼慼1 慼慼2 慼3		移心於下				
						𥫅下商書曰率𥫅眾戚	戚1	戚2 慼 慼5	慽3 慽4	25 戚之訛變 34 戚之隸訛 戚爲慽（慼）之假借	盤庚上率𥫅眾𡿪慼 說文有慽無慼	慽 楊統碑		
		高 隸釋								爲古文戚之假借	盤庚中保后胥慼鮮 漢石經保后胥高鮮	[illegible] 魏三體文公戚	[illegible] 汗1.9 [illegible] 四5.16古孝經 [illegible] 四5.16義雲章戚	
									[illegible]					古[illegible]
							𢖶	𢖶	𢖶		P2643	[illegible] 中山王鼎 [illegible] 九店.621.13		古[illegible]

今本尚書文字	出土文獻尚書：戰國楚簡	出土文獻尚書：石經	傳抄著錄古尚書文字：汗簡	傳抄著錄古尚書文字：古文四聲韻	傳抄著錄古尚書文字：訂正六書通	傳抄著錄古尚書文字：說文所引	隸古定尚書：敦煌等古寫本	隸古定尚書：日本唐寫本	隸古定尚書：書古文訓晁刻古文尚書	構形異同說明	備　註	參證：出土資料文字	參證：傳抄著錄文字	參證：說文字形
惐・感患恐惕惎恥忝慙懲新附怩							恐3	恐1 恐2				睡虎地15.105 漢帛老子甲6 孫臏284 相馬經24下 孔龢碑		
			汗4.59	四5.16				2	1	移心於下		趙孟壺		或
										偏旁混同：易易	內野本.上圖本（元）			
						周書曰來就惎惎				惎忌音同義相近	泰誓未就予忌也.			
							恥	恥		少一點		尹宙碑	干祿字書恥恥:上俗下正	
								耻1 2 3		心止隸變形混.聲符更替23偏旁訛混 止-正山		譙敏碑		
									忝1 忝2	1 从天隸古定				篆
								忝1 忝2		2 偏旁訛變：（心）水		流沙簡.簡牘5.23		

今本尚書文字	出土文獻尚書		傳抄著錄古尚書文字				隸古定尚書			構形異同說明	備　註	參　　證		
	戰國楚簡	石經	汗簡	古文四聲韻	訂正六書通	說文所引	敦煌等古寫本	日本唐寫本	書古文訓晁刻古文尚書			出土資料文字	傳抄著錄文字	說文字形
摵・慼患恐惕惎恥忝慙懲新附怩									塹	假塹爲慙				
									⿱數心	聲符更替：徵數				
			汗4.59	四1.18					𡰥1	移心於下			集韻怩古書作𡰥	
								怩1 怩2		部件俗寫匕-工二		尼：尼 魯峻碑 尼 衡方碑		
新附懌								懌2 懌3 懌4 忺5	懌1	3 偏旁訛混：忄十 5俗字				
								斁	斁	音義近同假借字				
								斁		斁之訛誤偏旁訛混攵欠				
							澤 和闐本			假借字	和闐本太甲上惟朕以懌萬世有辭			
・慝							慝1	慝2		偏旁訛混匚厂	S801			說文無慝
								忒2	忒1					
・懍			㐭廩 汗4.51	㐭廩 四3.28						借廩爲懍	尚書無廩字. 汗.四此形應注爲懍		㐭 四3.28籀韻	說文無懍

今本尚書文字	出土文獻尚書		傳抄著錄古尚書文字				隸古定尚書			構形異同說明	備　註	參　證		
	戰國楚簡	石經	汗簡	古文四聲韻	訂正六書通	說文所引	敦煌等古寫本	日本唐寫本	書古文訓晁刻古文尚書			出土資料文字	傳抄著錄文字	說文字形
·懷							[glyph]4	[glyph]3	[glyph]1 [glyph]2	假借字借廩爲懷 3 義符更替：禾米 4 偏旁訛混禾木		[glyph] 璽彙0319 [glyph] 陶彙3.829 [glyph] 璽彙0327 [glyph] 璽彙0313	[glyph] 四3.28石經廩	亩或廩
								[glyph]		偏旁訛混禾示	內野本五子之歌懷乎若朽索之馭六馬			
								[glyph]		與懷[glyph]混同	上圖本（八）五子之歌懷乎若朽索之馭六馬			
·悅							[glyph]	[glyph]		說悅義符更替				說文無悅
									[glyph]	兌悅古今字				
								[glyph]		偏旁訛變忄辵	足利本、上圖本（影）上圖本（八）太甲中罔有不悅			
								[glyph]		偏旁訛變忄-辵-匚	內野本太甲中罔有不悅			
·懫						𢡺下周書曰有夏氏之民叨𢡺					多方有夏之民叨懫今本無氏字			說文無懫
卷 11														

今本尚書文字	出土文獻尚書		傳抄著錄古尚書文字				隸古定尚書			構形異同說明	備註	參證		
	戰國楚簡	石經	汗簡	古文四聲韻	訂正六書通	說文所引	敦煌等古寫本	日本唐寫本	書古文訓晁刻古文尚書			出土資料文字	傳抄著錄文字	說文字形
河						菏下禹貢浮于淮泗達于菏				古本作荷或菏.今作河爲訛誤字	禹貢浮于淮泗達于河			
								[illegible]		移水於下	岩崎本泰誓中王次于河朔			
								何		偏旁訛：氵亻	九條本			
沱								[illegible]1 [illegible]2				[illegible] 通簋 [illegible] 趙孟壺 [illegible] 璽彙1774 [illegible] 郭店.五行17 沱 睡虎地53.34 沱 漢帛老子甲後185		篆[illegible]
								池					集韻池通作沱繫傳沱今又爲池字	池
								沲1 沲2					玉篇沱俗作沲	沲
溫								緼		假借字	上圖本（八）舜典"溫恭允塞"			

今本尚書文字	出土文獻尚書		傳抄著錄古尚書文字				隸古定尚書			構形異同說明	備　註	參　　證		
	戰國楚簡	石經	汗簡	古文四聲韻	訂正六書通	說文所引	敦煌等古寫本	日本唐寫本	書古文訓晁刻古文尚書			出土資料文字	傳抄著錄文字	說文字形
洮		魏三體（古篆）						洮1						
涇								涇1 涇2						
渭								渭1 渭2		1 偏旁訛混月日 2 右下省略符號=				
漾			瀁.汗5.61	瀁 四4.34					瀁1					古 瀁
漾								漾				曾姬無卹壺 包山13		
漢			汗5.61	四4.21					㵄1					古
漢							漢2	漢 漢1 漢 漢2 漢3				陶彙3.1106 漢 廣漢郡書刀 漢 衡方碑 漢 流沙簡.屯戍9.4 漢 韓仁銘 漢 尹宙碑		篆 漢

今本尚書文字	出土文獻尚書		傳抄著錄古尚書文字				隸古定尚書			構形異同說明	備註	參證		
	戰國楚簡	石經	汗簡	古文四聲韻	訂正六書通	說文所引	敦煌等古寫本	日本唐寫本	書古文訓晁刻古文尚書			出土資料文字	傳抄著錄文字	說文字形
沔			[illegible] 汗 4.48	[illegible] 四 3.18				[illegible]1 [illegible]2		移水於下				
									湎	假借字				湎
漆			[illegible] 汗 4.48	[illegible] 四 5.8			[illegible]2 [illegible]3	[illegible]3 [illegible]4	[illegible]1	桼字之變			玉篇古文漆作[illegible]	
									[illegible]	偏旁訛變[illegible]-彡.[illegible]-刂				
							漆3	漆 漆1 漆2		六朝俗體漆				篆 [illegible]
								涞		涞爲漆俗訛字	九條本.觀智院本	涞 禮器碑 [illegible] 漢印徵		
								[illegible]			九條本	涞 漢石經.春秋.襄 21		
洛			[illegible] 汗 5.61	[illegible] 四 5.24			条 1	[illegible]1 [illegible]2 [illegible]3 [illegible]4	条1					
		雒 隸釋									漢石經多士			
汝		[illegible] 魏品式 [illegible] 魏三體 [illegible] 漢石經 女 隸釋					[illegible]	女	女	女	隸釋盤庚上汝無侮老成人			

今本尚書文字	出土文獻尚書		傳抄著錄古尚書文字				隸古定尚書			構形異同說明	備　註	參　　證		
	戰國楚簡	石經	汗簡	古文四聲韻	訂正六書通	說文所引	敦煌等古寫本	日本唐寫本	書古文訓晁刻古文尚書			出土資料文字	傳抄著錄文字	說文字形
汝		爾 隸釋								爾	隸釋盤庚中今予將試以汝遷.今其有今罔後汝何生在上			
								尒		尒	內野本.上圖本（八）盤庚中汝誕勸憂			
								妤		訛誤字	岩崎本盤庚中非汝有咎比于罰			
澮			汗 2.26	四 4.12						移水於下				
						川下引虞書曰濬く巜距川			巜	巜爲澮之象形異體 說文：巜.水流澮.澮也	益稷濬畎澮距川			
								氵岃		偏旁古文會岃（芇之訛）			氵岃 四 4.12 籀韻 集韻巜古作氵芇氵岃通作澮	
漳									章	假借字				
								障		偏旁訛混氵阝				
沇			汗 5.61	四 3.18				沇 沇1						篆
			沿. 汗 5.61	四 3.18					沿1	假借字				古
								兖1 兖2		兖爲沇之俗字				

今本尚書文字	出土文獻尚書		傳抄著錄古尚書文字				隸古定尚書			構形異同說明	備註	參證		
	戰國楚簡	石經	汗簡	古文四聲韻	訂正六書通	說文所引	敦煌等古寫本	日本唐寫本	書古文訓晁刻古文尚書			出土資料文字	傳抄著錄文字	說文字形
漸						蔪下書曰艸木蔪苞繫傳苞下:尚書草木漸苞			蔪	蔪爲本字	禹貢草木漸包			
深								深						
澧							醴	醴		爲本字	敦煌本P4033.九條本			
								灃		澧字之誤	內野本禹貢又東至于澧			
·灃								灃 灃	灃	灃字之誤訛誤字				說文無灃
								豊		假借字豐之誤	九條本禹貢灃水攸同			
濮							濮3	濮 濮1 濮 濮2		偏旁訛混菐業3部件訛變:亻彳				
菏							荷	荷		假荷爲菏	P3169九條本.內野本.足利本.上圖本(影).上圖本(八)			
洋			[illegible] 汗4.48	[illegible] 四2.13				[illegible]	[illegible]	偏旁氵移於右作彡		[illegible] 濮.璽彙3982 [illegible] 沽.璽彙2354 [illegible] 波.璽彙2485		

今本尚書文字	出土文獻尚書		傳抄著錄古尚書文字				隸古定尚書			構形異同說明	備　註	參　證		
	戰國楚簡	石經	汗簡	古文四聲韻	訂正六書通	說文所引	敦煌等古寫本	日本唐寫本	書古文訓晁刻古文尚書			出土資料文字	傳抄著錄文字	說文字形
濰						夏書曰濰淄其道					禹貢濰淄其道			
							惟		惟	假借字	P3615			
								淮		省糸．假借字	岩崎本			
治		魏二體									禹貢壺口治梁及岐			
									乿乿	借紿字爲治			四4.6古孝經 汗5.70王存乂切韻 四4.6義雲章	
									乨	即魏三體禹貢所从台．假台爲治	說命中惟治亂在庶官			
		始 漢石經								假借字	益稷在治忽以出納五言			
		口人 隸釋								口人 即台字借台爲治	無逸治民祗懼			
濟			汗5.61	四3.12 四4.13				3	1 2 4			印謦室 中山王壺		

今本尚書文字	出土文獻尚書		傳抄著錄古尚書文字				隸古定尚書			構形異同說明	備註	參證		
	戰國楚簡	石經	汗簡	古文四聲韻	訂正六書通	說文所引	敦煌等古寫本	日本唐寫本	書古文訓晁刻古文尚書			出土資料文字	傳抄著錄文字	說文字形
濟			沛.汗5.61	四3.12 四4.13					1 沛2	沛爲濟水本字.汗簡誤注沛.爲沛之誤		魏三體僖公		
								1 2 3						
泥			汗6.73	四1.28 四4.14					屋	義符更替水土			六書統坭同泥	
								1 2						
											P3469		篇韻泥俗作埿	
海			汗5.61	四3.13			1	1	1 2	偏旁位移			四3.13古孝經	
			汗5.61							形體訛變			四3.13汗簡	
										偏旁位移	足利本.上圖本（影）周官"統百官均四海"			
洪					六4									

今本尚書文字	出土文獻尚書		傳抄著錄古尚書文字				隸古定尚書			構形異同說明	備　註	參　證		
	戰國楚簡	石經	汗簡	古文四聲韻	訂正六書通	說文所引	敦煌等古寫本	日本唐寫本	書古文訓晁刻古文尚書			出土資料文字	傳抄著錄文字	說文字形
洪						垔下尚書曰鯀垔洪水			㳞㳞1 㳞2 㳞3 㳞4 㳞5		洪範鯀陻洪水			
		鴻 隸釋							鴻	音義近同借鴻爲洪	洪範鯀陻洪水隸釋錄漢石經作鴻．書古文訓鴻范			
								供		偏旁訛誤	上圖本（影）康誥"周公咸勤乃洪大誥治"			
滔							滔1	滔2						
								陷		偏旁訛混氵阝	上圖本（八）			
汭							内		内	内汭古今字	P3315			
沖							冲1	冲1 沖2	冲1	偏旁訛混氵冫			玉篇冲俗沖字	
浩									灝1 灝2	灝 浩音義近同．聲符更替				
波									嶓	嶓 波皆水名播字之假借				
漂									瀏	聲符繁化			集韻漂或作漂刂	

今本尚書文字	出土文獻尚書		傳抄著錄古尚書文字				隸古定尚書			構形異同說明	備註	參證		
	戰國楚簡	石經	汗簡	古文四聲韻	訂正六書通	說文所引	敦煌等古寫本	日本唐寫本	書古文訓晁刻古文尚書			出土資料文字	傳抄著錄文字	說文字形
浮							1		2	2 偏旁訛變		 公父宅匜  璽彙1006  孔宙碑陰		
淵			 汗5.61	 四2.3			1	1	1			 後1.15.2  郭店.性自62  中山王鼎		古
										俗訛字		 齊宋敬業造像  魏比丘僧智造像 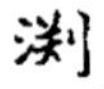 隋唐世榮墓誌	 四2.3崔希裕纂古	
滿							2	1 2 3 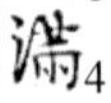4				 居延簡甲19 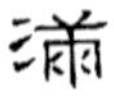 鄭固碑  流沙簡.屯戍5.14  漢石經.春秋成王18		

今本尚書文字	出土文獻尚書		傳抄著錄古尚書文字				隸古定尚書			構形異同說明	備　註	參　證		
	戰國楚簡	石經	汗簡	古文四聲韻	訂正六書通	說文所引	敦煌等古寫本	日本唐寫本	書古文訓晁刻古文尚書	構形異同說明	備　註	出土資料文字	傳抄著錄文字	說文字形
滑							滑		滑	說文無猾．今本作猾衛包所改				
澤		魏三體								[illegible]澤音義近同	多士罔不配天其澤	後 1.9.4 乙 4066 反 𨌲鐘 師酉簋 訇簋	汗 5.61 碧落文	[illegible]
									1 2	說文：睪古文以爲澤字		郭店.語叢 1.87		睪篆
								澤1 澤2 沢3						
淫			汗 3.43	四 2.26					1 2 3	[illegible]淫相通 23 隸訛				㸒篆
		魏三體 漢石經					1 2	1 3 4 5						篆
		淫 隸釋								偏旁訛變㸒巠	漢石經洪範無有淫朋			
泆		魏三體									多士誕淫厥泆			
							2	1	2		P2748			
									3					

今本尚書文字	出土文獻尚書		傳鈔著錄古尚書文字				隸古定尚書			構形異同說明	備　註	參　　證		
	戰國楚簡	石經	汗簡	古文四聲韻	訂正六書通	說文所引	敦煌等古寫本	日本唐寫本	書古文訓晁刻古文尚書			出土資料文字	傳抄著錄文字	說文字形
淺								 [illegible]						
滋			 汗 1.5	 四 1.21				 [illegible]	芓	假芓爲滋	九條本．內野本．足利本．上圖本（影）．上圖本（八）書古文訓君奭天休滋至			
									滋	偏旁玆丝古爲一字		偏旁玆：中山王壺	集韻滋古作滋	
								 [illegible]		假音同義通之玆爲滋	岩崎本泰誓下樹德務滋			
涘						周書曰王出涘					段注：大誓文			
滎								 [illegible]		从火爲本字			玉篇韓勑後碑劉寬碑陰作熒陽	
								 [illegible]		偏旁訛混水木		 居延簡乙 131.18		
濆			汗 5.61								今本尚書無濆字			
渠								 [illegible]		偏旁訛混巨臣				
							 [illegible]			偏旁訛誤氵言	P5557 胤征殲厥渠魁			
澗									澗	聲符更替：閒間				

今本尚書文字	出土文獻尚書		傳抄著錄古尚書文字				隸古定尚書			構形異同說明	備　註	參　　證		
	戰國楚簡	石經	汗簡	古文四聲韻	訂正六書通	說文所引	敦煌等古寫本	日本唐寫本	書古文訓晁刻古文尚書			出土資料文字	傳抄著錄文字	說文字形
沃							沃1 泆2 泼3	沃1 泼3						
澨						夏書曰過三澨	澨1 澨2			偏旁訛混竹艹	禹貢過三澨			
津			津 汗5.61	津 四1.31 津 四2.31	津 六59		津	津		1 多飾點				
									𦨶					古 𦨶
渡			渡 汗5.61	渡 四4.11					汿1	聲符更替				
								渡2						
沿沿			沿 汗5.61						沿	部件隸變厶口	禹貢沿于江海達于淮泗			
潛								潛1 潛2 潛3 潛4				潛 夏承碑 潛 曹全碑		
									涔	假借字	禹貢篇潛字			
準		辟 隸釋									立政常伯常任準人			
								凖		訛少一點	內野本．足利本．上圖本（影）．上圖本（八）			
										准．俗訛字	P2630		集韻準俗作准非也	

今本尚書文字	出土文獻尚書		傳抄著錄古尚書文字				隸古定尚書			構形異同說明	備註	參證		
	戰國楚簡	石經	汗簡	古文四聲韻	訂正六書通	說文所引	敦煌等古寫本	日本唐寫本	書古文訓晁刻古文尚書			出土資料文字	傳抄著錄文字	說文字形
湯	郭店緇衣5	魏三體												
								1 2		偏旁訛混				
										偏旁訛混	神田本			
										音同義近聲符更替		武威醫簡87乙		湯
	上博1緇衣3									湯康經籍通用音近假借				康
										偏旁訛混氵阝				
湎						周書曰罔敢湎于酒					酒誥罔敢湎于酒			
浚								1 2				武威醫簡80乙 西狹頌		篆
										篆文隸訛				
溢								泆	泆	假借字	禹貢入于河溢爲滎			泆
滄			汗5.61	四2.17				1 2	3	从古文蒼字				
	郭店緇衣10									移水於下	郭店君牙晉冬旨滄			

今本尚書文字	出土文獻尚書		傳抄著錄古尚書文字				隸古定尚書			構形異同說明	備 註	參 證		
	戰國楚簡	石經	汗簡	古文四聲韻	訂正六書通	說文所引	敦煌等古寫本	日本唐寫本	書古文訓晁刻古文尚書			出土資料文字	傳抄著錄文字	說文字形
沫		魏三體	汗 4.47	四 4.16 沫 四 5.11								後 2.12.5 囂伯作眉盤 散盤 頌鼎 伯康簋 齊侯敦 𪓌簋 陳逆簋		古 頮 段改
									靧	說文無靧.頮.會意字.靧.為形聲字				靧
·太		魏三體					大	大	大	之隸省			集韻亼亦作大	泰古
泰									太		君奭有若泰顛	太 張休涯涘銘 “△（泰）山”		古
								泰1 2		偏旁訛變水				

今本尚書文字	出土文獻尚書		傳抄著錄古尚書文字				隸古定尚書			構形異同說明	備註	參證		
	戰國楚簡	石經	汗簡	古文四聲韻	訂正六書通	說文所引	敦煌等古寫本	日本唐寫本	書古文訓晁刻古文尚書			出土資料文字	傳抄著錄文字	說文字形
滅		烕 魏三體							烕1 烕2 烕3	移水於下	魏三體君奭有殷嗣天滅威		烕 汗6.79石經 烕 汗6.79義雲章	
								滅1 滅2 烕3 烕4						
								威1 威2		烕滅古今字				
							烕			偏旁訛混火水	敦煌本P2533. P2643	烕 郭店唐虞28	烕 四5.14 滅 四5.14崔希裕纂古	
新附泯								泯						
								泯1 泯2						
新附涯			漄 汗5.61						漄1	聲符更替				
								涯2						
·淄									淄	淄爲甾（菑或體）之俗字			廣韻淄古通用菑	說文無淄
·瀍								淄 淄	湹	偏旁省形厘廛				說文無
								瀍						

今本尚書文字	出土文獻尚書		傳抄著錄古尚書文字				隸古定尚書			構形異同說明	備　註	參　　證		
	戰國楚簡	石經	汗簡	古文四聲韻	訂正六書通	說文所引	敦煌等古寫本	日本唐寫本	書古文訓晁刻古文尚書			出土資料文字	傳抄著錄文字	說文字形
流			汗 5.61	四 2.23	六 146							盗壺 璽彙 0212 璽彙 3201 郭店.緇衣 30 秦繹山碑 老子甲 48 孫臏 28		篆
								流 流				祀三公山碑		
								流		偏旁訛變				
涉									㴒			楚帛書甲 3.17 郭店.老子甲 8	汗 5.61 義雲章	篆
							涉1 涉2 涉3	涉1 涉2		部件訛變：止山				
瀕・濱			汗 5.61	四 1.32	六 59					从賓初文丏.俗字				篆
									頻 頻					
								濱1 濱2						

今本尚書文字	出土文獻尚書		傳抄著錄古尚書文字				隸古定尚書			構形異同說明	備　註	參　　證		
	戰國楚簡	石經	汗簡	古文四聲韻	訂正六書通	說文所引	敦煌等古寫本	日本唐寫本	書古文訓晁刻古文尚書			出土資料文字	傳抄著錄文字	說文字形
く・畎						川下虞書曰濬く巜澮距川 容下虞書曰容畎澮距川					益稷濬畎澮距川 P3615 禹貢岱畎絲枲鈆松怪石			く 篆畎
									く		益稷濬畎澮距川			
									田巛	甽畎聲符更替	禹貢．梓材			古
川						虞書曰濬く巜距巛					益稷濬畎澮距川			
州			汗1.11 汗5.62	四2.24			1		2			前4.13.4 戈文 井侯簋		古
								1 2				睡虎地37.100 武威簡.有司40		篆
・洲										・說文無洲.州爲洲之初文	舜典"流共工于幽洲"			

今本尚書文字	出土文獻尚書		傳抄著錄古尚書文字				隸古定尚書			構形異同說明	備　註	參　證		
	戰國楚簡	石經	汗簡	古文四聲韻	訂正六書通	說文所引	敦煌等古寫本	日本唐寫本	書古文訓晁刻古文尚書			出土資料文字	傳抄著錄文字	說文字形
原			邍 汗 1.8	邍 四 1.35					邍 邍邍	今本假原爲邍．邍爲平原本字		邍 陳公子甗 邍 史敖簋 邍 魯父簋		邍篆 邍
·源								原		原爲泉源之本字	九條本禹貢九川滌源			說文無源
永		永 魏三體					永 永3	永 永3	永 永1 永 永 永2	1.2 篆文隸古定				
								詠		假借字	內野本．足利本．上圖本（影）．上圖本（八）舜典聲依永律和聲			
·濬							濬1 濬2	濬 濬 濬3 濬 濬 濬4 濬 濬5						睿古 濬
								濬1 濬2	濬1					或 濬
						虞書曰睿畎澮距川			睿 睿	段注：此爲今文	益稷濬畎澮距川			篆 睿

今本尚書文字	出土文獻尚書		傳抄著錄古尚書文字				隸古定尚書			構形異同說明	備註	參證		
	戰國楚簡	石經	汗簡	古文四聲韻	訂正六書通	說文所引	敦煌等古寫本	日本唐寫本	書古文訓晁刻古文尚書			出土資料文字	傳抄著錄文字	說文字形
仌・冰								[illegible]2	仌1	仌：冰之本字象水凝之形	岩崎本	[illegible] 卣文		篆 [illegible]
								氷		仌之假借字	內野本.足利本.上圖本（影）.上圖本（八）			冰篆 [illegible]
冰・凝									冰	凝之正篆	皋陶謨庶績其凝			俗凝
冬									[illegible]			[illegible] 陳章壺	[illegible] 汗3.34石經 [illegible] 四1.12石經	古 [illegible]
	[illegible] 上博1緇衣6 [illegible] 郭店緇衣10							[illegible]1 [illegible]2		2偏旁訛混：日月	內野本	[illegible] 帛乙1.16 [illegible] 包山2	[illegible] 汗3.34石經 [illegible] 四1.12石經	
									[illegible]				[illegible] 汗3.34碧落文 [illegible] 四1.12碧落文	[illegible]

今本尚書文字	出土文獻尚書		傳抄著錄古尚書文字				隸古定尚書			構形異同說明	備　註	參　證		
	戰國楚簡	石經	汗簡	古文四聲韻	訂正六書通	說文所引	敦煌等古寫本	日本唐寫本	書古文訓晁刻古文尚書			出土資料文字	傳抄著錄文字	說文字形
雨			汗 5.63				1		1			續 4.24.13 後 2.1.12 子雨己鼎 蚉壺		
	上博 1 緇衣 6 郭店緇衣 9							2				前 2.35.3 前 2.29.6		
							古			从水羽聲雨字或體	P3315			
										訛誤字	岩崎本.島田本			
雷			汗 5.63	四 1.29			1		1	籀文省形		盠駒尊 包山 175 信陽 2.1		篆
			汗 6.74 汗 6.82	四 1.29					畾	古文省形	禹貢“雷夏既澤”	師旂鼎 洍罍 對罍	集韻或作	古
											金縢“天大雷電以風”	粹 1570 乙 529 後 2.1.12		古

今本尚書文字	出土文獻尚書		傳抄著錄古尚書文字				隸古定尚書			構形異同說明	備註	參證		
	戰國楚簡	石經	汗簡	古文四聲韻	訂正六書通	說文所引	敦煌等古寫本	日本唐寫本	書古文訓晁刻古文尚書			出土資料文字	傳抄著錄文字	說文字形
電				四 4.22					霊	从籀文申		番生簋		古
霽								霽						
								濟		下訛作日				濟
									浍	从古文齊		中山王壺	汗 5.61 四 3.12 四 4.13 古尚書濟	
·云									云		禹貢雲土夢作乂			雲 古 云
	郭店.緇衣 5 上博.緇衣 3 上博.緇衣 10						員1	員1	員1	假借字				員
魚			汗 5.63	四 1.22								伯魚父壺 包山 256 璽彙 0347		

今本尚書文字	出土文獻尚書		傳抄著錄古尚書文字				隸古定尚書			構形異同說明	備　註	參　證		
	戰國楚簡	石經	汗簡	古文四聲韻	訂正六書通	說文所引	敦煌等古寫本	日本唐寫本	書古文訓晁刻古文尚書			出土資料文字	傳抄著錄文字	說文字形
魚								魚 1、魚 2				魚 漢帛老子乙前 169 上 魚 一號墓竹簡 12		篆 魚
鯀								鯀 1 鯀 2		2 訛从糸				
							鯀 1	鯀 2		形符更替				
								鮌 1 鮌 2		聲符更替				
								鮌	鮌	形符聲符更替．系 玄 眔聲近通用				
鰥									𩹉 𩹉 𩹉	从眔之省		𩹉 父辛卣 𩹉 毛公鼎	𩹉 汗 5.63 石經 集韻或鰥	
							鰥 1	鰥 2 鰥 3 鰥 4 鰥 5						
							鰥 1 鰥 2	鰥 鰥 鰥 3 鰥 鰥 鰥 4 鰥 鰥 5 鰥 6		偏旁訛變			鰥 四 1.39 古孝經鰥	鰥
							鰥 1	鰥 2		偏旁訛誤－魚角		鰥 曹全碑		

今本尚書文字	出土文獻尚書		傳抄著錄古尚書文字				隸古定尚書			構形異同說明	備註	參證		
	戰國楚簡	石經	汗簡	古文四聲韻	訂正六書通	說文所引	敦煌等古寫本	日本唐寫本	書古文訓晁刻古文尚書			出土資料文字	傳抄著錄文字	說文字形
鰥								[illegible]		聲符更替 - 罛累	上圖本（影）大誥"允蠢鰥寡哀哉"			鰥
		矜 隸釋								聲符更替 - 今罛	無逸惠鮮鰥寡漢石經作惠于矜寡			矜
鮮			[illegible] 汗 5.63	[illegible] 四 2.4 [illegible] 四 3.17					𩵋	新鮮本字借作少義之尟字		[illegible] 公貿鼎		
								鮮 鮮1 鮮2 鮮3 鮮 鮮4				鮮 五十二病方 236 鮮 漢印徵		
		于 隸釋									無逸惠鮮鰥寡漢石經作惠于矜寡			
龍							竜1	竜2	竜1 龕3 龕4			[illegible] 甲 2418 [illegible] 存 450 [illegible] 龍母尊 [illegible] 昶仲無龍鬲 [illegible] 樊夫人龍嬴匜 [illegible] 邵鐘 竜 隋董美人墓誌銘	[illegible] 汗 5.63	

今本尚書文字	出土文獻尚書		傳抄著錄古尚書文字				隸古定尚書			構形異同說明	備　註	參　證		
	戰國楚簡	石經	汗簡	古文四聲韻	訂正六書通	說文所引	敦煌等古寫本	日本唐寫本	書古文訓晁刻古文尚書			出土資料文字	傳抄著錄文字	說文字形
龍							竜3 又	䶮2	龍1		九條本禹貢浮于積石至于龍門西河		竜 竜 四1.12汗簡	
								龍 龍		啇訛作啻.帝	足利本.上圖本（影）益稷日月星辰山龍華蟲	龍 漢印徵	龍 四1.12王存乂切韻	
									龍	訛誤字	尚書隸古定釋文・經文益稷日月星辰山龍華蟲			
飛								飛1		訛變又繁化	岩崎本	飛 漢石經.易.乾.文言 飛 晉張朗碑		
								飞2		省形	上圖本（影）			
翊			翌 汗4.58	翌翊 四5.27				翊2 翊3	翌1 翊2	1 移立於下 假借字		翊 京津4605 翊 京津4969 翌 西晉曹翌墓鉛地券		篆 翊
翼								翼		戈爲弋之誤 从羽弋聲與翊聲符更替	內野本.足利本.上圖本（影）.上圖本（八）			

今本尚書文字	出土文獻尚書		傳抄著錄古尚書文字				隸古定尚書			構形異同說明	備註	參證		
	戰國楚簡	石經	汗簡	古文四聲韻	訂正六書通	說文所引	敦煌等古寫本	日本唐寫本	書古文訓晁刻古文尚書			出土資料文字	傳抄著錄文字	說文字形
非	上博1緇衣14 郭店緇衣26	魏三體										傳卣 班簋 毛公鼎 蔡侯鐘 中山王鼎		篆
煢										省冂	足利本.上圖本（影）			
										假惸（惸）爲煢	島田本.上圖本（八）			煢或
卷 12														
孔												虢季子白盤 定縣竹簡 3 衡立碑		篆
												衡立碑	四 3.3 籀韻 集韻孔古作	

今本尚書文字	出土文獻尚書		傳抄著錄古尚書文字				隸古定尚書			構形異同說明	備註	參證		
	戰國楚簡	石經	汗簡	古文四聲韻	訂正六書通	說文所引	敦煌等古寫本	日本唐寫本	書古文訓晁刻古文尚書			出土資料文字	傳抄著錄文字	說文字形
不	郭店.成之22	魏三體（古）（篆）漢石經 隸釋	汗5.64								今本君奭“惟冒丕單稱德”郭店.成之聞之22引作“唯於不嘼爯悳”	不降矛 璽彙0266 陶彙3.649 楚帛書丙 包山26 包山38		篆
		魏三體	弗 汗6.82 弗 四5.9				$_1$	$_1$ $_3$	$_2$	弗不音義皆同2.3古文弗隸古定訛變	魏三體三體多士惟天不畀.君奭我有周既受我不敢知曰.天不庸釋于文王受命		汗6.82 四5.9	
否		魏三體 隸釋								不否古今字	魏三體無逸“否則厥口詛祝”隸釋無逸“否則侮厥父母”岩崎本盤庚下“若否罔有弗欽”			
										弗不音義皆同				
至		魏三體					$_2$		$_1$ $_2$ $_3$ $_4$			邾公牼鐘 中山王鼎 郭店唐虞28		古

今本尚書文字	出土文獻尚書		傳抄著錄古尚書文字				隸古定尚書			構形異同說明	備　註	參　　證		
	戰國楚簡	石經	汗簡	古文四聲韻	訂正六書通	說文所引	敦煌等古寫本	日本唐寫本	書古文訓晁刻古文尚書			出土資料文字	傳抄著錄文字	說文字形
至		至 漢石經						至1				至 乙8658 至 至鼎		至
臻								臻		偏旁訛混禾示	內野本.觀智院本.上圖本（八）			
西								卥2 卥3	卥1					或棲
		卤 魏三體						卤2	卤1	2籀文卤訛變	岩崎本	卤 戍甬鼎 卤卤 幾父壺 卤 多友鼎 卤 國差𦉜 卤 酓章作曾侯乙鎛		古卤 籀卤
								㒳		形近訛誤	上圖本（影）禹貢西被于流沙			
鹽							鹽 鹽1 墭4	鹽2 鹽3				鹽 一號木竹簡104 鹽 武梁祠畫像題字		篆鹽
								塩 塩					玉篇塩爲鹽俗字	

今本尚書文字	出土文獻尚書		傳抄著錄古尚書文字				隸古定尚書			構形異同說明	備　註	參　證		
	戰國楚簡	石經	汗簡	古文四聲韻	訂正六書通	說文所引	敦煌等古寫本	日本唐寫本	書古文訓晁刻古文尚書			出土資料文字	傳抄著錄文字	說文字形
房			汗 5.65	四 2.14	六 114		1	1 2	1	移戶於左		信陽 2.8 包山 149 校官碑		
房										匚借爲方又假方爲房	內野本顧命在東房大輅在賓階面			
扆			衣 隸釋							假衣爲扆	顧命黼扆			
闢				四 5.17 夏書		闢下引虞書曰闢四門			1 2		舜典闢四門	盂鼎 闢斝 伯闢簋 中山王鼎	汗 5.65 說文闢	古
闢										假借字	P3315			
開								2 4	1 2 3	皆闢字古文同義字			古今字詁：闢古今字	古
閒														
・間											P2630			說文無間
閑										偏旁訛混木才	上圖本（八）			
閉										偏旁訛混：才下	內野本.上圖本（八）			

今本尚書文字	出土文獻尚書		傳抄著錄古尚書文字				隸古定尚書			構形異同說明	備　註	參　　證		
	戰國楚簡	石經	汗簡	古文四聲韻	訂正六書通	說文所引	敦煌等古寫本	日本唐寫本	書古文訓晁刻古文尚書			出土資料文字	傳抄著錄文字	說文字形
關							1	2 3 4			P2533	睡虎地15.97 天文雜占4.2 武威簡.泰射64 居延簡甲2478 鮮于璜碑		篆
閔		魏三體							[illegible] 1	惛(惛)字之訛隸定作[illegible]移心於下	文侯之命嗚呼閔予小子嗣		汗4.48 四3.14石經 汗5.66史書 四3.14古史記	古
耽							湛	湛	湛	說文女甚訓樂也 耽湛爲女甚之假借字				
耿								耿		偏旁訛混火大				
		鮮 隸釋								義近字	立政以覲文王之耿光			

今本尚書文字	出土文獻尚書		傳抄著錄古尚書文字				隸古定尚書			構形異同說明	備　註	參　證		
	戰國楚簡	石經	汗簡	古文四聲韻	訂正六書通	說文所引	敦煌等古寫本	日本唐寫本	書古文訓晁刻古文尚書			出土資料文字	傳抄著錄文字	說文字形
聖	上博1緇衣11									聽聖古字形義同	君陳我既見我弗貴聖今本：既見聖亦不克由聖	魏三體無逸聽		
	上博1緇衣10										君陳未見聖女如丌=弗克見（今本：凡人未見聖若不克見）	甲3536 大保簋 乙3396 前6.546 郭店唐虞27		
	郭店緇衣19							≈聖 (耳呈)		偏旁訛變壬土				
								≈垩$_1$ ≈垩$_2$				滿城漢墓宮中行樂錢 池陽宮行鐙 曹全碑 鮮于璜碑		
聰								≈聰$_1$ ≈聰$_2$ ≈聰$_3$	≈聰$_1$	俗寫聲符替換囱悤		≈聰 譙敏碑		篆
							≈聡$_2$	≈聡$_1$ ≈聡$_2$ ≈聡$_3$				≈聰 張遷碑		

今本尚書文字	出土文獻尚書		傳抄著錄古尚書文字				隸古定尚書			構形異同說明	備註	參證		
	戰國楚簡	石經	汗簡	古文四聲韻	訂正六書通	說文所引	敦煌等古寫本	日本唐寫本	書古文訓晁刻古文尚書			出土資料文字	傳抄著錄文字	說文字形
聰								聽		涉前文聽字訛混	內野本.上圖本（元）.足利本.上圖本（影）.上圖本（八）太甲中“視遠惟明聽德惟聰”			聽
聽		魏三體								聽聖古字形義同	無逸此厥不聽人乃訓之	甲 353 大保簋 乙 3337 前 6.546 中山王鼎 洹子孟姜壺	汗 5.65 義雲章聽亦作聖	
		聖 隸釋								聽聖古皆用耶形．假聖爲聽	漢石經無逸此厥不聽人乃訓之			
							聽$_2$ 聽 聽$_3$ 聽$_4$	聽 聽$_2$	聽$_1$	4 偏旁訛混耳身		聽 樊安碑 聽 白石神君碑 聽 靈臺碑		
							聽$_2$	聽$_1$ 聽 聽$_2$ 聽$_3$		省壬		聽 三公山碑		

今本尚書文字	出土文獻尚書		傳抄著錄古尚書文字				隸古定尚書			構形異同說明	備　註	參　證		
	戰國楚簡	石經	汗簡	古文四聲韻	訂正六書通	說文所引	敦煌等古寫本	日本唐寫本	書古文訓晁刻古文尚書			出土資料文字	傳抄著錄文字	說文字形
聽								聽1 聽 聽2 聽3 聽4 聽5		偏旁俗訛耳耳		聽 孔宙碑 聽 無極山碑		
職							職1 軄2	軄3				職 衡方碑 軄 曹全碑	集韻職或作軄	
									戠	聲符省形	胤征羲和廢厥職			
聒			聒 汗5.65	聒 四5.11	聒 六342				聒1		盤庚上今汝聒聒			懖古 懖
						懖下商書曰今汝懖懖		懖 懖1 懖2						懖
聲								殸1 殸2 聲3		偏旁混用殳攵		殸 趙寬碑		篆 聲
								声1 声2						
聞		𦖞 魏三體	𦖞 汗5.65	𦖞 四1.34			𦖞1	𦖞1 𦖞2 𦖞3	𦖞1		魏三體君奭我聞在昔成湯既受命	前7.31.2 盂鼎 利簋 郘王子鐘 王孫誥鐘 郭店.五行15		

今本尚書文字	出土文獻尚書		傳抄著錄古尚書文字				隸古定尚書			構形異同說明	備註	參證		
	戰國楚簡	石經	汗簡	古文四聲韻	訂正六書通	說文所引	敦煌等古寫本	日本唐寫本	書古文訓晁刻古文尚書			出土資料文字	傳抄著錄文字	說文字形
聞									䎽			䎽 中山王鼎 䎽 郭店.緇衣38	集韻:聞古作耳昏.昬耳	古耳昏.
								聞聞聞1 聞聞聞2						
								聽		同義字	上圖本（影）泰誓中"我聞吉人爲善"			
指							指2	指2 指3 指4	指1	4 偏旁形混：扌才		旨 白石神君碑	集韻旨或作百	
揖								揖			觀智院本	揖 武威簡.士相見4 揖 曹全碑	龍龕手鏡揖揖 字匯補揖同揖	
拜		拜 魏品式					拜1 拜2			隸古定		拜 師酉簋 拜 善夫山鼎 拜 包山272 拜 郭店.性自21	拜 汗5.66說文	古𢪏

今本尚書文字	出土文獻尚書		傳抄著錄古尚書文字				隸古定尚書			構形異同說明	備　註	參　　證		
	戰國楚簡	石經	汗簡	古文四聲韻	訂正六書通	說文所引	敦煌等古寫本	日本唐寫本	書古文訓晁刻古文尚書			出土資料文字	傳抄著錄文字	說文字形
拜		𢪻 魏品式（篆）	𢪻 汗5.66				𢪻$_5$		𢪻 𢪻 𢪻$_1$ 𢪻$_2$ 𢪻$_3$ 𢪻$_4$	篆文拜𢪻隸古定訛變		井侯簋 靜簋 師酉簋 臣諫簋 𠂤鐘 幾父壺		篆𢪻
								拜$_1$ 拜 拜$_2$ 拜 拜$_3$ 拜$_4$ 拜$_5$ 拜$_6$						或𢫶
								𢫶 𢫶$_1$ 𢫶$_2$		从二手				
搯						周書曰師乃搯					段注：此古文大誓也			
摯						埶下周書曰大命不埶	埶$_1$	埶$_2$ 埶$_3$	埶$_1$		西伯戡黎大命不摯			
										移手於丮下	上圖本（八）			
#拉			汗5.66								今本尚書無拉字．箋正：尚書爲史書之誤			

今本尚書文字	出土文獻尚書		傳抄著錄古尚書文字				隸古定尚書			構形異同說明	備註	參證		
	戰國楚簡	石經	汗簡	古文四聲韻	訂正六書通	說文所引	敦煌等古寫本	日本唐寫本	書古文訓晁刻古文尚書			出土資料文字	傳抄著錄文字	說文字形
拊			[illegible] 汗 5.66					拆1 折2		2 訛變與折混同				
								柎		偏旁訛混扌木				
		[illegible] 魏品式撫	[illegible] 撫 汗 1.14	[illegible] 撫 四 3.10					𢻰	𢻰撫義符聲符更替．拊撫音義同		[illegible] 包山 164	玉篇𢻰或作撫	
承							承1	承2 承3						
								羕1 羕2		1 與羕字形混				
撫		[illegible] 魏品式	[illegible] 汗 1.14	[illegible] 四 3.10			𢻰3	𢻰1 𢻰2	𢻰1	𢻰撫義符聲符更替	魏品式臯陶謨撫於五辰			
								抚		偏旁奇字無无之訛	上圖本（影）			抚
									[illegible]	𢻰之偏旁訛混亡言	臯陶謨撫於五辰			
								[illegible]		偏旁訛誤亡正	足利本．上圖本（影）太甲上用集大命撫綏萬方			
								[illegible]		偏旁訛誤亡氵	岩崎本泰誓下撫我則后虐我則讎			
擾							擾2	擾1 擾2						
							櫌	櫌		偏旁訛混扌木	P2533．觀智院本			

今本尚書文字	出土文獻尚書		傳抄著錄古尚書文字				隸古定尚書			構形異同說明	備　註	參　　證		
	戰國楚簡	石經	汗簡	古文四聲韻	訂正六書通	說文所引	敦煌等古寫本	日本唐寫本	書古文訓晁刻古文尚書			出土資料文字	傳抄著錄文字	說文字形
揚			敭 汗1.14	敭楊 四2.13					敭	義符更替 四2.13誤注楊		[illegible] 邾公釛鐘		古 敭
揚					[illegible] 六113							孟卣 師遽方彝 頌簋 禹鼎		
揚							敭 敭$_{1}$ 敭$_{2}$ 敭	敭$_{1}$ 敭$_{2}$ 敭$_{3}$ 敭$_{4}$	敭$_{2}$	偏旁訛混 - 昜易				
揚								揚$_{1}$ 揚$_{2}$		偏旁訛混 - 昜易				
揚							楊$_{2}$	楊$_{1}$ 楊$_{2}$ 楊$_{3}$		偏旁訛混 - 昜易．扌木				
振							振				敦煌本S801. 吐魯番本	振 衡方碑		
擭								擭$_{1}$ 擭$_{2}$ 穫$_{3}$		3 偏旁訛混：扌木				
損							損	損	損	部件隸變：口厶		損 華山廟碑 損 漢石經.易.損		
探								探$_{2}$	探$_{1}$		內野本. 足利本			篆 [illegible]
括								栝$_{1}$	括$_{2}$	1 偏旁訛變：扌木	太甲上往省括于度			篆 括

今本尚書文字	出土文獻尚書		傳抄著錄古尚書文字				隸古定尚書			構形異同說明	備註	參證		
	戰國楚簡	石經	汗簡	古文四聲韻	訂正六書通	說文所引	敦煌等古寫本	日本唐寫本	書古文訓晁刻古文尚書			出土資料文字	傳抄著錄文字	說文字形
拘						抲下周書曰盡執抲				段注：今尚書抲作拘字之誤也	酒誥盡執拘以歸于周			
技							伎1	伎1 伎 伎2		假伎爲技 2 偏旁訛混：支攴	敦煌本S799. 岩崎本泰誓下．九條本．內野本．足利本．上圖本（影）．上圖本（八）秦誓三例假伎爲技			
						斷下周書曰㢋㢋猗無它技		枝		偏旁訛混扌木	秦誓斷斷猗無他伎 上圖本（影）秦誓人之有技冒疾以惡之			
拙						炪下商書曰予亦炪謀讀若巧拙之拙			炪	假炪爲拙	盤庚上予亦拙謀			
			[illegible] 汗3.31	[illegible] 四5.14					[illegible]	偏旁訛誤火矢	周官心勞日拙			
								[illegible]		偏旁訛混扌才	上圖本（元）			
掩			[illegible]奄 汗3.39	[illegible]奄 四3.29					[illegible]1	借弇（古[illegible]）爲奄．再借爲掩				弇古[illegible]
							弇1	弇1 弇2		弇掩音義近同				

今本尚書文字	出土文獻尚書		傳抄著錄古尚書文字				隸古定尚書			構形異同說明	備註	參證		
	戰國楚簡	石經	汗簡	古文四聲韻	訂正六書通	說文所引	敦煌等古寫本	日本唐寫本	書古文訓晁刻古文尚書			出土資料文字	傳抄著錄文字	說文字形
播			[illegible] 汗1.14							从說文釆字古文[illegible]偏旁省从釆		[illegible] 師旂鼎 [illegible] 師旂鼎		古[illegible]
			[illegible] 汗1.14									[illegible] 信陽1.24		
	[illegible] 上博1緇衣15						[illegible]1 [illegible]3	[illegible]3 [illegible]4 [illegible]5 [illegible]6	[illegible]2	借番[illegible]爲播 56 訛變				番古[illegible]
	[illegible] 郭店緇衣29									从番从月				
								播		篆文隸定	足利本.上圖本（影）.上圖本（八）			篆[illegible]
						譒下商書曰王譒告之			譒	音義同	盤庚上王播告之脩不匿厥指			
									[illegible]	偏旁訛誤番畓	上圖本（影）多方爾乃屑播天命			篆[illegible]
撻						周書曰𨔶以記之			達 𨔶		益稷撻以記之			古[illegible]
							撻1	撻2 撻3		1 偏旁訛混：扌才	1.P2516			
撲								撲1 撲2 撲3		右形俗混作業		僕：[illegible] 建武泉范		

今本尚書文字	出土文獻尚書 戰國楚簡	石經	傳抄著錄古尚書文字 汗簡	古文四聲韻	訂正六書通	說文所引	隸古定尚書 敦煌等古寫本	日本唐寫本	書古文訓晁刻古文尚書	構形異同說明	備註	參證 出土資料文字	傳抄著錄文字	說文字形
撲										撲扌僕聲符更替	P3670			
										偏旁訛混扌木	上圖本（元）			
擊										偏旁訛變軎車		城垻碑		
								1 2		偏旁訛變				
扞			捍 汗 1.15	捍 四 4.20						義符更替	九條本.內野本.足利本	大鼎 五年師旋簋 者沪鐘		
						斁下周書曰斁我于艱				聲符繁化	文侯之命扞我于艱		一切經音義古文斁旱戈.捍.仟四形今作扞	
搜								1 2		俗訛字				
										假借字	P3169			
										偏旁扌作[illegible]隸古定訛變			玉篇搜古文[illegible]	
										偏旁訛混扌木				
·扑			扑 汗 1.5	朴 四 5.3			又			[illegible].扑之假借艹爲竹之隸變相混	P3315			說文無扑

今本尚書文字	出土文獻尚書		傳抄著錄古尚書文字				隸古定尚書			構形異同說明	備註	參證		
	戰國楚簡	石經	汗簡	古文四聲韻	訂正六書通	說文所引	敦煌等古寫本	日本唐寫本	書古文訓晁刻古文尚書			出土資料文字	傳抄著錄文字	說文字形
·扑							[illegible]			𦬆 苻聲符替換	P3315			
								朴		偏旁訛混扌木	內野本.上圖本（影）.上圖本（八）			
姓		[illegible] 魏三體												
								[illegible]			內野本.足利本.上圖本（影）.上圖本（八）			
		[illegible] 魏三體												眚
嫣							[illegible]		[illegible]		P3315			
婚								婚1 [illegible] 婚3	[illegible]2	偏旁俗寫昏昬		婚 流沙簡.簡牘3.22		
								姄4		偏旁昬省作民				
母							毋	毋			S799			
姑								[illegible]						

今本尚書文字	出土文獻尚書		傳抄著錄古尚書文字				隸古定尚書			構形異同說明	備註	參證		
	戰國楚簡	石經	汗簡	古文四聲韻	訂正六書通	說文所引	敦煌等古寫本	日本唐寫本	書古文訓晁刻古文尚書			出土資料文字	傳抄著錄文字	說文字形
威		魏三體						1	2 3 4 5	畏威二字古通		乙 669 盂鼎 毛公鼎 沇兒鐘 王孫鐘 江陵.秦家 13.4 郭店.五行 36 郭店.成之 5	汗 4.50 畏亦威字見說文	畏古
										訛誤字	上圖本（八）大誥予不敢閉于天降威用			
奴			汗 5.66	四 1.26							內野本.上圖本（八）	陶彙 6.195 包山 122		古
始			汗 5.64	四 3.7			1 2 3	1 4 5	1	假台爲始			四 3.7 古老子以 四 3.7 古孝經始	

今本尚書文字	出土文獻尚書		傳抄著錄古尚書文字				隸古定尚書			構形異同說明	備　註	參　證		
	戰國楚簡	石經	汗簡	古文四聲韻	訂正六書通	說文所引	敦煌等古寫本	日本唐寫本	書古文訓晁刻古文尚書			出土資料文字	傳抄著錄文字	說文字形
始								[glyph]		乩1形與稽字作乩相混而誤作	足利本.上圖本（影）說命下念終始典于學			
媚								[glyph]		偏旁訛混目貝	岩崎本			
好			[glyph] 汗 6.81	[glyph] 四 3.20								[glyph] 鐵 31.3 [glyph] 仲亘 [glyph] 齊鞄氏鐘 [glyph] 蔡侯盤		
				[glyph] 四 3.20		𢻃下引商書曰無有作𢻃			妞	假借字	洪範無有作好		玉篇妞亦作𢻃	𢻃篆 [glyph]
			[glyph] [glyph] 汗 6.81	[glyph] 四 3.20			[glyph]1	[glyph]1 [glyph] [glyph]2	[glyph]1	義符更替女丑		[glyph] 郭店.語叢 1.89 [glyph] 郭店.語叢 2.21		
#妻			[glyph] 汗 5.66	[glyph] 四 1.27 [glyph] 四 4.13	[glyph] 六 27						尚書無妻字			
嬪			[glyph] 汗 5.66	[glyph] 四 1.32	[glyph] 六 59		[glyph]1		[glyph]2	右从[glyph].賓之初文				
								[glyph]						
						周書曰大命不摯					西伯戡黎大命不摯			

今本尚書文字	出土文獻尚書		傳抄著錄古尚書文字				隸古定尚書			構形異同說明	備註	參證		
	戰國楚簡	石經	汗簡	古文四聲韻	訂正六書通	說文所引	敦煌等古寫本	日本唐寫本	書古文訓晁刻古文尚書			出土資料文字	傳抄著錄文字	說文字形
姦									悬1 忎2 悬3	2.3 形訛誤				悍
							姧1 古	2		从二女从干. 奸之異體 奸姦通假	P3315 島田本微子"好草竊姦宄"			
										下作重文符號 =	上圖本（元）足利本.上圖本(影).上圖本（八）			
民	上博1緇衣6 郭店緇衣10	魏三體							1			何尊 盂鼎 曾子斿鼎 中山王壺 洹子孟姜壺 沇兒鐘 蚉壺		古
							高昌本 2	2 3 4	民1					段古
								民1 民2 民3						

今本尚書文字	出土文獻尚書		傳抄著錄古尚書文字				隸古定尚書			構形異同說明	備　註	參　證		
	戰國楚簡	石經	汗簡	古文四聲韻	訂正六書通	說文所引	敦煌等古寫本	日本唐寫本	書古文訓晁刻古文尚書			出土資料文字	傳抄著錄文字	說文字形
民										民字諱缺筆	S5745.S801.S2074.P2630.P2748			
		人 隸釋					人	人			隸釋無逸懷保小民惠鮮鰥寡 敦煌本P2748洛誥至多士.民改作人或缺筆.無逸自度治民祗懼.君奭弗永遠念天威越我民罔尤違不諱外.君奭全篇民改作人.人改作民 九條本.內野本.足利本.上圖本（影）.上圖本（八）梓材王曰封以厥庶民暨厥臣達大家. 足利本.上圖本（影）.上圖本（八）呂刑上帝監民罔有馨香			

今本尚書文字	出土文獻尚書		傳抄著錄古尚書文字				隸古定尚書			構形異同說明	備註	參證		
	戰國楚簡	石經	汗簡	古文四聲韻	訂正六書通	說文所引	敦煌等古寫本	日本唐寫本	書古文訓晁刻古文尚書			出土資料文字	傳抄著錄文字	說文字形
乂		魏三體				下 虞書曰有能俾			1	爲之訛．形近訛爲辟故加乂爲聲．乂．艾皆之假借	魏三體君奭乂王家．用乂厥辟．書古文訓．許：堯典有能俾乂	毛公鼎 克鼎		
		艾 隸釋								乂之假借	洪範“次六曰乂用三德”			
								1 2 3						或刈
								1 2						
							1	1 2 3 4		3.4 形訛誤				
										訛誤字				
弗			汗 6.82	四 5.9			1		2			璽彙 3417 郭店.老甲 4		
										1 2 訛變	神田本			
	上博 1 緇衣 11	魏三體									內野本	昜鼎 哀成弔鼎 新弨戈 蚉壺		

今本尚書文字	出土文獻尚書		傳抄著錄古尚書文字				隸古定尚書			構形異同說明	備　註	參　證		
	戰國楚簡	石經	汗簡	古文四聲韻	訂正六書通	說文所引	敦煌等古寫本	日本唐寫本	書古文訓晁刻古文尚書			出土資料文字	傳抄著錄文字	說文字形
弗		丕 隸釋					不	不		弗不音義皆同	漢石經盤庚中丕乃崇降弗祥			
弋								戈		訛誤字	上圖本（影）			
肇									肁肁	肇(肈)始之本字				
								肈		肁之假借字				
							肇$_1$	肈$_1$ 肇$_2$				肇 衡方碑	玉篇攴部肇俗肈字	
								肇$_1$ 肇$_2$		戶.石形近而誤				
戔								[illegible] [illegible]		偏旁繁化戈戉	足利本.上圖本（影）			
戛								[illegible]	[illegible]	从頁之隸變俗寫 義符更替百頁	內野本.足利本.上圖本（影）.上圖本（八）			
	[illegible] 郭店成之38									頣爲夏之異體今本作戛爲夏之誤	康誥不率大戛.郭店成之38作不還大頣	夏：[illegible] 包山224 [illegible] 包山225		
賊								[illegible]		訛同賤字隸變	上圖本（影）	賤：[illegible] 縱橫家書45 [illegible] 相馬經7下		
戰							[illegible]$_2$	[illegible]$_1$ [illegible]$_2$	[illegible]$_1$	旃(旃)字假爲戰		[illegible] 郭店.語叢3.2	[illegible] [illegible] 四4.23古老子	

今本尚書文字	出土文獻尚書		傳抄著錄古尚書文字				隸古定尚書			構形異同說明	備註	參證		
	戰國楚簡	石經	汗簡	古文四聲韻	訂正六書通	說文所引	敦煌等古寫本	日本唐寫本	書古文訓晁刻古文尚書			出土資料文字	傳抄著錄文字	說文字形
戰							峀1 峀2	峀1 峀2		偏旁訛混止山				
								𢧐		聲符更替單嘼	岩崎本牧誓與受戰于牧野作牧誓	戰 郭店.老子丙10 戰 郭店.窮達4 戰 酓忎鼎 戰 酓忎盤	戰 四4.23籀韻	
								戦						
戲		戱 漢石經尚書殘碑 戲 戱 隸釋					戱3	戱1 戲2 戲3 戲 戲4		偏旁增繁 戈－戉戎 義符更替				
或							或1	或1 或2 或3		偏旁隸變口厶		或 白石神君碑	干祿字書 或或.上通下正	
							或2	或1 或3						
截						諞下 周書曰𢧵𢧵善諞言 戔下 周書曰戔戔巧言			𢧵	假借字	秦誓截截善諞言			篆 𢧵
戕							戕	戕		偏旁訛混爿牛				
		近 隸釋								斨字之訛斨戕義符更替	盤庚中汝有戕則在乃心			

今本尚書文字	出土文獻尚書：戰國楚簡	出土文獻尚書：石經	傳抄著錄古尚書文字：汗簡	傳抄著錄古尚書文字：古文四聲韻	傳抄著錄古尚書文字：訂正六書通	傳抄著錄古尚書文字：說文所引	隸古定尚書：敦煌等古寫本	隸古定尚書：日本唐寫本	隸古定尚書：書古文訓晁刻古文尚書	構形異同說明	備註	參證：出土資料文字	參證：傳抄著錄文字	參證：說文字形
戮				翏 四 5.4			翏1	翏1 翏3	翏2 翏3	借僇爲戮	P2533		玉篇翏今作戮 翏 四 5.4 籀韻	
							翏1 翏2			假翏爲戮	S799		匡謬正俗古文戮作翏	
							戮							
戡			𢦏 汗 5.68	𢦏 四 2.13	𢦏 六 156	𢦏下商書西伯戡𢦏	𢦏 2	戡2	戡1		書古文訓康王之誥戡定厥功			篆 𢦏
			戈龕 汗 5.68	戈龕 四 2.12		今戈下商書曰西伯既今戈黎			戌1 戌2	今戈戡聲符更替 汗四注龕爲假借字 12 偏旁訛變繁化：戈戌	西伯戡黎			今戈篆 𢦟
								戡		偏旁繁化戈戌	九條本君奭惟時二人弗戡			
									戍	今戈之訛誤與成古文戍混同	君奭惟時二人弗戡			
哉		才 魏品式					才1 才2	才2 才3 才4	才1	假借字				
								𢦏1 戈2		1 訛變 2 訛誤字				

今本尚書文字	出土文獻尚書		傳抄著錄古尚書文字				隸古定尚書			構形異同說明	備註	參證		
	戰國楚簡	石經	汗簡	古文四聲韻	訂正六書通	說文所引	敦煌等古寫本	日本唐寫本	書古文訓晁刻古文尚書			出土資料文字	傳抄著錄文字	說文字形
哉		 漢石經  隸釋					1	1 2				禹鼎 邾公華鐘  好哉泉范 武氏石闕銘  曹全碑		
戚									慼	慼 今本作戚爲假借字 隸變俗寫从人		戚：戚姬簋  郭店.尊德7  詛楚文 漢帛老子甲後188 春秋事語94 漢印徵  禮器碑陰 楊統碑		篆 

今本尚書文字	出土文獻尚書		傳抄著錄古尚書文字				隸古定尚書			構形異同說明	備　註	參　證		
	戰國楚簡	石經	汗簡	古文四聲韻	訂正六書通	說文所引	敦煌等古寫本	日本唐寫本	書古文訓晁刻古文尚書			出土資料文字	傳抄著錄文字	說文字形
我	上博1緇衣11 郭店緇衣19	魏三體							1 2 3	3 偏旁訛誤：戈弋		我鼎 兮甲盤 齊鞄氏鐘 弔我鼎 命瓜君壺		古
								1 2 3 4		23 篆文隸訛 4 隸訛偏旁訛誤	4 上圖本（八）文侯之命"扞我于艱若汝予嘉"	老子甲後179 華山廟碑		篆
義							誼1 和闐本 誼1	誼1 6 7 8 9 10	誼1 2 3 4 5	誼爲仁義本字				
										俗省从羊省.我省	足利本.上圖本（影）	璽彙2838 包山249 漢帛老子甲後300 武威簡屯戍18.4		

今本尚書文字	出土文獻尚書		傳抄著錄古尚書文字				隸古定尚書			構形異同說明	備註	參證		
	戰國楚簡	石經	汗簡	古文四聲韻	訂正六書通	說文所引	敦煌等古寫本	日本唐寫本	書古文訓晁刻古文尚書			出土資料文字	傳抄著錄文字	說文字形
										下文相涉而誤	畢命惟德惟義時乃大訓			
義										訛誤字	文侯之命父義和其歸視爾師寧爾邦	漢帛老子甲後189 禮器碑		
琴												郭店.性自24	汗5.68 四2.26 說文	古
瑟												隨縣.漆書 璽彙0279 郭店.性自24 信陽2.3	汗5.68 四5.9 說文	古
直										植古文以植爲直字作移木於下		郭店.緇衣3 郭店.老子乙14 直：侯馬3.1 侯馬79.3		古
		隸釋									漢石經洪範曲直作PLACEHOLDER			篆

今本尚書文字	出土文獻尚書 戰國楚簡	石經	傳抄著錄古尚書文字 汗簡	古文四聲韻	訂正六書通	說文所引	隸古定尚書 敦煌等古寫本	日本唐寫本	書古文訓晁刻古文尚書	構形異同說明	備註	參證 出土資料文字	傳抄著錄文字	說文字形
亡								亡						
望			𦣠 汗 3.43	𦣠 四 4.35					𦣠$_1$ 𦣠$_2$	望爲朢之假借字		甲 3122 保卣 臣辰盉 朢爵 禹鼎 師朢壺		朢古𦣠
								朢$_1$ 望$_2$ 朢$_3$		訛變		無叀鼎 休盤 魏三體石經僖公		篆望
無		亾 魏三體					亡$_2$	亡$_2$ 亡 亡$_7$ 亡$_3$ 亡$_4$ 亡 亡$_5$ 亡$_6$	亾$_1$	亡無音近義同				
								无$_1$ 无$_2$						奇无
								𣞤$_1$ 𣞤$_2$						篆𣞤

今本尚書文字	出土文獻尚書		傳抄著錄古尚書文字				隸古定尚書			構形異同說明	備　註	參　證		
	戰國楚簡	石經	汗簡	古文四聲韻	訂正六書通	說文所引	敦煌等古寫本	日本唐寫本	書古文訓晁刻古文尚書			出土資料文字	傳抄著錄文字	說文字形
無		魏品式（隸） 毋 隸釋 漢石經						毋		無毋音同義通	魏品式益稷汝無面從退有後言			
		罔 隸釋						𠮩1 [illegible]2		無罔音義相近	漢石經盤庚下無戲怠懋建大命．上圖本（八）召誥無疆．內野本呂刑無辜			
								[illegible]		訛誤字	岩崎本說命中有備無患			
									毋	毋之訛誤	洪範遵王之道無有作惡			
								无		奇字无之訛誤	足利本多士惟爾洪無度我不爾動．無逸殺無辜			
匹							[illegible]3	𨑩1 𨑩2		偏旁匸乚形訛作辶辶	P2748	流沙簡.屯戍14.16		
匡							匡4	匡1 匡2 匡5	匡1	王匚共筆		璽彙4061 陶彙4.96 山東002		或筐
								[illegible]		偏旁析離訛混：匚辶				

今本尚書文字	出土文獻尚書		傳抄著錄古尚書文字				隸古定尚書			構形異同說明	備註	參證		
	戰國楚簡	石經	汗簡	古文四聲韻	訂正六書通	說文所引	敦煌等古寫本	日本唐寫本	書古文訓晁刻古文尚書			出土資料文字	傳抄著錄文字	說文字形
匪								[illegible]		偏旁匚乚訛混作辶	上圖本（元）			
								非		同義字	足利本．上圖本（影）說命下匪說攸聞			
匱								[illegible]		偏旁匚之乚訛作辶	島田本			
匯								[illegible]		偏旁訛混匚辶				
								[illegible]		聲符替換				
							[illegible]			偏旁訛混匚一辶．氵彳	P4033			
曲								[illegible]	[illegible] 1		內野本．上圖本（八）費誓魯侯伯禽宅曲阜徐夷	[illegible] 曲父丁爵 [illegible] 曾子斿鼎		古 [illegible]
								[illegible] 曲		訛誤字	九條本費誓魯侯伯禽宅曲阜徐夷			
張								張1 [illegible]2		1 訛多土 2 偏旁訛混弓方	1 上圖本（影）泰誓中我伐用張 2 觀智院本作康王之誥張皇六師			
彊									[illegible]	強力本字彊爲假借字		[illegible] 郭店五行 41 [illegible] 璽彙 2204		彊 古 [illegible]
								[illegible]		強之假借字				

今本尚書文字	出土文獻尚書		傳抄著錄古尚書文字				隸古定尚書			構形異同說明	備註	參證		
	戰國楚簡	石經	汗簡	古文四聲韻	訂正六書通	說文所引	敦煌等古寫本	日本唐寫本	書古文訓晁刻古文尚書			出土資料文字	傳抄著錄文字	說文字形
彊										偏旁增繁訛誤：力㽞				
										偏旁訛混弓方	島田本.上圖本（八）			
引		漢石經										鐵159.1 引尊 毛公旅鼎 孫子188 睡虎地2		
										引之隸變俗寫	S801	陳球碑 西晉三國志寫本	廣韻上聲16軫韻引	
										偏旁訛混弓方	上圖本（影）			
弘								1 2 3		部件隸變厶口3 偏旁訛混弓方		漢帛老子甲後346 春秋事語 漢印徵 孔龢碑		
										篆文隸訛與引隸變俗寫混同	周官貳公弘化寅亮天地顧命弘璧琬琰	引： 陳球碑		篆

今本尚書文字	出土文獻尚書		傳抄著錄古尚書文字				隸古定尚書			構形異同說明	備　註	參　證		
	戰國楚簡	石經	汗簡	古文四聲韻	訂正六書通	說文所引	敦煌等古寫本	日本唐寫本	書古文訓晁刻古文尚書			出土資料文字	傳抄著錄文字	說文字形
發							発[1]	 發[2] 發[3] 發[4] 發 發 發 發[5]		5 下形訛作放				
彌								弥	弥	聲符更替				
弼		[illegible] 魏品式	 [illegible] 汗 4.70	 [illegible] 四 5.8			 [illegible] 1	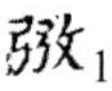 [illegible][1]	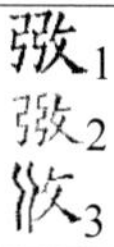 [illegible][1] [illegible][2] [illegible][3]					古  [illegible]
			 [illegible] 汗 4.70	 [illegible] 四 5.8					 [illegible]		皋陶謨厥德謨明弼諧			古  [illegible]
			[illegible] 汗 4.70	[illegible] 四 5.8				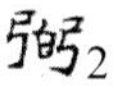 [illegible][2]	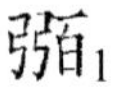 [illegible][1]			[illegible] 毛公鼎 [illegible] 番生簋 [illegible] 隨縣 13 [illegible] 包山 35		篆  [illegible]
						㞕下虞書曰㞕成五服			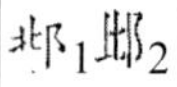 [illegible][1] [illegible][2]	㞕字之誤	益稷弼成五服		玉篇㞕輔信也.今作弼	
孫		 [illegible] 魏三體										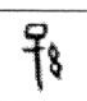 [illegible] 後 2.147 [illegible] 乃孫作且己鼎 [illegible] 欒書缶		
								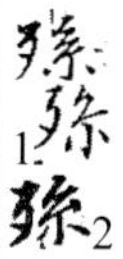 [illegible][1] [illegible][1] [illegible][2]		1 偏旁訛變：子歹 2 偏旁訛混：系糸				

今本尚書文字	出土文獻尚書		傳抄著錄古尚書文字				隸古定尚書			構形異同說明	備　註	參　　證		
	戰國楚簡	石經	汗簡	古文四聲韻	訂正六書通	說文所引	敦煌等古寫本	日本唐寫本	書古文訓晁刻古文尚書			出土資料文字	傳抄著錄文字	說文字形
繇						蘇下夏書曰厥艸惟蘇			蘇	蘇爲蘇俗體言訛作缶	禹貢厥草惟繇	繇： 彔伯簋 懋史鼎 散盤 西狹頌 校官碑	集韻繇或作繇.蘇古作蘇通作繇	
								繇		偏旁訛混：系糸	上圖本（八）			
卷 13														
純		魏三體君奭 魏三體文侯之命	汗 5.70				純1	2 3						
									醇	音同義通	君奭天惟純佑命.亦惟純佑秉德			
									㡭	純絕形近訛誤爲絕之古文	酒誥小子惟一妹土嗣爾股肱純.文侯之命侵戎我國家純	中山王壺 隨縣 14 郭店老子甲 1 郭店老子乙 4		絕古

今本尚書文字	出土文獻尚書		傳抄著錄古尚書文字				隸古定尚書			構形異同說明	備　註	參　證		
	戰國楚簡	石經	汗簡	古文四聲韻	訂正六書通	說文所引	敦煌等古寫本	日本唐寫本	書古文訓晁刻古文尚書			出土資料文字	傳抄著錄文字	說文字形
織			汗5.68	四5.25						从糸戠省聲聲符省簡			集韻織古作	
										偏旁更替戠戈	九條本禹貢熊羆狐貍織皮	鄂君啓舟節 鄂君啓車節 包山157		
										偏旁更替戠戈			集韻織古作	
										移糸於下				
納		魏品式					內	內	內	內納古今字	魏品式益稷工以納言 內野本	井侯簋 子禾子釜 中山王壺 中山王兆域圖		
絕							1 5 6 9	3 4 7 8 9 10 11	2 4			中山王壺 隨縣14 郭店老子甲1 郭店老子乙4		古

今本尚書文字	出土文獻尚書		傳抄著錄古尚書文字				隸古定尚書			構形異同說明	備註	參證		
	戰國楚簡	石經	汗簡	古文四聲韻	訂正六書通	說文所引	敦煌等古寫本	日本唐寫本	書古文訓晁刻古文尚書			出土資料文字	傳抄著錄文字	說文字形
繼							継1	継1 継2		俗字 2乚訛作辶				
								𢇍2	𢇍1	戰國用作絕漢代則用𢇍反𢇍爲繼	1書古文訓無逸繼自今嗣王 2內野本	絕：𢇍 郭店老子甲1 𢇍 郭店老子乙4 𢇍 包山249 繼：𢇍 帝堯碑△擬前緒		
							繼2	繼1			P3767 九條本			
續									賡			賡 後2.21.15 賡 陶彙3.981 賡 陶彙3.1175	賡 汗6.80續尚書說文 賡 四5.6續說文	古賡賡
								績			P2643.上圖本(影)盤庚中"予迓續乃命于天"			
續・賡								賡		字形訛誤	上圖本（八）益稷乃賡載歌			古賡
纘								纘1 纘2	纘1			纘 漢印徵 纘 張遷碑		

今本尚書文字	出土文獻尚書		傳抄著錄古尚書文字				隸古定尚書			構形異同說明	備註	參證		
	戰國楚簡	石經	汗簡	古文四聲韻	訂正六書通	說文所引	敦煌等古寫本	日本唐寫本	書古文訓晁刻古文尚書			出土資料文字	傳抄著錄文字	說文字形
纘								績		訛誤字	上圖本（影）．上圖本（八）			績
								纉		訛誤字	岩崎本			
紹		綤 魏三體綽							綤1	聲符更替	魏三體無逸不寬綽厥心．綽三體皆作紹			古 [illegible]
							紹	紹		偏旁糸省形				
縱								縦1 縦2						
								紭1 紭2		偏旁从隸古定			集韻縱古作紭	
								从1		假从爲縱	九條本酒誥誕惟厥縱淫泆于非彝			
纖			鑯 汗5.68	鑯 四2.27				鐵 2	鐵1	假鐵爲纖 2 偏旁訛誤𢧵㦰．韭非				
								纖 纖1						
細								絤2	絤1					篆 [illegible]
#縮				𦻔 四5.4							今本尚書無縮字			
紊						商書曰有條而不紊					盤庚上			
總							總1 總2 総 総8	總 總3 總4 總5 總6 總7 総8				総 樊敏碑		

今本尚書文字	出土文獻尚書		傳抄著錄古尚書文字				隸古定尚書			構形異同說明	備註	參證		
	戰國楚簡	石經	汗簡	古文四聲韻	訂正六書通	說文所引	敦煌等古寫本	日本唐寫本	書古文訓晁刻古文尚書			出土資料文字	傳抄著錄文字	說文字形
							揔3	揔2 揔4	揔1	總揔音同義近通假 234 移心於下 4 偏旁訛變：扌牛			廣韻揔與總同	揔
終			𠔌 汗6.82	𠔌 四1.12			𠔌3		𠔌1 𠔌2			乙368 乙3340 此鼎 頌簋	𠔌 四1.12崔希裕纂古	古𠔌
								𠔌		冬終古今字	岩崎本畢命.呂刑	魏石經.僖公（篆）	四1.12崔希裕纂古 四1.12王存乂切韻	冬
							𣅕3 𣅕4	𣅕1 𣅕2 𣅕3		冬終古今字			汗3.34碧落文 四1.12碧落文	冬古𣅕
終								𣅕3 𣅕4						
								終1 終2						

今本尚書文字	出土文獻尚書		傳抄著錄古尚書文字				隸古定尚書			構形異同說明	備　註	參　證		
	戰國楚簡	石經	汗簡	古文四聲韻	訂正六書通	說文所引	敦煌等古寫本	日本唐寫本	書古文訓晁刻古文尚書			出土資料文字	傳抄著錄文字	說文字形
		[glyph] 魏三體								假崇爲終	君奭其終出于不祥魏三體終作崇			
		道 隸釋									（漢石經）同上			
繪						虞書曰山龍華蟲作繪					益稷山龍華蟲作會			
繡								[glyph]1 [glyph]2 [glyph] [glyph]3				[glyph] 劉寬碑 [glyph] 校官碑		
緙・綦			[glyph] 汗 5.70	[glyph] 四 1.20				[glyph]	[glyph]	聲符更替	內野本.觀智院本	[glyph] 戰國印徵文.類編頁244		或綦
網									[glyph]	从木从幺．會意之異體				古 [glyph]
							[glyph]			部件訛混山止	P2533			篆 [glyph]
								[glyph] [glyph]1 [glyph]2		偏旁訛混罔罔				
徽		[glyph] 魏三體											集韻徽古作𢼸	
							[glyph]1	[glyph]2 [glyph]3 [glyph] [glyph]4				[glyph] 晉荀岳墓志陰		

今本尚書文字	出土文獻尚書		傳抄著錄古尚書文字				隸古定尚書			構形異同說明	備　註	參　證		
	戰國楚簡	石經	汗簡	古文四聲韻	訂正六書通	說文所引	敦煌等古寫本	日本唐寫本	書古文訓晁刻古文尚書			出土資料文字	傳抄著錄文字	說文字形
徽		徵 隸釋								微字隸變俗寫假借字	漢石經立政"予旦已受人之徽言"	老子甲85 縱橫家書196 孫臏24 趙寬碑 漢石經.詩.式微	四1.21籀韻	
								1 2		假借字	1 內野本無逸"即康功田功徽柔懿恭" 2 上圖本（八）舜典"愼徽五典"			
繩							1 P2516	1 2 3				武威簡.服傳1 袁博殘碑 漢石經.詩.抑		
縢									縢					篆
繁								畨	番	繁蕃音同相通.蕃或省作番	九條本			
績			績 汗6.80尚書.說文							借績（賡.古文續）爲績	績字偏旁責與續之古文賡相訛混.又績賡韻近可相借用.績有作續.續亦有作績者	後2.21.15 陶彙3.981 陶彙3.1175	四5.6.說文續	續古

今本尚書文字	出土文獻尚書		傳抄著錄古尚書文字				隸古定尚書			構形異同說明	備　註	參　證		
	戰國楚簡	石經	汗簡	古文四聲韻	訂正六書通	說文所引	敦煌等古寫本	日本唐寫本	書古文訓晁刻古文尚書			出土資料文字	傳抄著錄文字	說文字形
績									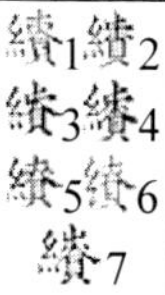 績1 績2 績3 績4 績5 績6 績7			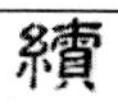  績 度尙碑 績 楊統碑		
績								 續1 續2		借續爲績	上圖本（影）．內野本文侯之命“嗚呼有績予一人”	 續 郙閣頌		
絺							 絺1	 絺1 絺2				 絺 婁壽碑		
紵							紵				P5522			
綏		 綏 魏三體	 綏 汗 5.70	 綏 四 1.18	  綏 綏 六 59							[字形] 隨縣 88 [字形] 包山 277 [字形] 璽彙 1414		
綏			[字形] 汗 5.66	[字形] 四 1.18			 娞 娞 1	 娞 2	 娞1	妥累增形旁．妥爲初文 綏娞義符更替				
綏								 綏 綏1 娞2 綏3		偏旁訛混：妥安				
綏								 [字形]		訛誤字	上圖本（影）文侯之命有績予一人永綏在位			
綏								 [字形]		訛誤字	岩崎本盤庚上底綏四方．上圖本(元)說命下其爾克紹乃辟于先王永綏民			

今本尚書文字	出土文獻尚書		傳抄著錄古尚書文字				隸古定尚書			構形異同說明	備註	參證		
	戰國楚簡	石經	汗簡	古文四聲韻	訂正六書通	說文所引	敦煌等古寫本	日本唐寫本	書古文訓晁刻古文尚書			出土資料文字	傳抄著錄文字	說文字形
彝		魏石經										秦公簋		古
							1 2	3				前5.1.3 小夫作父丁卣 仲追父簋 史頌簋 芮伯壺		篆
										義符更替廾寸				
綽或‧綽		魏三體									無逸不寬綽厥心魏石經三體綽作紹			紹古
絲								1 2 3		偏旁糸省簡		商尊 辛伯鼎		
								1 2		偏旁訛混糸系				
率		魏三體	汗1.10	四5.8			1	2 4 5 7	1 3 6	魏三體君奭率惟茲有陳		甲3777 盂鼎 師寰簋 庚壺 中山王鼎 郭店.尊德28 詛楚文		

今本尚書文字	出土文獻尚書		傳抄著錄古尚書文字				隸古定尚書			構形異同說明	備　註	參　　證		
	戰國楚簡	石經	汗簡	古文四聲韻	訂正六書通	說文所引	敦煌等古寫本	日本唐寫本	書古文訓晁刻古文尚書			出土資料文字	傳抄著錄文字	說文字形
率								率1 率2		篆文訛變		率 魏靈藏造像記 率 唐李惟一墓志		篆 率
雖								雖1 雖2 雖3		12 口隸變作厶				
								虽		省隹	足利本上圖本(影)			
								雖1 雖2		偏旁訛變：虫衣				
虺								虺1 虺2						
									靁	雷字與虺音近通假		雷：畾 師旂鼎 畾 沿罍 畾 對罍	畾 汗6.74 靁 雷汗6.82古尚書 集韻靁通作虺	
蠲								蠲1 蠲2		偏旁隸變訛混：益蓋		蓋：盖 陽泉熏盧 盖 武威簡.服傳31 盖 衡方碑		

今本尚書文字	出土文獻尚書		傳抄著錄古尚書文字				隸古定尚書			構形異同說明	備註	參證		
	戰國楚簡	石經	汗簡	古文四聲韻	訂正六書通	說文所引	敦煌等古寫本	日本唐寫本	書古文訓晁刻古文尚書			出土資料文字	傳抄著錄文字	說文字形
蚩								蚩	蚩	偏旁訛誤：之山	岩崎本．內野本．足利本．上圖本（影）．上圖本（八）			
蠻								蠻1 蠻2						
蛾·蟻								蛾		偏旁義省訛	足利本．上圖本（影）			
								蟻2	蛾1	蛾為螘類蟻為螘之或體．聲符更替	2 觀智院本			說文無蟻
蠶								蠶1 蠶2						
								蚕		偏旁訛省				
蠢		𢧵 魏三體隸				周書曰我有𢧵于西		𢧵2 𢧵3	𢧵1		大誥有大艱于西土西土人亦不靜越茲蠢𢧵 段注：為壁中古文眞本			古𢧵
			𢧵 汗5.68	𢧵 四3.14				𢧵2 𢧵3	𢧵1	義符更替𢦏戈 3訛變	蠢茲有苗			
蟲		蟲 魏品式						蟲1		下二虫作重文符號=	上圖本（八）魏品式益稷華蟲作會	蟲 郭店老子甲21 蟲 包山191		

今本尚書文字	出土文獻尚書		傳抄著錄古尚書文字				隸古定尚書			構形異同說明	備　註	參　證		
	戰國楚簡	石經	汗簡	古文四聲韻	訂正六書通	說文所引	敦煌等古寫本	日本唐寫本	書古文訓晁刻古文尚書			出土資料文字	傳抄著錄文字	說文字形
風								凬			上圖本（八）		玉篇凬古文風 凬 四1.11王存乂切韻	古 [illegible]
								凨			足利本、上圖本（影）	[illegible] 帛甲1.31 [illegible] 帛甲7.24	[illegible] 四1.11王存乂切韻	
								凡		聲符凡假借爲風	足利本伊訓"酣歌于室時謂巫風"			
颺								[illegible]1 [illegible]2		1 从古文風[illegible]	上圖本（八）			
								[illegible]		偏旁訛混：昜易	足利本			
它·他									它	假借字				或蛇
龜								[illegible]2 [illegible]3	[illegible] [illegible]1			[illegible] 甲948 [illegible] 龜父丁爵 [illegible] 郭店緇衣46		古 [illegible]
								[illegible]				[illegible] 尹宙碑 [illegible] 桐柏廟碑		篆 [illegible]
								亀		篆文隸變省變				

今本尚書文字	出土文獻尚書		傳抄著錄古尚書文字				隸古定尚書			構形異同說明	備　註	參　證		
	戰國楚簡	石經	汗簡	古文四聲韻	訂正六書通	說文所引	敦煌等古寫本	日本唐寫本	書古文訓晁刻古文尚書			出土資料文字	傳抄著錄文字	說文字形
鼇								1 2		1 偏旁訛變：敝敞 2 偏旁訛變：黽龜				
二			汗 6.73											古
										與式形混				
恆		漢石經						2 3	1			恒簋 樊敏碑 郙閣碑		篆
									1 2 3			六年格氏令戈 楚帛書乙 郭店.成之 1 包山 220		古
土										漢碑土加點以別於士		盂鼎 亳鼎 璽彙 2837 衡方碑		

今本尚書文字	出土文獻尚書		傳抄著錄古尚書文字				隸古定尚書			構形異同說明	備　註	參　證		
	戰國楚簡	石經	汗簡	古文四聲韻	訂正六書通	說文所引	敦煌等古寫本	日本唐寫本	書古文訓晁刻古文尚書			出土資料文字	傳抄著錄文字	說文字形
地			汗6.73	四4.7				1 2				侯馬 蚉壺 郭店.忠信4 璽彙2163	集韻地籀作	籀
								坔		疑此爲上下形構之異體	上圖本（八）周官地字	郭店.語叢4.22	集韻地或作坔	
								埊		坔贅加義符山	內野本金縢以後地字		集韻地:唐武后作埊.一切經音義埊.古地字則天后所制也	
								地		偏旁土作圡				
堣						尚書曰宅堣夷					堯典宅嵎夷			
均										移土於下		蔡侯鐘		
								1 2		偏旁土作圡 2 偏旁訛混：匀勾				

今本尚書文字	出土文獻尚書		傳抄著錄古尚書文字				隸古定尚書			構形異同說明	備註	參證		
	戰國楚簡	石經	汗簡	古文四聲韻	訂正六書通	說文所引	敦煌等古寫本	日本唐寫本	書古文訓晁刻古文尚書			出土資料文字	傳抄著錄文字	說文字形
壞									𣀔1 𣀔2 𣀔3	假𣀔（襄）爲壞		襄：[illegible] 魏三體僖公 [illegible] 郭店語叢四23	[illegible] 汗5.66 [illegible] 四2.15古尚書襄	襄古[illegible]
								壞						
								壞		偏旁訛混襄褱				
壚														
埴								戠	戠	假借字．戠埴音義			集韻埴或作戠	
基		丌 魏三體								假丌爲基	君奭厥基永孚于休魏三體基古文作丌篆隸二體作基	丌 欽罍 丌 亓 子禾子釜 亓 中山王兆域圖		
			坖 汗6.73					坖1 坖2	坖1	聲符更替2偏旁土作圡		坖 漢帛老子甲7	坖 四1.20汗簡 集韻基古作坖	
		其 隸釋								假借字	立政以並受此丕丕基			
							坖	坖		偏旁訛混亓𠀤偏旁土作圡				
							基1 基2							
								坖		坖之訛變	上圖本（八）武成肇基王跡			

今本尚書文字	出土文獻尚書		傳抄著錄古尚書文字				隸古定尚書			構形異同說明	備　註	參　證		
	戰國楚簡	石經	汗簡	古文四聲韻	訂正六書通	說文所引	敦煌等古寫本	日本唐寫本	書古文訓晁刻古文尚書			出土資料文字	傳抄著錄文字	說文字形
堪		[illegible] 魏三體					[illegible]	[illegible]	[illegible]	義符更替	多方罔堪顧之			
堂			[illegible] 汗 6.73	[illegible] 四 2.16				[illegible]1	[illegible]1			[illegible] 中山王兆域圖 [illegible] 璽彙 3442 [illegible] 璽彙 5422		古[illegible]
								[illegible]		偏旁訛誤土玉	觀智院本			
塈			[illegible]暨 汗 6.73	[illegible] 四 4.6				[illegible]2	[illegible]1	汗.四.偏旁旡訛變				
								[illegible]						
坐								[illegible]		隸變俗寫人口		[illegible] 孫子 186 [illegible] 孫臏 36 [illegible] 武威簡.有司 7		篆[illegible] 古[illegible]
封		[illegible] 魏三體	[illegible] 汗 6.73	[illegible] 四 1.13	[illegible] 六 6						魏三體康誥王曰嗚呼封汝念哉	[illegible] 封孫宅盤 [illegible] 璽彙 0839 [illegible] 璽彙 2496		籀[illegible]

今本尚書文字	出土文獻尚書		傳抄著錄古尚書文字				隸古定尚書			構形異同說明	備註	參證		
	戰國楚簡	石經	汗簡	古文四聲韻	訂正六書通	說文所引	敦煌等古寫本	日本唐寫本	書古文訓晁刻古文尚書			出土資料文字	傳抄著錄文字	說文字形
封								𡉚2 𡉚3	𡉚1			丯 前1.2.16 丯 康侯丰鼎 丯（𡈳 召伯簋） 𡉚 璽彙4091		古𡉚
							𡉚1	𡉚1 𡉚2		𡉚說文古文封之隸變				
								邦		封邦音義可通	內野本書序・康誥“封康叔作康誥酒誥梓材”			
墨								墨1 𡋡2		1偏旁土作圡 2隸變：灬火				
垐・堲						虞書曰龍朕堲讒說殄行					舜典龍朕堲讒說殄行			古堲
塞						𡫳下虞書曰剛而𡫳				今本作塞為假借字	皋陶謨剛而塞			𡫳
									𡨄	篆文隸古定𡨄之假借字				篆𡫳
								塞		訛變	上圖本（影）	益稷娶于塗山		
圮						虞書曰方命圮族	圮1	圮1		與圯字混同	堯典方命圮族			

今本尚書文字	出土文獻尚書		傳抄著錄古尚書文字				隸古定尚書			構形異同說明	備　註	參　證		
	戰國楚簡	石經	汗簡	古文四聲韻	訂正六書通	說文所引	敦煌等古寫本	日本唐寫本	書古文訓晁刻古文尚書			出土資料文字	傳抄著錄文字	說文字形
圮								地		訛誤字	上圖本（八）咸有一德書序"祖乙圮于耿作祖乙"			
壞								𣪠2	𣪠1		1大禹謨勸之以九歌俾勿壞 2觀智院本康王之誥無壞我高祖寡命			籀 𣪠
								壊1 壊2						
垂									𠂹	𠂹下垂本字	微子之命德垂後裔			𠂹 篆 𠂹
								垩1 埀2 埀3	垩1					篆 垂
							𡍮1 垂2 垂3	垂3 垂4 垂5 𡍮6 垂7				垂 鄭固碑 垂 華山廟碑 垂 孔龢碑 𡍮 校官碑 𡍮 夏承碑		
								𣓁		與棄字形混	上圖本（影）顧命一人冕執瞿立于西垂			
新附塗			嵞 嵞.汗4.51	嵞 嵞 塗四1.26		嵞下虞書曰予娶嵞山			嵞		益稷娶于塗山			

今本尚書文字	出土文獻尚書		傳抄著錄古尚書文字				隸古定尚書			構形異同說明	備註	參證		
	戰國楚簡	石經	汗簡	古文四聲韻	訂正六書通	說文所引	敦煌等古寫本	日本唐寫本	書古文訓晁刻古文尚書			出土資料文字	傳抄著錄文字	說文字形
新附塗							塗	塗 塗		偏旁土作圡	P3469 岩崎本．島田本．上圖本（八）塗山．塗泥	塗 史晨後碑		
									𨑒	假借字	塗泥			
						臒下周書曰惟其敷丹臒			敷	敷爲斁．度之假借	梓材惟其塗塈茨．惟其塗丹臒			
								斁		塗爲斁之假借	九條本梓材惟其塗塈茨．惟其塗丹臒			
墮								墮			上圖本（八）	墮 陳球後碑		
							隳			音義近同	P3605		廣韻云墮同墮俗作隳	
								憜		偏旁訛混 隋惰	足利本．上圖本（影）			
圭									珪			珪 郭店．緇衣35		古珪
堯			垚 汗6.73						垚			垚 璽彙0262 垚 郭店．六德7		古垚
							尭2 尭3	尭1 尭4						

今本尚書文字	出土文獻尚書		傳抄著錄古尚書文字				隸古定尚書			構形異同說明	備　註	參　證		
	戰國楚簡	石經	汗簡	古文四聲韻	訂正六書通	說文所引	敦煌等古寫本	日本唐寫本	書古文訓晁刻古文尚書			出土資料文字	傳抄著錄文字	說文字形
艱									囏 囏囏1囏 囏囏2 囏3囏4			甲2125 前5.40.6 不嬰簋		籀 囏
							艱2	艱2 艱3 艱4	艱1					篆 艱
								難1 難 難2		義近通用				
釐							[illegible]1 [illegible]2		[illegible]3		P5557	郭店.太一8 郭店.尊德33 郭店.尊德3		
			汗6.74	四1.20	六29							陳財簋		
							釐1 釐2	釐1 釐2 釐3 釐4				芮伯壺 釐鼎 師酉簋 善夫克鼎		

今本尚書文字	出土文獻尚書		傳抄著錄古尚書文字				隸古定尚書			構形異同說明	備註	參證		
	戰國楚簡	石經	汗簡	古文四聲韻	訂正六書通	說文所引	敦煌等古寫本	日本唐寫本	書古文訓晁刻古文尚書			出土資料文字	傳抄著錄文字	說文字形
野			埜 汗 3.30	埜 四 3.22			埜1 埜2	埜1 埜2 埜3 埜4	埜1	偏旁土作圡 4 土訛似云		𡐨 鄴 3 下 38.4 埜 克鼎 埜 酓忎鼎		
			壄 汗 6.73	壄 四 3.22					壄1 壄2	予誤作矛		壄 睡虎地 .6.45 壄 天文雜占 1.5		古 壄
田						畋下周書曰畋尒田			畋	畋田音同通假	多方畋爾田			
							佃			假佃爲田	敦煌本 S2074 多方畋爾田			
疇			𠷎 汗 6.82	𠷎 四 2.24	𠷎 六 145				𠷎1 𠷎2					古 𠷎
						𠷎下虞書曰帝曰𠷎咨					堯典帝曰疇咨疇			𠷎
							𠷎2 𠷎7	𠷎3 𠷎4 𠷎𠷎5 𠷎6 𠷎𠷎7	𠷎1					
								疇1 畤2						
								[illegible]		訛誤字	岩崎本洪範"不畀洪範九疇"			
								[illegible]1 [illegible]2		偏旁古文疇				

今本尚書文字	出土文獻尚書		傳抄著錄古尚書文字				隸古定尚書			構形異同說明	備　註	參　證		
	戰國楚簡	石經	汗簡	古文四聲韻	訂正六書通	說文所引	敦煌等古寫本	日本唐寫本	書古文訓晁刻古文尚書			出土資料文字	傳抄著錄文字	說文字形
晦			汗6.74	畂.四2.3			1	1 2	1	四2.3誤注畂		賢簋 師寰簋 兮甲盤		篆
								1 2		偏旁訛變久-人卜				或
甸		魏三體									君奭小臣屏侯甸.立政奄甸萬姓.甸古文作佃.篆隸作甸			
略									䂮	假䂮爲略.形讀均近			玉篇䂮今作略.古今字詁略古作䂮	咢刂籒
										移田於上	敦煌本P3615.上圖本(八)			
留								1 2				劉：華山亭碑 桐柏廟碑		篆
畺・疆		魏石經隸					1 2	1 3 4	1		魏三體君奭我受命無疆惟休	毛伯簋		
								1 2			足利本.上圖本（影）	秦公簋 蔡侯盤 庚兒鼎 王子啓疆尊		或

今本尚書文字	出土文獻尚書		傳抄著錄古尚書文字				隸古定尚書			構形異同說明	備註	參證		
	戰國楚簡	石經	汗簡	古文四聲韻	訂正六書通	說文所引	敦煌等古寫本	日本唐寫本	書古文訓晁刻古文尚書			出土資料文字	傳抄著錄文字	說文字形
畺·疆											神田本泰誓中我武惟揚侵于之疆 上圖本（元）太甲中實萬世無疆之休	盂鼎 五祀衛鼎 邾公華鐘 永盂 中山王壺		
黃									$_1$ $_2$					古
勳			汗 3.33	四 1.34		殂下虞書曰勛乃殂			$_1$ $_2$		堯典帝堯曰放勳．舜典帝乃殂落			古 勛
功		魏三體					$_3$	$_2$ $_3$ $_4$ $_5$	$_1$		魏三體石無逸即康功田功 P3315			古
功		漢石經								功之假借字	益稷．迪朕德時乃功惟敘			
功								$_1$ $_2$						
功										訛誤字	神田本泰誓中立定厥功惟克永世			
劼						周書曰劼毖殷獻臣					酒誥劼毖殷獻臣			
勱						周書曰用勱相我邦家					足利本．上圖本（影）立政用勱相我邦家			

今本尚書文字	出土文獻尚書		傳抄著錄古尚書文字				隸古定尚書			構形異同說明	備　註	參　證		
	戰國楚簡	石經	汗簡	古文四聲韻	訂正六書通	說文所引	敦煌等古寫本	日本唐寫本	書古文訓晁刻古文尚書			出土資料文字	傳抄著錄文字	說文字形
勖						周書曰勖哉夫子	勗3	勗2 勗3	勗1 勗2	偏旁訛混冃日2目耳3目日	泰誓中勖哉夫子			
								勖		偏旁訛混冃田.目日	神田本			
							罰2	罰1		偏旁訛混冃罒				
勸		勸 魏三體									多方愼厥麗乃勸.亦克用勸			篆 勸
							勸2 勸5	勸1 勸2 勸3 勸4				勸 漢帛老子乙前17下		
								歡		偏旁訛混力欠.歡訛誤字	九條本畢命民罔攸勸			
	觀 郭店緇衣37									今本作勸爲觀之誤	今本君奭在昔上帝割申勸寧王之德.郭店.緇衣37勸作觀	觀 中山王壺 觀 包山230 觀 郭店老乙18		
勝								勝 勝2	勝1	偏旁隸變：舟月偏旁訛混力刀		勝 景北海碑陰 勝 周憬碑陰		篆 勝

今本尚書文字	出土文獻尚書		傳抄著錄古尚書文字				隸古定尚書			構形異同說明	備註	參證		
	戰國楚簡	石經	汗簡	古文四聲韻	訂正六書通	說文所引	敦煌等古寫本	日本唐寫本	書古文訓晁刻古文尚書			出土資料文字	傳抄著錄文字	說文字形
動			[illegible] 汗 1.8	[illegible] 四 3.3					[illegible]1	汗四偏旁更替：重童		[illegible] 楚帛書甲 5.20 [illegible] 嶧山碑 [illegible] 孫子 37 [illegible] 漢帛老子甲後 231		古 [illegible]
			[illegible] 汗 1.9	[illegible] 四 3.3						義符更替辵徸童			玉篇徸亦作踵又古文動字	徸篆 [illegible]
			[illegible] 汗 1.7	[illegible] 四 3.3				[illegible]1		1 偏旁訛混：止山		歱：[illegible] 毛公鼎		歱篆 [illegible]
							[illegible]1 [illegible]2	[illegible]2 [illegible]3 [illegible]4	[illegible]	假借字 234 偏旁訛混止山	P2748.P2643 書古文訓盤庚上而胥動以浮言			歱篆 [illegible]
			[illegible] 汗 1.7	[illegible] 四 3.3						旂字借爲近	注爲動」字乃旂」之誤			近古 [illegible]
								[illegible]1 [illegible]2						
勞							劳2	劳1 [illegible] 劳3		偏旁訛混力刀		[illegible] 居延簡甲 78		
									[illegible]1 [illegible]2			[illegible] 𩛥鎛 [illegible] 中山王鼎		古 [illegible]

今本尚書文字	出土文獻尚書		傳抄著錄古尚書文字				隸古定尚書			構形異同說明	備　註	參　證		
	戰國楚簡	石經	汗簡	古文四聲韻	訂正六書通	說文所引	敦煌等古寫本	日本唐寫本	書古文訓晁刻古文尚書			出土資料文字	傳抄著錄文字	說文字形
勦						剿下周書曰天用剿絕其命 灑下讀若夏書天用剿絕	勦1	勦 勦2		剿字今本作勦乃剿之誤	P2533 甘誓天用勦絕其命		玉篇剿下剿同上	
勤		魏三體古								義符更替 說文無慬	多士其有聽念于先王勤家. 魏三體古文作慬 篆隸作勤	韓勑碑 愍△（勤）宅廟		
		魏三體古						勤1 勤2 勤3		偏旁說文古文堇	大誥爾知寧王若勤哉			
		魏三體隸					勤1	勤1 勤2 勤3 勤4		偏旁訛混：力刀		郙閣頌 張遷碑 魏上尊號奏		篆
勇			汗 4.59						恿1			睡虎地 53.34 孫子 36 居延簡甲 19A	四 3.3 古老子勇 四 3.3 古孝經踊	古
								勇 勇1 勇2						
協		魏三體									立政用協于厥邑其在四方			劦

今本尚書文字	出土文獻尚書		傳抄著錄古尚書文字				隸古定尚書			構形異同說明	備註	參證		
	戰國楚簡	石經	汗簡	古文四聲韻	訂正六書通	說文所引	敦煌等古寫本	日本唐寫本	書古文訓晁刻古文尚書			出土資料文字	傳抄著錄文字	說文字形
協							叶	叶	叶					古口十
							𢝺	𢝺						
							恊1 恊2	恊2 恊3 恊4		借恊爲協寫本偏旁十忄常混				協
新附勢								勢 勢1 埶2						
									埶	假埶爲勢				
卷 14														
金							金		金	P3315		金 毛公鼎 金 史頌簋		金
		金 魏三體							金 金1 金2			金 趙孟壺 金 郘公孫班鎛 金 曾大保盆 金 陳貯簋 金 沇兒鐘	金 四 2.26 說文	古 金
鉛（鈆）							鈆	鈆	鈆	部件隸變：口厶	P3615			

今本尚書文字	出土文獻尚書		傳抄著錄古尚書文字				隸古定尚書			構形異同說明	備註	參證		
	戰國楚簡	石經	汗簡	古文四聲韻	訂正六書通	說文所引	敦煌等古寫本	日本唐寫本	書古文訓晁刻古文尚書			出土資料文字	傳抄著錄文字	說文字形
錫							鍚3	鍚4 錫 鍚5 錫 錫6 錫 錫7	鍚 鍚1 鍚 鍚2	1.3 偏旁篆文隸古定 2.4 偏旁古文隸古定				
								鍚		偏旁訛誤				
鐵								鐵				鐵 流沙簡.屯戍14.13		
								鐵		聲符更替	九條本禹貢厥貢璆鐵銀鏤砮磬	鐵 居延簡甲2165	集韻鐵古作鐵	或鐵
鏤						夏書曰梁州貢鏤					禹貢厥貢璆鐵銀鏤砮磬			
錯									鎝1 鎝 鎝 2 鎝3	从偏旁昔古文 3 从古文金訛變				
銳								銳			內野本.觀智院本.上圖本（影）.上圖本（八）			
						鈗下周書曰一人冕執鈗			鈗	假借字	顧命一人冕執銳			
鍰						書曰罰百鍰					呂刑其罰百鍰			

今本尚書文字	出土文獻尚書		傳抄著錄古尚書文字				隸古定尚書			構形異同說明	備　註	參　　證		
	戰國楚簡	石經	汗簡	古文四聲韻	訂正六書通	說文所引	敦煌等古寫本	日本唐寫本	書古文訓晁刻古文尚書			出土資料文字	傳抄著錄文字	說文字形
鈞			汗 6.75	四 1.33					1 2			守簋 幾父壺 子禾子釜		古
								鈎		訛誤字	上圖本（影）			
								釣		訛誤字	神田本			
鐸								鐸		部件訛變：罒由	九條本			
鏞							1		2	庸鏞古今字本作庸	P3605 笙鏞以間	魏三體尚書.庸		
鉞									戉	戉鉞古今字		甲 3181 戉父癸甗 師克盨 虢季子白盤		
							鉞	鉞		偏旁混同戉戊	S799 牧誓王左杖黃鉞 足利本．上圖本（影）顧命一人冕執銳立于側階作執鉞銳			

今本尚書文字	出土文獻尚書		傳抄著錄古尚書文字				隸古定尚書			構形異同說明	備　註	參　證		
	戰國楚簡	石經	汗簡	古文四聲韻	訂正六書通	說文所引	敦煌等古寫本	日本唐寫本	書古文訓晁刻古文尚書			出土資料文字	傳抄著錄文字	說文字形
劉		劉 魏三體古 劉 魏三體篆					劉3 劉4	劉2 劉5 劉6	劉 劉1	說文無劉字本从丣（古酉字）隸變从卯		劉 劉君神道 劉 居延簡甲1531 劉 華山亭碑 劉 桐柏廟碑		
鉅							臣2	巨1	巨1	假巨爲鉅 2 訛誤字	S799			
几								几			內野本.觀智院本.上圖本（八）			
								机		機之簡體字累增義符	觀智院本顧命憑玉几			
凭・憑						周書曰凭玉几			凭1	凭依之本字	顧命憑玉几			
								馮		馮假借字 偏旁訛混：冫氵	觀智院本			
								憑		憑爲馮之俗字今本作憑衛包所改俗字	內野本.足利本.上圖本（影）.上圖本（八）・說文有凭無憑			
且				[illegible] 四3.22										

今本尚書文字	出土文獻尚書		傳抄著錄古尚書文字				隸古定尚書			構形異同說明	備註	參證		
	戰國楚簡	石經	汗簡	古文四聲韻	訂正六書通	說文所引	敦煌等古寫本	日本唐寫本	書古文訓晁刻古文尚書			出土資料文字	傳抄著錄文字	說文字形
斨							𤖅1	斨2		1 偏旁訛混：爿 牛（牜）	P3315			
斲								斲1 斲2 斲3 斲4						
所		所 魏三體					所1	所1 所2				所 不易戈 所 魚鼎匕 所 中山王壺		篆 所
斯			斯 汗 6.76	斯 四 1.16			斯1	斯1 斯2 斯3	斯1	3 偏旁相涉訛變 4 偏旁訛混亓亦		斯 幺兒鐘 斯 禹鼎		
斮									戠	義符更替斤戈			集韻斮或作戠	
斮								斮		同義字	足利本.上圖本（影）泰誓下斮朝涉之脛			
斷			㡭 汗 6.82	㡭 四 4.21		周書曰㲋㲋猗無它技	㲋1 㲋2	㲋1 㲋2 㲋3 㲋4 㲋5	㲋1	假 㓷（剸）爲斷	許：秦誓斷斷猗無他技	㲋 量侯簋		古 㲋
斷			𢇍 汗 6.76	𢇍 四 4.21					𢇍1 𢇍2 𢇍3	23 訛變		𢇍 郭店.語叢 2.35 𢇍 包山 134 𢇍 信陽 2.1		古 𢇍

今本尚書文字	出土文獻尚書		傳抄著錄古尚書文字				隸古定尚書			構形異同說明	備　註	參　　證		
	戰國楚簡	石經	汗簡	古文四聲韻	訂正六書通	說文所引	敦煌等古寫本	日本唐寫本	書古文訓晁刻古文尚書			出土資料文字	傳抄著錄文字	說文字形
斷								[illegible]		同義字	內野本盤庚上罔知天之斷命	[illegible] 孫臏 167		絕
								斷		俗字			玉篇斷同斷	
								[illegible] [illegible] [illegible]		[illegible]1 之訛	內野本．足利本．上圖本（影）．上圖本（八）秦誓斷斷猗無他伎			
新									寴	親增宀作寴假借字	金縢其新逆我國家禮亦宜之	[illegible] 克鐘 [illegible] 史懋壺△令史懋 [illegible] 中山王鼎受邦△難		
									新		洛誥惟以在周工往新邑			
魁							[illegible]3	[illegible]1 [illegible]2		偏旁鬼省厶 3 偏旁訛誤：斗卜				
升							[illegible]2	[illegible] [illegible] [illegible]2 [illegible]3 [illegible] [illegible]4	[illegible]1	篆文隸變俗寫		[illegible] 睡虎地 23.4 [illegible] 雒陽武庫鐘 [illegible] 武威醫簡 89 甲		篆 [illegible]
									陞	升陞古今字				

今本尚書文字	出土文獻尚書		傳抄著錄古尚書文字				隸古定尚書			構形異同說明	備註	參證		
	戰國楚簡	石經	汗簡	古文四聲韻	訂正六書通	說文所引	敦煌等古寫本	日本唐寫本	書古文訓晁刻古文尚書			出土資料文字	傳抄著錄文字	說文字形
升								昇1 [glyph]2 [glyph]3		升昇古今字	內野本.足利本.上圖本（影）.上圖本（八）書序・高宗肜日"有飛雉升鼎耳而雊"			
矛									[glyph]	古文[glyph]誤作古文我[glyph]	費誓鍛乃戈矛	我：[glyph]魏三體		古[glyph]
							[glyph]			篆文[glyph]隸訛	S799 牧誓比爾干立爾矛			篆[glyph]
								戈		與上文戈字相涉誤作	上圖本（八）牧誓比爾干立爾矛			
矜							矜1 矜2	矜1 [glyph]2		偏旁訛變今令.矛予				
輯							楫		楫	假借字	P3315 舜典輯五瑞			
輅									路	路爲車路本字假借字				
輔			[glyph] 汗 1.3	[glyph] 四 3.10	[glyph] 六 186		[glyph]1 [glyph]2	[glyph]1 [glyph]3 [glyph] [glyph]5	[glyph]1 [glyph]4	从古文示			集韻俌古作[glyph]通作輔	
								[glyph]			九條本泰誓中賊虐諫輔			
								[glyph]		訛誤字	上圖本（影）伊訓俾輔于爾後嗣制官刑			

今本尚書文字	出土文獻尚書		傳抄著錄古尚書文字				隸古定尚書			構形異同說明	備註	參證		
	戰國楚簡	石經	汗簡	古文四聲韻	訂正六書通	說文所引	敦煌等古寫本	日本唐寫本	書古文訓晁刻古文尚書			出土資料文字	傳抄著錄文字	說文字形
載									[illegible] [illegible] [illegible] [illegible]	載之音同假借字		[illegible] 卯簋 [illegible] 沈子它簋		[illegible] 篆 [illegible]
								[illegible] [illegible]		俗訛字				
範									范	範爲范之假借字 偏旁混用：竹艸	洪範	范 劉衡碑師訓之△ 范 楊著碑喪茲師△		
阜			[illegible] 汗6.77	[illegible] 四3.27					[illegible]		書序.費誓魯侯伯禽宅曲阜徐夷			古 [illegible]
陵								[illegible]	[illegible]	篆文隸古定	P3315			篆 [illegible]
							陵1	陵2 陵3 陵4		篆文隸變		陵 睡虎地8.8 陵 禮器碑		篆 [illegible]
								淩1 淩2		偏旁訛混：氵阝				
陰							侌1 侌2	侌1 侌2 侌3 侌4 侌5 侌6 侌7	侌1	侌陰古今字				

今本尚書文字	出土文獻尚書		傳抄著錄古尚書文字				隸古定尚書			構形異同說明	備註	參證		
	戰國楚簡	石經	汗簡	古文四聲韻	訂正六書通	說文所引	敦煌等古寫本	日本唐寫本	書古文訓晁刻古文尚書			出土資料文字	傳抄著錄文字	說文字形
陰							陰1	陰1 隂 隂2 陰3				[glyph] 睡虎地46.21 [glyph] 縱橫家書6 [glyph] 漢石經.易.坤.文言		篆[glyph]
陽							昜2	昜 昜2 昜3	昜1	昜陽古今字				
								湯1 陽2		偏旁訛混昜易				
							易1 易2			易昜訛混	P3169			
陸			[glyph] 隮.汗6.77	[glyph] 四5.4					[glyph]1 [glyph]2	汗簡誤注隮2訛變		[glyph] 陸冊父庚卣 [glyph] 陸父甲角 [glyph] 邾公釛鐘		古[glyph]
								陸		偏旁土作圡	九條本			篆[glyph]
								陸		偏旁省訛	上圖本（影）	[glyph] 謁者景君墓表		
陂						玉篇偏下書曰無偏無頗		頗	頗	音義近同	洪範無偏無陂			
隅								嵎	嵎	義符更替	內野本.書古文訓益稷至于海隅蒼生			
									堣	義符更替	君奭丕冒海隅出日			

今本尚書文字	出土文獻尚書		傳抄著錄古尚書文字				隸古定尚書			構形異同說明	備　註	參　證		
	戰國楚簡	石經	汗簡	古文四聲韻	訂正六書通	說文所引	敦煌等古寫本	日本唐寫本	書古文訓晁刻古文尚書			出土資料文字	傳抄著錄文字	說文字形
險									瞼	偏旁訛誤 阝（𨸏）目				
								険		僉命作 仚 混同	足利本. 上圖本（影）			
阻							俎		俎	假借字	P3315 舜典黎民阻飢			
陋									丙	丙 為"陋"字 側本				丙 篆 陋
陟			徝 汗 3.41	徝 四 5.26					徝			陶彙 3.1291 陶彙 3.1293		古 徝
		陟 魏三體								說文古文形符更替亻阜（阝）	君奭時則有若伊陟臣扈．故殷禮陟配天			
									徝	說文古文形符更替亻彳				
							陟[2]	陟[1] 陟[2]				沈子簋 散盤 蔡侯盤		篆 陟
							徝 古			篆文形符更替：亻阜（阝）	P3315			

今本尚書文字	出土文獻尚書		傳抄著錄古尚書文字				隸古定尚書			構形異同說明	備　註	參　證		
	戰國楚簡	石經	汗簡	古文四聲韻	訂正六書通	說文所引	敦煌等古寫本	日本唐寫本	書古文訓晁刻古文尚書			出土資料文字	傳抄著錄文字	說文字形
隰									⿰𨸏習	隰 ⿰𨸏習 聲符替換			⿰門習 四 5.22 義雲章集韻隰古作⿰𨸏習	
								⿰阝累		隰之訛偏旁㬎省形作累．又訛變作累	九條本		集韻隰或作⿰阝累	
								⿰阝显1 ⿰阝昷2						
・墜		遂 魏三體								借述爲遂．又假遂爲墜	君奭乃其墜命・說文無墜	遂 盂鼎"我聞殷△令（命）" 遂 史遂簋 遂 中山王壺	遂 四 5.8 雲臺碑	
		遂 魏三體篆隸								假遂爲墜	君奭乃其墜命			
								隊	隊	隊墜古今字	九條本			
							墜1	墜1 墜2		偏旁土作圡				
降									夅 夅	夅爲降初文				

今本尚書文字	出土文獻尚書		傳抄著錄古尚書文字				隸古定尚書			構形異同說明	備　註	參　證		
	戰國楚簡	石經	汗簡	古文四聲韻	訂正六書通	說文所引	敦煌等古寫本	日本唐寫本	書古文訓晁刻古文尚書			出土資料文字	傳抄著錄文字	說文字形
降							降1	降降2降降降降3降降降4降降5						
									洚	降水"降"即其本義本字.作洚爲假借	大禹謨"帝曰來禹降水儆予"禹貢"至于大伾北過降水"			
								際		降降1形訛	上圖本（影）伊訓"皇天降災假手于我有命"			
							[illegible]			降5之形訛	P2748 多士"予大降爾四國民命"			
隕								隕1隕2		1 部件隸變：口厶				
									霣	假借字				霣古霣
隉						周書曰邦之阢隉	隉1	隉1隉隉2		偏旁土作圡	秦誓邦之杌隉			
隱		[illegible]隸釋									盤庚下尚皆隱哉			
									㥯	假㥯爲隱				㥯

今本尚書文字	出土文獻尚書		傳抄著錄古尚書文字				隸古定尚書			構形異同說明	備　註	參　證		
	戰國楚簡	石經	汗簡	古文四聲韻	訂正六書通	說文所引	敦煌等古寫本	日本唐寫本	書古文訓晁刻古文尚書			出土資料文字	傳抄著錄文字	說文字形
隱							隱2	隱1 隱2 隱3 隱4				隱 定縣竹簡37 隱 武梁祠畫像題字		
隩							[illegible]	[illegible]	[illegible]	借隩燠爲奧．隩燠義符更替			[illegible] [illegible] 四5.5燠	
									[illegible]	說文古文墺[illegible]同墺隩義符更替			[illegible] 汗6.73墺	
							[illegible]			偏旁訛誤 此處墺爲本字	P4878 禹貢"四隩既宅"		[illegible] 四5.5燠	
								奧		奧墺古今字	九條本禹貢"四隩既宅"			
陳		陳 魏石經									君奭率惟茲有陳	陳 陳逆簠 陳 陳侯午錞 陳 酓忎盤	陳 四1.31說文	
			敶 汗1.15	敶 四1.31	敶 六60		敶1 敶3	敶1 敶3 敶4 敶5	敶1 敶2	从攴省阜3隸變：東車 5訛作从車从欠	3-P2516. S799. 岩崎本．島田本．內野本 5足利本	敶 陳公子甗 敶 陳侯匜 敶 曾侯乙匫器漆書		

今本尚書文字	出土文獻尚書		傳抄著錄古尚書文字				隸古定尚書			構形異同說明	備　註	參　證		
	戰國楚簡	石經	汗簡	古文四聲韻	訂正六書通	說文所引	敦煌等古寫本	日本唐寫本	書古文訓晁刻古文尚書			出土資料文字	傳抄著錄文字	說文字形
陳	上博1緇衣10 郭店緇衣19 上博1緇衣20 郭店緇衣39									从辵从申假𨔶爲陳				
								陣		隸變：東車陳陣古同	上圖本（影）	九年衛鼎 陳侯鬲		
陶						夏書曰東至于陶丘		陶1 陶2			禹貢東出于陶邱北			
						謨下虞書曰咎繇謨	繇1 繇2	繇2 繇5 繇6	繇繇2繇3 繇 繇 繇 繇繇4		臯陶謨			
			汗4.50	四2.9					匋1	匋陶古今字	禹貢“陶邱”五子之歌“陶唐”“鬱陶”	能匋尊 麓伯簋 脽公劍 邛君壺	玉篇匋今作陶	

今本尚書文字	出土文獻尚書		傳抄著錄古尚書文字				隸古定尚書			構形異同說明	備　註	參　　證		
	戰國楚簡	石經	汗簡	古文四聲韻	訂正六書通	說文所引	敦煌等古寫本	日本唐寫本	書古文訓晁刻古文尚書			出土資料文字	傳抄著錄文字	說文字形
陪							倍1	倍1 倍2	倍1	假借字	P3169			
·隮			[illegible] 汗6.77					隮1						說文無隮
								⿰阝亝	⿰阝亝	从古文齊亝			齊：[illegible] 汗6.73 [illegible] [illegible] 四1.27 亦古史記	
							⿰山亝1 ⿰山亝2	[illegible]2 [illegible]3	⿰山亝1	偏旁訛混止山義符更替足止3字形訛變	微子王子弗出我乃顛隮		[illegible] 四1.28 古文	
						躋下商書曰予顛躋		躋		義符更替	說文引微子我乃顛隮．上圖本（元）微子顛隮若之何其			
									⿰足亝	从古文齊亝	微子顛隮若之何其			
								隕 隕			足利本．上圖本（影）微子王子弗出我乃顛隮			
							濟			偏旁訛混阝氵	P2516 微子王子弗出我乃顛隮			
			[illegible] 汗6.77							與前字（隮）相涉而誤注			[illegible] 四5.4 古尚書陸	

今本尚書文字	出土文獻尚書		傳抄著錄古尚書文字				隸古定尚書			構形異同說明	備　註	參　證		
	戰國楚簡	石經	汗簡	古文四聲韻	訂正六書通	說文所引	敦煌等古寫本	日本唐寫本	書古文訓晁刻古文尚書			出土資料文字	傳抄著錄文字	說文字形
陻						垔下商書曰鯀垔洪水				陻爲累加義符阜	洪範鯀陻洪水			垔古 
										偏旁訛混阝氵	上圖本（影）			
絫·累														篆 
四		魏三體	汗6.73									保卣 毛公鼎		古籀三
											上圖本（八）	鄲孝子鼎  楚帛書乙		
綴		 魏三體						1 2 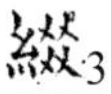 3 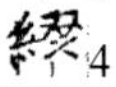 4		1偏旁糸省形 4叕之下重文省略符號==	魏三體立政虎賁綴衣趣馬小尹			篆 
五		 魏品式 魏三體					 2	1  2				 陶彙3.662 古幣22		古 

今本尚書文字	出土文獻尚書		傳抄著錄古尚書文字				隸古定尚書			構形異同說明	備註	參證		
	戰國楚簡	石經	汗簡	古文四聲韻	訂正六書通	說文所引	敦煌等古寫本	日本唐寫本	書古文訓晁刻古文尚書			出土資料文字	傳抄著錄文字	說文字形
五	上博1緇衣14 郭店緇衣27	 魏品式魏三體（篆）  漢石經 隸釋					 4	 1 2 3	 1			甲561 保卣 酓章作曾侯乙鎛 中山王鼎 包山173 郭店.尊德26		篆
禽											金文之訛變	禽簋 大祝禽鼎 多友鼎		
											九條本	 張遷碑		
萬		 魏三體						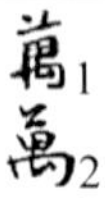 1 2						
							 和闐本							
	 上博1緇衣8 郭店緇衣13													

今本尚書文字	出土文獻尚書		傳抄著錄古尚書文字				隸古定尚書			構形異同說明	備　註	參　　證		
	戰國楚簡	石經	汗簡	古文四聲韻	訂正六書通	說文所引	敦煌等古寫本	日本唐寫本	書古文訓晁刻古文尚書			出土資料文字	傳抄著錄文字	說文字形
禹		魏品式	汗3.41 汗6.78	四3.9			3 5 6 7	2 5 6 7 8	1 4		P3315	鼎文 弔向簋 禹鼎 秦公簋 璽彙5124	集韻禹古作	古
										古文禹訛變	足利本			
										與弇字訛混	島田本洪範"禹乃嗣興"			
獸									嘼	嘼獸古今字		盂鼎二 郘鐘		
							7	1 2 3 4 5 6						
甲			汗6.79	四5.20					1 2 3					古
		魏三體									無逸及祖甲及我周文王.君奭在太甲時則有若保衡	甲632 甲盉 隨縣130 包山143		
											內野本			

今本尚書文字	出土文獻尚書		傳抄著錄古尚書文字				隸古定尚書			構形異同說明	備註	參證		
	戰國楚簡	石經	汗簡	古文四聲韻	訂正六書通	說文所引	敦煌等古寫本	日本唐寫本	書古文訓晁刻古文尚書			出土資料文字	傳抄著錄文字	說文字形
亂		[illegible] 魏三體	[illegible] 汗1.13	[illegible] 四4.21			[illegible]1 [illegible]3 [illegible]4 [illegible]6 [illegible]7	[illegible]5 [illegible]6 [illegible]8 [illegible]9	[illegible]1	5 與率作[illegible]相混 9 與率作[illegible]相混	5 觀智院本 9 上圖本（影）魏三體無逸	[illegible] 毛公鼎 [illegible] 楚帛書乙 [illegible] 九店56.28 [illegible] 包山192 [illegible] 郭店唐虞28 [illegible] 郭店成之32		𤔔古[illegible]
			[illegible] 汗1.13	[illegible] 四4.21					𤔔	𤔔亂古今字		[illegible] 番生簋 [illegible] 召伯簋 [illegible] 郭店老子甲26		𤔔篆[illegible]
			[illegible] 汗1.15	[illegible] 四4.21						假借字			集韻敽通作亂	敽
		亂隸釋					亂	亂						
							乱	乱		俗字			干祿字書:乱亂上俗下正	乱
								治		與孔傳蔡傳相合	上圖本（元）微子殷其弗或亂正四方			治
								率		訛誤作率	內野本.足利本.上圖本（影）.上圖本（八）			率

今本尚書文字	出土文獻尚書		傳抄著錄古尚書文字				隸古定尚書			構形異同說明	備　註	參　　證		
	戰國楚簡	石經	汗簡	古文四聲韻	訂正六書通	說文所引	敦煌等古寫本	日本唐寫本	書古文訓晁刻古文尚書			出土資料文字	傳抄著錄文字	說文字形
亂										俗寫與乳同形	內野本伊訓時謂亂風	雲夢.爲吏27 漢帛老子甲126 孫子186		乳
尤						訧下周書曰報以庶訧					呂刑報以庶尤			
		魏三體								假借字	君奭越我民罔尤違.存篆體作郵			
丁		魏三體										甲2329 乙7795 王孫壽甗 戊寅鼎 虢季子白盤		
戊		魏三體									君奭在太戊	父戊盤 且戊鼎 弭伯簋 陳猷釜 包山42 郭店.六德28		

今本尚書文字	出土文獻尚書		傳抄著錄古尚書文字				隸古定尚書			構形異同說明	備註	參證		
	戰國楚簡	石經	汗簡	古文四聲韻	訂正六書通	說文所引	敦煌等古寫本	日本唐寫本	書古文訓晁刻古文尚書			出土資料文字	傳抄著錄文字	說文字形
成		[glyph] 魏三體	[glyph] 汗 6.79				[glyph]1	[glyph]1 [glyph] [glyph]4 [glyph]5 [glyph]6	[glyph] [glyph]3	3.4.5.6 偏旁午訛變		[glyph] 沇兒鐘 [glyph] 蔡侯鐘 [glyph] 中山王鼎		古 [glyph]
成								[glyph]		訛誤字	足利本．上圖本（影）說命中"王忱不艱允協于先王成德"			
己									[glyph]			[glyph] 陳𡢁鐘 [glyph] 璽彙 2191		古 [glyph]
己								巳		己巳訛混				
庚		[glyph] 漢石經					[glyph]1 P2643	[glyph]3 [glyph]4	[glyph]2		漢石經盤庚中盤庚作惟涉河以民遷			篆 [glyph]
庚								康1 康2		訛誤作康	微子之命成王既黜殷命殺武庚上圖本（八）1 上圖本（影）2			
辜		[glyph] 魏三體	[glyph] 汗 1.11	[glyph] 四 1.26					[glyph]1 [glyph]2 [glyph]3 [glyph]4 [glyph]5 [glyph]6 [glyph]7 [glyph]8	偏旁从古文死 [glyph]	魏三體多方開釋無辜亦克用勸	[glyph] 𧊒壺		古 [glyph]
辜			[glyph] 汗 2.20							右偏旁訛變：[glyph]堯				
辜		[glyph] 魏三體（篆隸）					[glyph]2 [glyph]5 [glyph]6 [glyph]7	[glyph]1 [glyph]3 [glyph]4 [glyph]5 [glyph]8			魏三體多方開釋無辜亦克用勸			

今本尚書文字	出土文獻尚書		傳抄著錄古尚書文字				隸古定尚書			構形異同說明	備註	參證		
	戰國楚簡	石經	汗簡	古文四聲韻	訂正六書通	說文所引	敦煌等古寫本	日本唐寫本	書古文訓晁刻古文尚書			出土資料文字	傳抄著錄文字	說文字形
辜								[glyph]1 [glyph]2 [glyph]3 [glyph]4		辠辜義近可相替．且形近易致誤	上圖本（八）．內野本多方開釋無辜亦克用勸．岩崎本呂刑惟府辜功報以庶尤．上圖本（元）說命下時予之辜			
								[glyph]		同義字	足利本．上圖本（影）說命下時予之辜．呂刑殺戮無辜			
辭		[glyph] 魏三體	[glyph] 汗 1.12				[glyph]1 [glyph]2	[glyph]1 [glyph]2 [glyph]3	[glyph]1 [glyph]2	移司於上假詞爲辭 2 司省形 3 司省形訛變作ㄅ	魏三體多士罔非有辭于罰	[glyph] 郭店．尊德 5 [glyph] 郭店．老子甲 19 [glyph] 郭店．老子丙 12		
			[glyph] 汗 4.49											籀 [glyph]
							詞	詞1 詞2	詞1		2 上圖本（影）			
								[glyph]1 [glyph]2		1 辤字籀文辞假借 2 辞辭之俗字．由辞訛變				辤 籀 [glyph]

今本尚書文字	出土文獻尚書		傳抄著錄古尚書文字				隸古定尚書			構形異同說明	備註	參證		
	戰國楚簡	石經	汗簡	古文四聲韻	訂正六書通	說文所引	敦煌等古寫本	日本唐寫本	書古文訓晁刻古文尚書			出土資料文字	傳抄著錄文字	說文字形
辭							孠 和闐本	孠	孠	嗣之古文孠．假借	大禹謨奉辭罰罪．和闐本．足利本．上圖本（影）．上圖本（八）太甲上惟朕以懌萬世有辭			嗣古孠
辯									辡	辡增義符作辯			集韻辡或辯	
辯								辨		假辨爲辯	足利本．上圖本（影）太甲下君罔以辯言亂舊政			
壬								任		音義近同	內野本．足利本．上圖本（影）皋陶謨巧言令色孔壬			
癸									𤼽			鐵112.3 存2742 向作父癸簋 仲辛父簋 格伯簋 包山23 璽彙1533		篆

今本尚書文字	出土文獻尚書		傳抄著錄古尚書文字				隸古定尚書			構形異同說明	備　註	參　證		
	戰國楚簡	石經	汗簡	古文四聲韻	訂正六書通	說文所引	敦煌等古寫本	日本唐寫本	書古文訓晁刻古文尚書			出土資料文字	傳抄著錄文字	說文字形
癸								1 2				秦陶1220 雲夢日甲82反		籀
子			汗6.80	四3.8					学			乙1107 後2.42.5		古
			汗3.42	四3.8								前3.10.2 利簋 召伯簋		籀
		魏三體										甲680 戍甬鼎 令簋		
孕			汗2.20						(月黽)	(月黽)从黽聲．爲形聲之異體	泰誓上刳剔孕婦	張家山.脈書3	四4.40汗簡一切經音義孕古文(月黽)集韻(月黽)或作孕	
										偏旁訛混子于	神田本			

今本尚書文字	出土文獻尚書		傳抄著錄古尚書文字				隸古定尚書			構形異同說明	備註	參證		
	戰國楚簡	石經	汗簡	古文四聲韻	訂正六書通	說文所引	敦煌等古寫本	日本唐寫本	書古文訓晁刻古文尚書			出土資料文字	傳抄著錄文字	說文字形
字			汗 6.80	四 4.8						孳之古文異體字．孳音義近同				孳籀
孺							1	2		隸變俗寫需偏旁訛混子歹		偏旁需：堯廟碑 景北海碑陰	集韻儒或作儁	
孟							1	2 3			P3752	漢帛老子甲後 237 馬王堆.易 8		
										之隸訛	P2533 胤征每歲孟春			古
							2 3	4	1		孟豬．孟津．孟侯字			盟篆
											九條本禹貢導菏澤被孟豬			
孳			字．汗 6.80	字．四 4.8						金文多以丝爲兹．偏旁古文異體		㝬鐘 叻孳簋		籀
										之訛變	內野本.足利本.上圖本（影）			
孤								1 2 3						

今本尚書文字	出土文獻尚書		傳抄著錄古尚書文字				隸古定尚書			構形異同說明	備　註	參　證		
	戰國楚簡	石經	汗簡	古文四聲韻	訂正六書通	說文所引	敦煌等古寫本	日本唐寫本	書古文訓晁刻古文尚書			出土資料文字	傳抄著錄文字	說文字形
·孥			[illegible]奴 汗 5.66	[illegible]奴 四 1.26			[illegible]	[illegible]	伖	奴之假借·說文無孥	P2533 湯誓予則孥戮汝罔有攸赦．九條本			奴古
羞		[illegible] 隸釋					[illegible]1 [illegible]2	[illegible]1 [illegible]2 [illegible]3				[illegible] 睡虎地 8.11 [illegible] 漢石經儀禮既夕		
寅			[illegible] 汗 6.81						[illegible]1 [illegible]2 [illegible]3 [illegible]4			[illegible] 林 1.16.8 [illegible] 甲 2394 [illegible] 戊寅鼎 [illegible] 𡱝角 [illegible] 靜簋 [illegible] 史懋壺 [illegible] 向　簋 [illegible] 弭伯簋 [illegible] 陳猷釜 [illegible] 陳侯因資錞		古[illegible]
							[illegible]1 [illegible]2	[illegible]2						

今本尚書文字	出土文獻尚書		傳抄著錄古尚書文字				隸古定尚書			構形異同說明	備註	參證		
	戰國楚簡	石經	汗簡	古文四聲韻	訂正六書通	說文所引	敦煌等古寫本	日本唐寫本	書古文訓晁刻古文尚書			出土資料文字	傳抄著錄文字	說文字形
卯												包山120 包山134 陳卯戈 魏三體.僖公	汗6.81石經	古
							1	1 2 3 4 5		偏旁訛變				
辰		魏品式							2			後1.13.4 甲424 佚414 甲2274 臣辰先父乙卣 臣辰父乙爵		古
				四1.30						增義符止		觶文 旂鼎		
		魏品式					3	1 2 3	4 5 6	5.6 隸古筆畫增繁訛變	P799			篆

今本尚書文字	出土文獻尚書		傳抄著錄古尚書文字				隸古定尚書			構形異同說明	備　註	參　　證		
	戰國楚簡	石經	汗簡	古文四聲韻	訂正六書通	說文所引	敦煌等古寫本	日本唐寫本	書古文訓晁刻古文尚書			出土資料文字	傳抄著錄文字	說文字形
巳								巳1	巳1	與巳字混同		甲354 者女觥 魏三體（古）		篆
		㕥 隸釋										魏三體（篆） 以 魏三體（隸）		
·以		魏三體						吕2 㠯3	㠯1					
		漢石經 㕥 隸釋												
申									申			佚32 此簋 包山162 璽彙3137 璽彙1295 石鼓文		篆
	郭店緇衣37									假借字	今本君奭在昔上帝割申勸寧王之德.			紳

今本尚書文字	出土文獻尚書		傳抄著錄古尚書文字				隸古定尚書			構形異同說明	備註	參證		
	戰國楚簡	石經	汗簡	古文四聲韻	訂正六書通	說文所引	敦煌等古寫本	日本唐寫本	書古文訓晁刻古文尚書			出土資料文字	傳抄著錄文字	說文字形
酒		魏三體								假酉爲酒	無逸酗于酒德哉	前 6.5.3 乙 6277 甲 1336		
								酒						
醇			汗 6.82	四 1.33			醇2	醇3	醇1			偏旁享： 享于戟 十年陳侯午金享		
配		魏三體						配 配						
酣			汗 2.23	四 2.13					佄	義符更替	酒誥在今後嗣王酣身		玉篇佄與酣同集韻酣亦作佄	
									甘		伊訓酣歌于室時謂巫風		集韻酣或省作甘	
								酣 酣1 酣2						
酌・酗		魏三體					1 2	3		酌酗音義同聲符更替	魏三體無逸酗于酒德哉．說文有酌無酗		玉篇酗同酌	
									酌					
戌							戌1	戌2 戌3		3 與戍混同	P3871			

今本尚書文字	出土文獻尚書		傳抄著錄古尚書文字				隸古定尚書			構形異同說明	備　註	參　證		
	戰國楚簡	石經	汗簡	古文四聲韻	訂正六書通	說文所引	敦煌等古寫本	日本唐寫本	書古文訓晁刻古文尚書			出土資料文字	傳抄著錄文字	說文字形
亥									豕	古文亥爲豕	多方惟五月丁亥	前7.33.1 乙亥鼎 善鼎 申鼎		

檢字索引

一畫

二畫

三畫

四畫

七畫

八畫

251	初	484	頁
20	表	105	頁
782	近	1126	頁
125	采	288	頁
265	金	506	頁
570	長	924	頁
1409	阜	2185	頁
312	阻	574	頁
1196	陂	1677	頁
210	雨	25	頁
972	非	1362	頁
1376	侉	2116	頁
1393	刵	2146	頁
152	咈	336	頁
868	垌	1226	頁
770	孥	1109	頁
450	徂	779	頁
355	拊	630	頁
328	斨	595	頁
469	旻	807	頁
1295	昃	1917	頁

九畫

字碼	字首	頁	
679	杶	1018	頁
391	泆	688	頁
1290	畀	1889	頁
1220	芮	1715	頁
1043	迓	1455	頁
297	亮	551	頁
866	信	1221	頁
545	侯	899	頁
1387	便	2138	頁
461	保	796	頁
1178	俟	1649	頁
25	俊	115	頁
852	俗	1200	頁
458	侮	792	頁
172	俞	367	頁
625	宄	971	頁

457	昬	790	頁
1127	冒	1577	頁
340	冑	610	頁
1054	前	1472	頁
552	則	905	頁
874	勇	1234	頁
76	南	211	頁
403	厚	706	頁
1234	叛	1739	頁
1255	哀	1793	頁
102	咨	248	頁
151	哉	333	頁
316	品	579	頁
327	垂	593	頁
307	契	567	頁
256	奏	495	頁
183	姦	383	頁
405	威	708	頁
500	宣	847	頁
936	室	1308	頁
261	封	501	頁
1419	峙	2193	頁
5	帝	71	頁
93	幽	236	頁
241	度	470	頁
569	建	923	頁
820	彥	1170	頁
1263	很	1820	頁
240	律	470	頁
831	徇	1181	頁
544	後	896	頁
1039	怒	1450	頁
11	思	85	頁
780	怨	1121	頁
618	恆	965	頁
1020	恫	1423	頁
994	恪	1394	頁
270	恤	513	頁
304	拜	562	頁

515	乘	867	頁
414	倦	721	頁

十畫

字碼	字首	頁	
243	修	473	頁
147	俾	326	頁
904	兼	1264	頁
733	冢	1065	頁
1141	剖	1601	頁
1130	剔	1580	頁
342	剛	613	頁
1136	剝	1592	頁
978	匪	1371	頁
761	卿	1097	頁
610	原	958	頁
802	唐	1146	頁
194	哲	402	頁
80	夏	217	頁
897	奚	1256	頁
807	孫	1150	頁
930	宰	1299	頁
913	害	1279	頁
502	家	848	頁
934	宮	1307	頁
87	宵	229	頁
1120	容	1566	頁
1032	射	1438	頁
796	峻	1141	頁
621	島	968	頁
1396	差	2148	頁
1344	席	2071	頁
167	師	357	頁
1001	庭	1403	頁
711	弱	1046	頁
318	徒	582	頁
1082	恥	1512	頁
872	恐	1231	頁
14	恭	91	頁
1340	悟	2065	頁
823	悔	1172	頁
969	悅	1353	頁
1374	悖	2114	頁
478	振	814	頁
1238	敉	1746	頁
953	旁	1332	頁
479	旅	814	頁
45	時	157	頁
1405	晉	2175	頁
548	書	902	頁
91	朔	233	頁
160	朕	348	頁
708	桓	1044	頁
341	栗	612	頁
626	桑	973	頁
239	柴	468	頁
658	桐	999	頁
860	桀	1210	頁
21	格	106	頁
1166	桃	1635	頁
756	珪	1091	頁
938	殉	1310	頁
67	殷	194	頁
1126	泰	1574	頁
712	涇	1047	頁
280	海	528	頁
1035	涉	1443	頁
635	浮	981	頁
501	浚	847	頁
144	浩	318	頁
207	烈	422	頁
234	班	463	頁
1016	畝	1419	頁
1338	留	2063	頁
1046	疾	1459	頁
308	皋	568	頁
331	益	599	頁
685	砥	1022	頁
929	祠	1298	頁

十一畫

632	絲	978	頁
400	善	702	頁
504	翕	851	頁
1004	聒	1407	頁
540	肅	892	頁
1051	胥	169	頁
1236	腆	1743	頁
1314	舒	1986	頁
171	舜	365	頁
1174	萃	1644	頁
192	華	399	頁
88	虛	230	頁
612	覃	960	頁
784	視	1128	頁
576	詠	929	頁
1301	詛	1929	頁
52	象	171	頁
806	貽	1150	頁
1410	費	2185	頁
1211	貴	1708	頁
520	距	871	頁
426	辜	743	頁
390	逸	685	頁
935	酣	1307	頁
242	量	472	頁
809	鈞	1152	頁
1310	閔	1970	頁
109	閏	263	頁
1312	開	1984	頁
1377	閑	2117	頁
582	間	933	頁
583	閒	934	頁
611	陽	959	頁
553	隅	907	頁
838	集	1188	頁
677	雲	1016	頁
960	順	1339	頁
774	須	1113	頁
1258	飲	1807	頁
717	黃	1051	頁
1018	黍	1420	頁

十三畫

字碼	字首	頁	
1266	塈	1831	頁
189	嫣	395	頁
886	寔	1247	頁
59	嵎	181	頁
1416	斂	2190	頁
1139	斮	1600	頁
1394	椓	2146	頁
1398	棼	2149	頁
1347	琬	2075	頁
699	菏	1034	頁
1243	菑	1756	頁
1302	詈	1931	頁
644	鈆	989	頁
1429	隉	2208	頁
490	亂	833	頁
178	傲	375	頁
707	傾	1043	頁
1075	傷	1500	頁
764	勦	1101	頁
415	勤	722	頁
885	勢	1246	頁
741	匯	1075	頁
762	嗟	1098	頁
795	嗜	1140	頁
842	嗇	1192	頁
216	嗣	436	頁
814	鳴	1159	頁
196	塞	404	頁
563	塗	917	頁
681	幹	1019	頁
493	廉	838	頁
431	微	753	頁
435	愛	760	頁
199	慎	407	頁
421	徯	732	頁

十六畫

十七畫

293	蠻	544	頁
185	觀	387	頁
1170	籩	1638	頁
877	纘	1236	頁
126	驩	290	頁
818	鬱	1168	頁

990	籲	1390	頁
513	勑	861	頁
1364	咤	2092	頁
723	崐	1057	頁
871	慙	1230	頁
998	斆	1401	頁

後　記

書中龐然複雜的傳鈔古文《尚書》文字資料，投入了大量的精力爬梳整理，感謝業師許錟輝先生、許學仁先生的精心指導，論述部分尤其爲然。

書中內容完成於 2010 年十月，2010 年底《清華大學藏戰國竹簡》陸續出版，爲以戰國時期楚國的文字書寫的竹簡，收入《尹至》、《尹誥》、《程寤》、《保訓》、《耆夜》、《金縢》、《皇門》、《祭公》、《傅說之命（三篇）》等等屬於《尚書》或類似《尚書》的文獻，重現兩千年前《尚書》傳鈔面貌，對於傳鈔古文《尚書》文字的形體演變當能有更進一步的合證與溯源。

謹將本書的出版獻予我的母親王玉蘭女士——今年五月母親已塵緣圓滿——，研究與寫作期間廢寢忘食，有她的關愛與鼓勵，才能如期完成並且通過考試獲得學位，而今成書出版，母親天上有知，必爲我喜悅，堪感欣慰。

許舒絜

2014 年 7 月 5 日